OMNIBUS

Peter Høeg

LA DONNA
E LA SCIMMIA

Traduzione di Bruno Berni

MONDADORI

ISBN 88 0442081-2

TITOLO DELL'OPERA ORIGINALE
KVINDEN OG ABEN
I EDIZIONE FEBBRAIO 1997

LA DONNA E LA SCIMMIA

PARTE PRIMA

1

Una scimmia si stava avvicinando a Londra. Era rannicchiata su una panca, nel pozzetto di una barca a vela, sottovento. Aveva gli occhi chiusi e una coperta sulle spalle, e anche così, raggomitolata, faceva sembrare l'uomo seduto di fronte a lei più piccolo di quanto non fosse.

L'uomo, in quel periodo, si chiamava Bally, e nella sua vita ormai c'erano solo due cose che gli andavano a genio: il momento in cui arrivava in una metropoli e il momento in cui ripartiva. Perciò si alzò, si avvicinò al parapetto e rimase lì, in piedi, a guardare la città. Fu il primo e l'ultimo errore di quel viaggio.

La sua distrazione contagiò l'equipaggio. Il timoniere inserì il pilota automatico, il mozzo andò a poppa lasciando il castello di prua ed entrambi si diressero verso il parapetto. Era la prima pausa di tranquillità dopo cinque giorni di navigazione, e i tre uomini contemplarono in silenzio le luci della periferia che, come lucciole, danzavano scivolando di fianco alla barca e scomparivano a poppa.

Durante la notte si era alzato il vento. La superficie del Tamigi era increspata da strisce di spuma e la barca, che aveva il vento in poppa, oltre alla vela maestra aveva alzato anche un grande fiocco. Era un rischio, ma Bally aveva sperato di arrivare mentre faceva ancora buio.

Capì che non ci sarebbe riuscito. C'era un mutamento

nell'aria: l'alba primaverile si adagiava sulle case come un drappo grigio. Bally si ricordò della scimmia e si voltò.

L'animale aveva aperto gli occhi e si era chinato in avanti. Aveva posato una mano sul piccolo interruttore del quadro comandi che regolava il pilota automatico.

Bally teneva sempre sul ponte gli animali che trasportava perché sapeva che altrimenti avrebbero potuto morire di mal di mare, e non aveva mai avuto motivo di pentirsene. Erano legati alla sagola di salvataggio, non soffrivano il freddo e ricevevano un milligrammo di sedativo per chilo di peso due volte al giorno. Viaggiavano immersi in una sorta di dormiveglia, senza una chiara percezione di ciò che li circondava.

Probabilmente, pensò, con la rapidità con cui talvolta si riesce a pensare in un tempo troppo breve per agire, ora avrebbe dovuto cambiare metodo.

In ritardo, ma solo di un attimo, rispetto alla mano della scimmia, il pilota automatico girò la prua della barca di pochi gradi decisivi. L'imbarcazione beccheggiò goffamente su un'onda corta e piatta. Poi strambò.

In quell'istante la scimmia guardò dritto verso i tre uomini.

Molti anni prima Bally aveva scoperto che la vita era una serie di repliche sempre più insipide, un panorama scialbo dove anche gli esseri umani erano solo una ripetizione. Sapeva benissimo che la sua ostinazione nel cercare il contatto con gli animali per certi versi non era estranea al vago piacere che provava nell'esercitare il proprio potere su un organismo di rango inferiore. Ora la sua visione del mondo veniva messa in discussione. I gesti della scimmia erano precisi e misurati, ma non era questa la cosa peggiore. La cosa peggiore, che Bally non avrebbe mai dimenticato anche se durò solo una frazione di secondo, fu ciò che vide nei suoi occhi.

Non aveva parole per descriverlo: in quel momento nessuno sarebbe stato in grado di farlo. Ma forse lo si sarebbe potuto definire come l'esatto opposto di automatico.

L'albero maestro dell'*Arca* era alto diciassette metri, la superficie della randa era più di quarantacinque metri quadrati, quindi il movimento fu troppo veloce per poterlo seguire con gli occhi. I tre uomini percepirono soltanto una leggera inclinazione e uno schiocco, simile a uno sparo, quando il boma strappò due sartie d'acciaio a babordo. Poi furono gettati nelle acque del Tamigi.

Con un lamento di cuscinetti sottoposti a una sollecitazione eccessiva il pilota automatico si adeguò alla nuova posizione e rettificò la rotta. Con la sua velocità di dodici nodi, più due nodi di corrente favorevole, l'*Arca* continuò a navigare verso Londra, con la scimmia come unico passeggero.

Quindici minuti più tardi la barca venne chiamata sulla radio a onde corte. Quella chiamata e le due successive rimasero senza risposta.

In una bassa torre di osservazione sulla Deptford Ferry Road, dietro un vetro scuro, un ufficiale della polizia fluviale posò il microfono e sollevò un binocolo. Le difese immunitarie della città, lente ma decise, si stavano attivando per identificare una probabile violazione delle regole.

Prima del Tower Bridge, nei pressi di The Pool, c'è il caffè ristorante del Royal English Yacht Club. Nella bella stagione la colazione viene servita su una terrazza fra il Tamigi e il St. Katharine Dock. Quel mattino, sebbene fosse molto presto, c'era già una dozzina di clienti.

Si dice che The Pool sia l'unico punto in cui il Tamigi è azzurro. È qui che attraccano gli yacht reali. Da qui i diplomatici salpano per pranzare sulle navi scuola internazionali. Qui centomila persone, un giorno di settembre del 1866, assistettero alla celebre gara fra i clipper del tè *Taeping* e *Ariel*.

Sulla terrazza dello Yacht Club la vista dell'*Arca* destò un'attesa simile a quella di allora. Tutti i presenti riconobbero la barca: era un Ocean 71 costruito a Poole, un ketch inglese veloce ma classico. Quella navigazione temeraria e quella velatura non potevano che annunciare l'arrivo di uno skipper della vecchia scuola, un tradizionalista, diretto al molo senza motore ausiliario. Pochi minuti dopo, al disopra dei delfini dorati della prua, riuscirono a scorgerlo. Era senza tuta, senza occhiali da sole, senza nemmeno il berretto, indossava solo un modesto soprabito grigio. Sulla terrazza calò il silenzio. Sapevano cosa sarebbe accaduto, perché avevano sentito parlare dello stile dei veri professionisti. Gettavano l'ancora all'ultimo momento, ammainavano tutte le vele di colpo. La barca avrebbe girato alla catena curvando dolcemente verso il molo. Quando l'*Arca* oltrepassò la chiusa si prepararono ad applaudire, molti avevano già sollevato le mani, ma ormai era tardi. Si udì lo schianto del legno che andava in mille pezzi: il ketch colpì l'ultima delle barche ormeggiate, la tagliò in due e provocò una reazione a catena lungo la fila degli scafi di mogano e palissandro.

I clienti del caffè, paralizzati dallo stupore, non videro la figura con il soprabito grigio che si precipitava fuori dalla cabina di pilotaggio, saltava su uno scafo squarciato e, zoppicando, scompariva dietro un edificio. Ma qualcun altro la notò. Nella sala di controllo della chiusa un guardiano della Taylor Woodrow, la società che possiede e gestisce il St. Katharine Dock, abbassò il binocolo e compose un numero di telefono. E sul lato orientale del dock Johnny si mise a correre.

2

Johnny stava correndo verso un furgone parcheggiato vicino all'area industriale di Wapping. Aveva seguito l'*Arca* dal Klein's Wharf nell'Isle of Dogs, che era l'approdo convenuto, fino al centro di Londra.

Il furgone era la casa di Johnny e tutto ciò che possedeva, eppure non era mai chiuso, nemmeno in quel momento. Sulla portiera era disegnato il profilo di un cane, accompagnato da un testo scritto in piccolo. Non si trattava di una decorazione: nella cuccetta dietro il sedile del guidatore era sdraiato Samson, un dobermann di cinquanta chili che per cinque anni era stato un campione delle corse di cani clandestine nei quartieri degli immigrati. Johnny lo aveva comprato quando aveva cominciato a perdere, prima che lo sopprimessero. Gli ci era voluto più di un anno per disabituarlo alla vita dell'idolo sportivo costretto ad accontentarsi di una dieta rigida e a fornire prestazioni eccezionali, ma alla fine l'aveva trasformato nel suo cane da guardia, il suo unico amico.

Johnny aveva anche un altro nome, che per lui era importante come il primo, se non di più: Golf Zulu India Thirteen Foxtrot Whiskey, il suo segnale di chiamata internazionale come radioamatore. Davanti a lui, sul cruscotto, c'era l'apparato ricetrasmittente. Mentre metteva in moto si sintonizzò sui 148 MHz della polizia. Fece in tempo a sentire qualche parola della prima, vaga descrizione dell'uomo in soprabito grigio e l'ordine di bloccare la zona del porto.

Johnny guidò fino a East Smithfield Road e oltre il Tower Bridge, scuro in volto. Lavorava per Bally da tre anni e non lo aveva mai visto commettere un errore. Fissava la strada pensando all'*Arca*, alla polizia fluviale, all'incidente, all'immediato futuro e al fuggiasco zoppicante con il soprabito grigio.

«Ci crederesti» disse al cane che era nella cuccetta «che quando Bally è in piedi le sue braccia arrivano fino a terra?»

Samson non emise alcun suono ma si agitò leggermente. Aveva percepito l'inquietudine del padrone.

Negli ultimi dieci anni Johnny aveva fatto di tutto per rendersi invulnerabile e ci era quasi riuscito. Aveva il furgone, che era la sua casa e il suo lavoro. Poteva andare dove voleva e non dipendeva da nessuno; grazie a Samson si sentiva sicuro, e grazie alla ricetrasmittente aveva degli amici in tutto il mondo civilizzato. Eppure ora, seduto al volante, tremava, perché c'era una sola debolezza che non era mai riuscito a nascondere: Johnny scommetteva sugli animali.

Era una passione discreta, quasi invisibile in un mondo dove tutto è una scommessa. Bally era stato il primo a comprendere che l'ossessione di Johnny non era il desiderio di diventare ricco, ed era per questo che gli aveva affidato quel compito.

Johnny non giocava per vincere. Puntava somme bassissime, a caso, senza sapere chi erano i favoriti e senza accettare né dare suggerimenti. Giocava per qualcosa che gli sfuggiva, forse per la sensazione che provava osservando gli animali quando liberavano la loro energia. Alla partenza dei sei levrieri dietro la lepre finta, vedendo il piccione viaggiatore che si alzava in volo battendo le ali, al derby, sulla pista del trotto, alle corse di Sedgefield o Pontefract, ai combattimenti dei galli nei quartieri indonesiani, a Johnny accadeva qualcosa di indescrivibile.

Bally non gli aveva mai detto da dove provenivano i suoi

carichi e quale fosse la loro destinazione finale. Se la loro collaborazione durava da tanto tempo, sebbene Johnny avesse compreso subito l'entità del rischio, era solo perché Bally lo aveva portato molto vicino al mistero che lo attraeva.

Nel rimorchio agganciato al furgone, Johnny aveva trasportato un rinoceronte della Sonda con la pelle screpolata, dura come il ferro, ma con un'indole mite e timorosa. Aveva portato due okapi, aveva portato un coccodrillo marino lungo dieci metri, in una cassa che spuntava per cinque metri dal rimorchio. Aveva portato a Bally quindici rane velenose dell'Amazzonia, scintillanti, perfette, simili a piccoli gioielli color cobalto. Otto pesci angelo giganti in due acquari da seimila litri. Un giovane elefante. Due leopardi delle nevi che avevano la coda più lunga del corpo. Aveva portato colobi neri e tamarini. E in una sola occasione, indimenticabile, una famiglia di tarsi spettro con due piccoli che in fondo alla loro cassa avevano girato la testa e lo avevano fissato con quei grandi occhi come se volessero implorarlo di guidare con cautela.

Lui non li aveva delusi, né loro né gli altri. Aveva guidato con un'attenzione e una prudenza infinite. Aveva regolato la temperatura, aveva dato loro cibo e acqua, li aveva divisi se si azzuffavano. Anche il tragitto, che per gli animali era un'esperienza terrificante – ore e ore senza luce e orientamento in una prigione mobile – era stato dolce come una carezza. Nessuno degli animali di Bally era mai morto per colpa di Johnny.

Quando percorreva le strade sul suo furgone, con una creatura forte o meravigliosa ma fragile dietro di lui, Johnny era quasi felice.

Era finita. Sentiva con assoluta certezza che era accaduto qualcosa di irreparabile e che non avrebbe più trasportato un carico per Bally. Tremava.

Nella cuccetta il cane tossì. Johnny allungò la mano e lo accarezzò per tranquillizzarlo. Aggrottò la fronte. I dobermann hanno un pelo corto e fitto. Quello che aveva fra le dita era lungo e ispido.

Il semaforo all'incrocio fra Southwark Street e St. Thomas Street, vicino all'interscambio della ferrovia, diventò giallo. Johnny frenò e guardò nello specchietto retrovisore.

I passeggeri delle automobili ferme dietro di lui videro dapprima lo sportello che si apriva, poi Johnny che saltava giù e si allontanava di corsa dal veicolo. Lo videro fermarsi, girarsi e tornare sui suoi passi. Lo videro aprire lo sportello e guardare nell'abitacolo. Non potevano sapere cosa stesse cercando, ma nel suo volto lessero la delusione, lo stupore e il rimpianto quando scoprì che era vuoto. Lo videro accostare il furgone al marciapiede. Nel superarlo, alcuni videro che stava seduto con una cuffia e un foglio di carta che sembrava una pianta della città. Qualcuno riuscì anche a decifrare il testo sulla portiera del furgone. C'era scritto: *Qui dentro c'è un dobermann da guardia. Controllate pure, se ci tenete.*

3

Subito dopo Southwark Street la ferrovia si biforca. Una linea raggiunge la stazione di Cannon Street, a nord del Tamigi; l'altro, su un tracciato di granito stretto come un sentiero di animali e alto come una rotta di uccelli migratori, attraversa l'elegante sobborgo di Dulwich.

A Dulwich, sotto la ferrovia, ci sono alcune residenze del Seicento con grandi giardini sul retro. In uno di questi, sulla scala esterna – era ancora mattina presto – un uomo osservava la scimmia attraverso un mirino telescopico montato su un fucile da caccia.

Il fucile era un Holland & Holland automatico, caricato con un proiettile da quindici grammi che avrebbe potuto abbattere un elefante. Sarebbe bastata una lieve pressione sul grilletto per uccidere la scimmia.

Sulla recinzione di filo spinato che separava il giardino dalla ferrovia era appeso un cartello che diceva *Vietato l'accesso*, e che, nel più puro stile inglese, citava la legge sulla violazione di domicilio. L'uomo sapeva che non importava che si trattasse di una scimmia. Lui aveva la legge dalla sua parte e in casa – barricata al secondo piano – c'era la sua famiglia. Nel suo cuore si era risvegliata l'antica passione per la caccia.

Eppure, sebbene avesse la scimmia nel mirino da tre quarti d'ora, non aveva sparato. E la cosa peggiore era che ormai sapeva che non lo avrebbe fatto. Ogni volta che il suo dito si contraeva sul grilletto la scimmia faceva un movimento, cambiava posizione in modo impercettibile, oppure girava la testa. L'uomo – per la prima volta in vita sua – sentiva confusamente che se avesse sparato a quell'animale avrebbe commesso un omicidio.

Venti minuti prima, disperato, aveva chiesto a sua moglie di fare una serie di telefonate. Era rimasto lì, in attesa. Suonarono alla porta.

Si aspettava un reparto speciale, o almeno un paio di uomini armati. Ma quella che scese la scala quando sua moglie aprì la porta sul retro era una donna sulla quarantina che indossava un vestito lungo e un cappello.

La scimmia sedeva appoggiata a un albero, con il mento sul petto. La donna si avvicinò. L'uomo si fermò a dieci passi di distanza. Teneva pronto il fucile ma il suo sguardo seguiva la donna, non la scimmia.

Da quando, poco più che ventenne, aveva cominciato a guadagnare bene, aveva potuto acquistare tutto ciò che voleva, anche quella casa, e si era convinto che il denaro poteva comprare qualsiasi cosa. Aveva visto poche eccezioni a questa regola, e quando si imbatteva in qualcosa di cui non era stato ancora fissato il prezzo si era sempre sentito incuriosito e perplesso. Nella donna che aveva davanti vedeva una qualità che non comprendeva, un coraggio che, lo sentiva, si sottraeva alle regole del commercio.

«Come mai non ha sparato?» chiese lei.

L'uomo si rese conto che la donna, senza conoscerlo, aveva capito che in circostanze diverse lui avrebbe pagato anche diecimila sterline e fatto mezzo giro del mondo per poter sparare a un animale come quello che era lì, addirittura nel suo giardino. Cercò invano una risposta plausibile. L'imbarazzo lo spinse a parlare con una nuova, sconosciuta sincerità.

«Non ho potuto» disse.

Due uomini con dei camici marroni comparvero sulle scale.

«La portiamo via» disse la donna. «Vuole aiutarci?»

L'uomo le rivolse uno sguardo inespressivo. L'animale era alto come una persona e più robusto. Inoltre era passato un secolo dall'ultima volta che lui si era occupato di un qualche lavoro manuale.

Credeva che la donna fosse già in piedi. Ma ora, apparentemente senza cambiare posizione, divenne più alta di un palmo.

«Sta morendo» disse. «Vuol essere così gentile da aiutarci a sollevarla?»

L'uomo si chinò e afferrò la scimmia.

Poco dopo, dalla finestra, vide che la caricavano su un'automobile nera che sembrava un carro funebre. Concluse che sarebbe morta, e con quel pensiero scacciò il ricordo dell'accaduto. Ma in seguito fu tormentato per molto tempo dal mal di schiena per aver sollevato un peso eccessivo, e dalla sensazione irreale di aver vissuto un sogno.

L'automobile non era un carro funebre, bensì un'ambulanza veterinaria della clinica Holland Park. L'uomo che esaminò per primo la scimmia era il dottor Alexander Bowen, proprietario della clinica.

«Sopravviverà?» chiese la donna.

«Dev'essere portata alla clinica.»

Con un impercettibile cenno di assenso, la donna approvò le spese del ricovero.

«Vorrei che non fosse registrata» disse lei.

L'ambulanza si fermò, la donna scese. Poi si voltò.

«Se sopravvive» disse, «farò in modo che lei venga ricompensato.»

Il medico fece un piccolo inchino

«Ma se muore lei potrà anche riempire una delle sue siringhe e addormentarsi per sempre.»

4

A South Hill Park, nei pressi di Hampstead Heath, in una dimora nascosta in un giardino vasto come un parco, davanti alla porta di una stanza, Madelene Burden bevve un ultimo sorso dalla caraffa che teneva in mano, si aggiustò i capelli legati da un nastro, spinse la porta e avanzò nella luce.

«Come sto?» chiese.

Adam, suo marito, alzò gli occhi e la guardò.

«D'incanto» disse.

Se fosse stato più vicino avrebbe sentito l'odore di alcol che emanava da sua moglie e dalla caraffa. Ma lui si trovava al centro della stanza, e così l'illusione era perfetta.

A eccezione di una grossa lampada da sala operatoria, i mobili erano stati accostati alle pareti. Madelene fece un giro sfiorando divani, tavolini allungabili e poltrone.

«Si balla?» chiese.

Adam Burden amava incapsulare fenomeni importanti e complessi in un unico, chiaro concetto. Per Madelene, quando l'aveva conosciuta, in Danimarca, aveva trovato la parola "rugiadosa". Era accaduto poco più di un anno e mezzo prima. A quei tempi gli sembrava l'aggettivo più adatto. In seguito gli era capitato di dubitarne, anche se solo per un attimo, come adesso.

Bussarono alla porta. La governante la aprì e si fece da parte.

Nell'oscurità e nel silenzio risuonarono dei passi, poi comparve qualcosa di bianco. Due uomini spinsero nella stanza un lettino con le ruote. Dietro di loro c'era Alexander Bowen. Per ultima entrò Andrea Burden, la sorella di Adam, e chiuse la porta.

I portantini sistemarono il lettino al centro della stanza. Era coperto da un leggero lenzuolo azzurro, sotto il quale si indovinava la forma di un cadavere. La testa del morto era scoperta, ma si trovava ancora nell'ombra.

Andrea Burden portò la lampada da sala operatoria accanto al cadavere, abbassò il gruppo luminoso e lo accese. I due portantini tolsero il lenzuolo.

Il chiarore intenso annullò il resto della stanza. Per un attimo, in quella luce la scimmia fu l'unica cosa esistente.

Adam e Madelene furono attratti dall'animale come due falene. Per un momento Madelene dimenticò la sua gonna stretta e i tacchi alti: barcollò pericolosamente, come se stesse camminando sui trampoli, riacquistò l'equilibrio e rimase in piedi accanto al lettino.

Riusciva a sentire il respiro dell'animale, catarroso e pesante. Dietro di lei, nell'oscurità, suo marito girava intorno alla luce. Tutti tacevano. Ma in qualche punto del silenzio era iniziato un dialogo segreto.

«Sentiamo» disse Adam Burden.

Alexander Bowen si mise vicino alla testa della scimmia.

«L'abbiamo trovata l'altro ieri, in un giardino di Dulwich. Il proprietario della casa ha chiamato varie associazioni per la protezione degli animali, alla fine ha contattato miss Burden e lei mi ha telefonato. La scimmia aveva avuto una grave emorragia, era disidratata, in uno stato di shock ritardato. Le condizioni generali erano critiche. L'ho operata appena è arrivata in clinica.»

Il medico indicò un bendaggio bianco che copriva le spalle e l'omero dell'animale.

«Dopo una trasfusione ho estratto dalla zona intorno alla scapola destra quaranta pallini di piombo numero cinque. Sono stati sparati a una distanza di trentacinque metri, non sono penetrati in profondità ma hanno provocato dolore e grosse perdite di sangue. Ho suturato due ferite al gastrocnemio destro e sinistro. Morsi, forse di un cane.»

Indicò due fasciature sotto le ginocchia della scimmia.

«Da quattro tagli verticali sul ventre tolto molta ruggine. Verso la ferrovia la maggior parte delle proprietà è chiusa dal filo spinato, che in un paio di punti è rafforzato da una recinzione elettrica.»

Girò verso la luce la mano della scimmia. Era spalmata di pomata per le ustioni.

«È arrivata dal viadotto, ha visto i giardini e ha cercato di scendere. Il terrapieno è coperto di cemento liscio e granito, perciò è caduta. Legamenti parzialmente lacerati a entrambe le caviglie.»

Posò la mano sul petto della scimmia.

«Londra ha impresso la sua topografia su questo corpo» disse.

«Come è arrivata fino a Southwark?» chiese Adam.

«Quel giorno la polizia aveva bloccato gli accessi al St. Katharine Dock.»

«Ma è dall'altra parte del fiume.»

Il medico fece segno ai due portantini di girare la scimmia sul fianco. Il segno del morso era lungo, stretto, profondo; ogni dente aveva lasciato un avvallamento che era stato suturato o si era riempito di pus. L'area intorno alla ferita era stata rasata, un terzo della schiena era privo di pelo. La pelle era nera e blu a causa degli ematomi. Madelene si voltò e cominciò il suo viaggio di ritorno verso la caraffa.

«Un furgone ha lasciato la zona un attimo prima che venisse isolata. Non è stato trovato, però hanno trovato un dobermann che a quanto pare era a bordo del veicolo. La scimmia dev'esserci salita dandogli le spalle.»

Si fece nuovamente silenzio. Madelene trovò il tavolo e bevve un sorso protetta dall'oscurità.

«Quindi» disse Adam Burden «ora tutti cercano una grande scimmia con i segni dei morsi?»

«In realtà cercano il comandante di una barca» rispose il medico. «C'è stata una collisione. Nessuno ha parlato di un animale.»

Madelene sentì che Adam si era fermato, che aveva scartato varie possibilità senza aprir bocca e aveva raggiunto una decisione per lei incomprensibile.

«Può rimanere qui» disse. «Portatela nella veranda.»

I due portantini allontanarono il lettino dalla luce.

Ormai il campo visivo e il raggio mentale di Madelene erano più piccoli della stanza, e destinati a ridursi ancora. Intuì che la riunione si era conclusa.

«La signora Clapham aveva preparato dei dolci» disse. «Cialde con la panna. Pazienza, le mangerò con lo scimmione appena si sveglierà.»

Una porta si chiuse. Madelene non sapeva se erano usciti tutti. Provò a bere ma non ci riuscì. Appoggiò la testa sul piano del tavolo. Adam Burden, che era rimasto in piedi accanto alla lampada, ebbe l'impressione che il respiro pesante di sua moglie fosse identico a quello della scimmia.

PARTE SECONDA

1

Madelene resuscitava ogni mattina. Il prodigio avveniva davanti allo specchio e durava da mezz'ora a tre quarti d'ora. Concentrata e assorta, con una meticolosità che non ammetteva compromessi, Madelene si dedicava all'unica cosa che era cosciente di saper fare davvero bene: ricreare il mito secondo cui Madelene era una splendida creatura.

Il volto che la accoglieva quando si sedeva al tavolino da trucco era, a suo giudizio, un volto poco interessante. Non un volto sciupato, e tantomeno decrepito: in fondo Madelene aveva solo trent'anni. Però le sembrava un volto pallido e anonimo che rischiava di sparire da un momento all'altro, non in qualche inferno fiammeggiante, ma semplicemente perché, nella sua grigia mediocrità, poteva diventare quasi invisibile.

Madelene stendeva su quella superficie una maschera sensuale e al tempo stesso schiva. Dopo aver pulito la pelle per chiudere i pori, cancellava gli ultimi dieci anni della sua vita con un fondotinta leggero. Ora il volto nello specchio avrebbe potuto avere, nella sua neutra levigatezza, venti o forse persino quindici, dodici anni.

Con un correttore eliminava le microscopiche rughe intorno agli occhi, lo scetticismo conquistato gradatamente. Con un pennello sottile sollevava le sopracciglia nel perenne stupore della gioventù.

L'età e la stanchezza si annidano nelle zone nascoste

del nostro volto. Madelene ingrandiva gli occhi con un ombretto chiaro sfumandolo verso le sopracciglia, prima di passare con cura un eye-liner. Ora avevano uno sguardo aperto, limpido e ingenuo. Poi stendeva un velo impalpabile di fard sulle guance, disegnava il contorno delle labbra con una matita e ne accentuava la pienezza con un lucidalabbra. Infine, grazie a un puntino, rosso e malsano, collocato proprio allo sbocco del dotto lacrimale, cancellava la sua salute di ferro. Il suo volto adesso era infantile, radioso, il volto di una ragazza un po' cagionevole, trasformato con un'abilità così discreta che solo un esperto avrebbe indovinato che erano stati usati dei cosmetici.

Madelene aveva imparato quell'arte da sua madre. Non chiedendo e ottenendo risposte dirette – l'argomento era troppo delicato – bensì osservandola.

La vita della madre di Madelene era stata una lunga serie di tentativi disperati, ma spesso riusciti, di abbellire la realtà: prima di tutto l'esistenza quotidiana, mondana e frenetica della famiglia a Vedbæk, a nord di Copenaghen, dove non solo i piatti erano di porcellana, ma persino l'aria era simile al cristallo, costantemente in pericolo, e nessuna voce si alzava oltre un sussurro per paura di provocare una slavina di vetro. La prova più impegnativa erano le feste organizzate dalla fondazione di famiglia, dove le tragedie irrisolte dei singoli, accostate alle catastrofi di altre persone, formavano la versione elegante e raffinata di quello che era un moderno inferno in terra alla fine del ventesimo secolo. In tali occasioni la madre di Madelene poteva offrire agli ospiti una sorta di pronto soccorso sociale, e poteva esclamare: «Benvenuti di cuore!» con una voce che, come il polistirolo, serviva a colmare gli spazi vuoti. Inoltre, nonostante la pressione delle circostanze esterne e interne, era sempre bellissima. Andava a dare un'occhiata in cucina e la si vedeva in una nube di vapore, con un abito scollato, attraente, cordiale, attenta e giovanile, tanto che persino il volto del padre di

Madelene per un attimo si addolciva in un'espressione di profonda fierezza.

All'inizio del secolo la famiglia del padre di Madelene, con un immane sforzo collettivo, si era liberata da una povertà medievale, e così il bisnonno di Madelene si era laureato in ingegneria. I due figli avevano scelto la stessa professione e – negli anni Venti – si erano arricchiti. Senza ostentazione, da veri danesi, e senza dimenticare – era un ricordo ancora vivo in famiglia – gli stenti e le epidemie di colera del secolo precedente, con quella improvvisa ricchezza i due fratelli si erano costruiti un futuro. Avevano investito e reinvestito, comprato terreni, si erano moltiplicati e avevano dato sicurezza ai propri figli. Ormai non erano una famiglia ma un clan, numeroso, riservato, modesto, che aveva il potere di influenzare la politica estera danese.

La loro fortuna era iniziata con la costruzione delle stalle, una parte dell'impero ereditata dal padre di Madelene. Non si trattava di edifici in legno e muratura ai bordi di una strada di campagna, come nei dépliant dell'Ente turistico danese, ma di capannoni industriali a quattro piani, totalmente meccanizzati, destinati alla fabbricazione di animali da carne. Il padre di Madelene odiava la pubblicità e, al di fuori di una cerchia ristretta, era riuscito a rimanere sconosciuto. Ma in compenso chi lo frequentava sapeva che c'era lui dietro le cifre dell'Annuario Statistico sulla produzione danese di maiali, buoi e vitelli.

Come accade spesso a chi vuole mettere una certa distanza fra se stesso e un passato di povertà, il padre di Madelene rispettava solo quelli che si erano fatti da soli, o che erano pionieri della scienza. Finché non era fuggita con Adam, Madelene era stata costretta ad accettare che suo padre – anche, o forse soprattutto, quando lei era presente – dicesse di lei: «Madelene in fondo è una nullità». Le era stata offerta un'istruzione simbolica, ma lei e tutti gli altri avevano sempre saputo che l'unica cosa importante era che un giorno avrebbe trovato il suo posto accanto all'uomo giusto; a tale scopo non era sufficiente essere erede di un patrimonio, bisognava anche essere belle, e per avere un bell'aspetto bisognava lavorare, anche quella mattina.

Madelene non aveva mai avuto il coraggio di ribellarsi. Con una certa caparbietà, ma senza scorgere alternative, aveva percorso sentieri battuti, aperti e tracciati. Eppure aveva sognato, aveva desiderato con tutta l'anima che esistesse la possibilità di un'altra vita. In quel sogno era entrato Adam Burden, un uomo cortese, premuroso e non del tutto innocuo, un uomo che sarebbe diventato qualcuno. Madelene l'aveva seguito, come la principessa che si lascia sollevare sul cavallo bianco o come una naufraga sul punto di affogare che afferra un salvagente comparso all'improvviso.

Il matrimonio di Madelene durava da cinquecentoventinove giorni che erano cominciati tutti così, davanti allo specchio, e anche il resto della giornata era prefissato.

Si sarebbe alzata e sarebbe scesa in cucina a parlare della gestione della casa con la moglie di Clapham, poi sarebbe andata sulla terrazza per scambiare quattro chiacchiere con Clapham. Sarebbe andata a far spese, o a giocare a tennis, o a cavalcare a Hampstead Heath. Poi avrebbe passeggiato con un'amica, e alle cinque sarebbe tornata per prepararsi ad accogliere Adam, che rincasava alle sette.

Chi vive giornate sempre uguali e non ha preoccupazioni materiali vive in una sorta di eternità, ed era così che Madelene vedeva la sua vita. Come se avesse desiderato, cercato e trovato l'eternità.

Indossò una gonna corta plissettata e si guardò allo specchio. Somigliava alla figlia maggiore della famiglia, diretta a una lezione di tennis nelle prime ore del mattino. Uscì dalla stanza.

Sulla soglia, come sempre, indugiò per un istante.

Madelene aveva due stanze, una camera da letto e uno spogliatoio, e le lasciava come un animale lascia il suo territorio, esitante e guardinga. La routine che la attendeva le era nota nei minimi dettagli. Eppure esigeva un tributo di paura.

Madelene aveva arredato personalmente quelle due stanze, senza sapere da dove le venisse la forza di insistere perché avessero pavimenti di legno chiaro, mobili semplici e pareti bianche. Rappresentavano l'unico pezzo di Danimarca che le era rimasto. Oltre la soglia cominciava il Commonwealth.

I genitori di Adam erano morti quando lui aveva poco più di vent'anni, però Madelene aveva sentito la voce di suo padre. Una sera Adam le aveva fatto ascoltare la registrazione di una serie della Bbc intitolata "Racconti dal continente nero", in cui una voce sicura e pacata raccontava con calore e umorismo episodi dei tempi gloriosi dell'India e dell'Africa orientale britannica. A Madelene era sembrato di sentir parlare la casa in cui abitava.

Era stata costruita dai genitori di Adam quando, a metà degli anni Cinquanta, erano tornati in Inghilterra. Volevano che fosse un ricordo della loro vita sull'Oceano Indiano e l'avevano chiamata Mombasa Manor. Era un edificio a L con il tetto di tegole e un giardino enorme, simile a un parco, dove crescevano alberi e cespugli tropicali. Nelle sale c'erano pelli di leone gettate sui tappeti che coprivano tutto il pavimento, scudi e lance erano appesi ai lati dei camini. Madelene sapeva che gli altri le invidiavano quella vita che credevano fatta di lussi e di piaceri esotici. E sapeva anche di essere, formalmente, la regina della casa.

Eppure ogni mattina si bloccava per un attimo sulla soglia della sua stanza, frenata da un'istintiva paura: il pensiero che il Commonwealth, avendo sottomesso tutto ciò che era diverso, forse avrebbe inghiottito anche lei.

La sosta fu breve, come ogni mattina. Madelene scosse la testa a quel pensiero folle e si costrinse a proseguire. Mentre camminava lungo i corridoi, per le scale e attraverso le stanze, si lasciò dietro la sua paura, come ogni mattina, un pezzo in ogni stanza.

Clapham la salutava sempre nello stesso modo. Quando Madelene usciva sulla terrazza si alzava, si toglieva il berretto, le porgeva un fiore e le chiedeva se voleva una tazza di caffè.

Formulava questa offerta a voce bassa. Il caffè era il pegno del loro sodalizio, l'alleanza di una straniera e di un lavoratore, in un mondo che non conosceva nulla che fosse più rozzo del tè Darjeeling.

Per certi versi Madelene si fidava di quell'uomo. Come lei, era una parte dell'ambiente, ma una parte distinta dal resto.

Oltrepassò la portafinestra. Clapham batté i tacchi e le porse un lillà. Sorridendo, annusando il fiore, lei aspettò la sua solita frase. Che non arrivò.

«Il signor Burden ha chiamato» disse lui. «Tornerà a casa presto. Per lavorare.»

Madelene posò il fiore, afferrò la sedia e si sedette lentamente. Non era mai accaduto prima che Adam lavorasse in casa. Non era nemmeno sicura di averlo sentito parlare del suo lavoro, a casa. Le era sembrato che suo marito avesse la segreta intenzione di non pensare nemmeno al lavoro, quando era all'interno delle mura del parco.

«Lavorare» ripeté lei. «A cosa?»

Il volto di Clapham divenne quello di un estraneo.

«Deve chiederlo al signor Burden, signora.»

Madelene distolse lo sguardo. Clapham non la chiamava signora dal giorno in cui erano stati presentati.

Lui si alzò e posò la tazza.

«Il dovere mi chiama» disse.

Le voltò le spalle.

Madelene entrò nella stanza sotto la terrazza per prendere una racchetta. Era il tocco finale della sua finzione.

Il campo da tennis era dall'altra parte della casa. Si avviò in quella direzione con passo deciso, ma non ci arrivò. L'energia e l'ottimismo del suo incedere durarono solo fino all'angolo, dove non poteva più essere vista. Lì i suoi movimenti divennero furtivi come quelli di un gatto. Abbandonò il vialetto di ghiaia e, da una porta nell'altra ala dell'edificio, entrò nella serra.

Il locale era caldo e umido come una foresta pluviale. Una metà del tetto era di vetro, in vasi e cassoni c'erano migliaia di talee, in una grossa vasca galleggiavano ninfee in fiore. Madelene colse la propria immagine riflessa nello sportello di un armadio di acciaio inossidabile e le sorrise. Poi fece ciò che faceva sempre.

Da uno scaffale di ferro prese una pipetta, in un armadio una bottiglia, da uno scolapiatti un piccolo misurino. Tolse il tappo di gomma a una damigiana e spillò tre decilitri di alcol al 99,6 per cento. Riempì la bottiglia fino all'orlo con l'acqua distillata che prese da un contenitore di plastica. Ora il liquido conteneva il 55 per cento di alcol. Bevve il primo mezzo bicchiere.

Nel suo alcolismo, come in tutto il resto, Madelene era praticamente sola. Non aveva nessuno che le desse consigli, nessuna guida e nessuna esperienza. Stava scoprendo l'alcol come un viaggiatore solitario esplora un nuovo continente. Non sapeva perché lo faceva, né voleva saperlo, ma sentiva che quella era la concentrazione ottimale. Al 55 per cento, le sostanze volatili venivano assorbite dalla mucosa del palato e uccidevano le cellule della cavità orale. L'effetto era un acuto bruciore. Quel bruciore era importante. Era una sorta di lucidità, l'intuizione del profondo, assoluto desiderio di autodistruzione che era il nucleo della dipendenza.

Poi arrivò la prima ebbrezza. Ritrovò la propria immagine sullo sportello dell'armadio. Nel suo vuoto interiore si alzò una fiamma vivida e pulsante. Lei, una nullità, stava rapidamente diventando qualcosa.

Mombasa Manor era suo, il parco era suo, il mondo era suo. E lei era bellissima. Era tutto perfetto. Brindò e si congratulò con se stessa. Poi bevve.

Si esibì in un rovescio stilizzato nell'ambiente di acciaio. Una regina aveva bisogno di spazio. Spostò la racchetta dietro la spalla e tese il corpo in una schiacciata immaginaria verso la porta che aveva davanti. La porta della veranda. Posò la racchetta. Il ricordo della scimmia la colpì con la stessa forza dell'alcol. Girò la maniglia ed entrò.

Mombasa Manor era stato costruito per un ambiente più africano che inglese: stipendi africani alla servitù, un clima africano, la vita di società degli amministratori del dominio coloniale britannico. Quando si era rivelato troppo grande, troppo costoso e troppo freddo per Londra, tutta l'ala laterale, tranne l'appartamento di Clapham al primo piano e i locali di servizio sulla facciata, era stata chiusa. Madelene era stata pochissime volte lì dentro. Ricordava pesanti tendaggi guarniti di nappe, teli di plastica sui tappeti, fodere intorno ai lampadari e sui mobili, e il sentore opprimente di qualcosa che apparteneva al passato e non sarebbe mai tornato.

Ora il locale era stato riaperto.

Era una grande stanza, quasi una sala, con un giardino d'inverno in vetro e acciaio verniciato di bianco, lungo cinque metri e circondato dalla vegetazione del parco. Ora l'ingresso del giardino d'inverno era chiuso da un'inferriata. Davanti all'inferriata era cresciuto un boschetto tropicale di felci, latifoglie e bassi cespugli di bambù. Davanti alle piante il locale era protetto, per tutta la sua altezza e per due terzi della larghezza, da una vetrata. Nel punto in cui Madelene era entrata il vetro si univa alla parete. Dall'altra parte terminava con una barriera di metallo che verso il soffitto aveva delle sbarre bianche.

Accanto al boschetto cresceva un albero dai rami bassi, come quelli dei parchi giochi. Accanto all'albero c'erano due copertoni di trattore e una carriola piena di frutta e verdura. Vicino alla carriola c'era la scimmia.

Madelene cercò di ricordare gli avvenimenti degli ultimi due giorni. La scimmia era arrivata due giorni prima. Il giorno precedente lei era rimasta a letto con la sua caraffa e un tremendo mal di testa. Il grosso del lavoro doveva essere stato completato in meno di ventiquattr'ore.

La scimmia stava dormendo con la schiena appoggiata alla parete.

L'ingresso della gabbia era una porta nella barriera metallica su cui erano affisse delle tabelle per l'alimentazione, i grafici della temperatura e una lista di iniezioni di vaccino. La porta aveva due serrature a scatto. Madelene le aprì ed entrò.

Nell'istante in cui oltrepassò la soglia rialzata sentì un lieve bruciore sotto la pelle, come se il suo sistema nervoso si stesse surriscaldando. La stessa sensazione di quando l'alcol penetrava nell'epitelio della gola e della bocca. Il debole, quasi lieto richiamo del desiderio di sprofondare nel nulla.

Si chiuse la porta alle spalle.

«Come sto?» disse.

Al suono della voce la scimmia aprì gli occhi. Madelene avanzò, un passo dopo l'altro, finché fra lei e l'animale ci furono soltanto tre metri. Sedette su un copertone e posò la bottiglia e il bicchiere sul pavimento.

Aveva varcato un confine ed era di nuovo sobria, o quasi. Il calore che si irradiava dallo stomaco e la stordiva si era trasformato in un'ipersensibilità cristallina. Udiva il respiro di entrambi: il suo era due volte più veloce di quello dell'animale. Riempì il bicchiere e buttò giù un sorso.

«Salute» disse.

Per un attimo provò il compiacimento di non essere capita. Poi incontrò lo sguardo della scimmia.

Era uno sguardo aperto, insondabile.

Madelene si sentì a disagio come se si fosse seduta su un formicaio. Cambiò posizione mentre la scimmia la osservava. Si sentiva spiata, trasparente; era come se la scimmia le leggesse dentro, come se la vedesse nuda, senza trucco e, peggio ancora, come se vedesse la sua miseria interiore, la sua insicurezza, la sua inutilità.

Si alzò, confusa. Le sembrò di essere anche lei una scimmia. Poteva lasciare quella gabbia e quella casa, ma ben presto si sarebbe trovata di fronte agli ostacoli economici, sociali o coniugali che limitavano la sua vita.

Aveva le mani fredde e tremanti. Si era rovesciata sul polso un po' di liquido che evaporò dandole un senso di gelo.

«Mi dispiace» disse.

Davanti a lei era appesa una pesca. Seguì il ramo in direzione del tronco: era il braccio della scimmia. Le aveva offerto una pesca.

Con cautela, sfiorando quella mano grigia, prese il frutto maturo e vellutato. Poi arretrò lentamente.

«Grazie» disse. «In effetti stamattina non ho mangiato niente.»

2

Il letto di Madelene misurava due metri per due e aveva lenzuola di satin rosa. Era il suo bozzolo e il suo regno, l'unico luogo dove, a volte, si sentiva completamente al sicuro. Si sedette al centro del materasso a gambe incrociate, la caraffa in una mano e un grosso flacone di pillole nell'altra.

Madelene amava immaginare di vivere in una nuova era inaugurata da due avvenimenti quasi contemporanei che avevano chiuso il capitolo del passato: il suo matrimonio e la sua scoperta della vitamina B.

Il matrimonio le aveva permesso di fuggire dalla Danimarca e dalla famiglia, mentre le grandi compresse da quindici milligrammi di vitamina B_1 in vendita in qualsiasi farmacia la aiutavano a combattere contro i postumi dell'alcol e a sembrare pressoché normale anche quando era sbronza.

Non riusciva a capire perché fosse così turbata. Versava il contenuto della caraffa su queste sensazioni come un balsamo benefico e, allo scopo di mantenersi lucida per ciò che l'attendeva, a ogni sorso metteva in bocca due compresse inghiottendole con mezzo bicchiere d'acqua.

Ciò che l'attendeva, come tutto nella sua vita, era qualcosa che si ripeteva a intervalli regolari, in questo caso una volta alla settimana. Lei rispettava gli impegni con tranquilla indifferenza, ma adesso era ansiosa e impaziente.

La persona che doveva incontrare era già nella stanza nella forma di una fototessera con gli angoli arricciati, appoggiata al ritratto di Adam che teneva sul comodino. Era il volto di una donna, pallido e lentigginoso. Si chiamava Susan, ed era l'unica amica che avesse mai avuto.

A dieci anni Madelene era stata mandata alla scuola inglese, a nord di Copenaghen. Era un collegio internazionale, una delle poche scuole femminili che ancora esistevano in Danimarca. Era gestita dalle suore di un ordine laico anglicano e frequentata dalle figlie di uomini d'affari e diplomatici inglesi, nonché dalle figlie di genitori danesi che volevano togliersi di torno i loro rampolli e potevano permettersi di scegliere una soluzione tecnicamente accettabile. Madelene visse i primi tre anni alla scuola immersa in un letargo simile alla morte, circondata da insegnanti freddi e irraggiungibili e da ragazze che vedevano nelle compagne non tanto delle persone quanto delle rappresentanti della grigia uniformità di cui erano parte.

Durante il quarto anno avvenne una catastrofe naturale. Nel giro di pochi mesi le trenta ragazze della classe di Madelene, nessuna esclusa, scoprirono il sesso.

La classe era sempre stata tranquilla, anche troppo. Negli ultimi anni il silenzio era diventato inquietante, ma le suore non si erano accorte di ciò che covava sotto quell'apparente apatia. In realtà la pace era un'illusione. Fin dall'inizio le ragazze erano state un fluido che il tempo aveva saturato di impulsi ormonali carichi di aspettative. Appena vi cadde una particella microscopica, mai identificata, intorno a quella scheggia di specchio magico il fluido si cristallizzò ed esplose.

La catastrofe assunse diverse forme. Nessuna delle ragazze sapeva verso cosa stava andando e per alcune il mutamento fu un trauma da cui non si sarebbero più riprese. Sui loro corpi, fino ad allora non tanto diversi da quelli dei loro coetanei, comparvero protuberanze di carne che le impacciavano nella corsa e negli sport, rendevano inadeguati i loro abiti e i loro abituali riferimenti e le esponevano a un caustico desiderio maschile. Altre venivano travolte dalle forze che si combattevano nel loro animo. Dopo un'infanzia timida e tranquilla venivano gettate – e si gettavano – in una lascivia sproporzionata e promiscua, prima verbale e poi fisica.

Era come la fine di un viaggio. Erano trenta lemming arrivati contemporaneamente al mare. Andavano a fondo nel tentativo convulso di aggrapparsi alla terra dell'infanzia, sempre che non si buttassero subito in acqua.

In questo caos Madelene e Susan si notarono a vicenda, dopo essere state per anni a un metro di distanza senza rendersene conto. Si scambiarono un'occhiata rapida e pensierosa, e capirono di poter restare a galla. In quell'istante, senza dire una sola parola, seppero di avere un accordo segreto con le forze che stavano disintegrando il loro mondo.

Per affrontare ciò che stava accadendo alle allieve, le suore potevano contare sulla preparazione e sull'esperienza, oltre che sull'arma delle punizioni, rare ma severe. Tuttavia, la forza della simultaneità le aveva colte alla sprovvista, e impiegarono quasi due anni a riprendere il controllo. Comunque, dopo quel periodo – dopo una serie di aborti e casi di malattie veneree, due tentativi di suicidio riusciti e un'aperta rivolta seguita da un'ultima, definitiva epurazione – erano rimaste diciannove ragazze tranquille e posate, almeno apparentemente. C'erano anche Susan e Madelene.

Restarono alla scuola altri due anni prima del disastro finale, passando quasi inosservate. Gli altri non le comprendevano, e ciò che è incomprensibile è sempre invisibile.

Ognuna trovava nell'altra una gaiezza che per le loro compagne e per le suore era al di fuori della portata dei sensi, in una dimensione diversa e inaccessibile. Maturarono come una coppia di cuccioli. Immuni dal panico che colpiva le loro coetanee, crescevano tranquille e senza drammi, con l'intensa consapevolezza di cosa significa provare un prurito. Per la maggior parte delle ragazze del gruppo il viaggio si era concluso. Per Madelene e Susan quello era solo l'inizio.

Non avevano mai dubbi sulla destinazione. I loro neuroni sapevano che in fondo alla strada c'era un uomo ancora privo di un nome, di un volto o di un corpo, del quale però comprendevano la natura con istintiva certezza.

In quel viaggio si davano man forte. Quando l'ultima grande espulsione spopolò un'ala della scuola, ebbero una stanza a quattro letti tutta per loro, e da lì partivano per avventurarsi in mare aperto. Il letto che dividevano era la loro nave; l'acqua era azzurra, poi rosa e alla fine rosso scuro, e aveva la stessa piacevole temperatura dell'acqua in cui facevano il bagno.

In quei due anni dormirono molto poco di notte, anche perché non ne sentivano il bisogno. Il loro amore era come un gioco che ignorava la fretta e la disperazione, quasi sempre senza scopo. Tentavano di navigare il più a lungo possibile sulla superficie bollente su cui posavano i piedi.

Non parlavano mai di ciò che facevano, né con altri né tra loro, e neppure con se stesse. Sapevano che meno parole si usano, più la cosa diventa eccitante. Nessuno le vide mai toccarsi: nella realtà che dividevano con chi le circondava nulla lasciava supporre che non fossero solo compagne di scuola e amiche, due allieve un po' trascurate, tranquille e mediocri, di una buona scuola. Ma loro conoscevano un'altra dimensione, dove uno sguardo, un fremito delle narici, il modo in cui la punta della lingua inumidiva il labbro superiore, accendevano un fuoco che saliva dall'interno delle cosce fino ai capelli e più su, verso il cielo azzurro.

Inevitabilmente, paragonato a quest'orgia dei sensi vivida e segreta il grigiore quotidiano appariva ancora più desolante. Erano in balia di una costante incertezza, circondate da insegnanti che temevano e da compagne che, come loro, erano state consegnate, grazie al denaro dei genitori, a mediatrici insensibili di un assurdo programma di erudizione.

Le due ragazze diventarono inseparabili, e fu allora che impararono ad amare il loro letto.

Dopo due anni Susan trovò il suo primo amante. Venne scoperta e redarguita, continuò a vederlo e venne espulsa. Suo padre, l'ambasciatore inglese a Copenaghen, la rispedì a Londra. Così, all'improvviso, Susan sparì dalla vita di Madelene.

Passarono dodici anni prima che si rincontrassero, a Londra. In quei dodici anni fra loro non c'era stato nessun contatto, eppure il legame che le univa era sopravvissuto. Nello stesso modo in cui, a scuola, avevano trascorso giornate intere senza scambiare una parola, ciascuna nel suo angolo del letto, come volpacchiotti acciambellati, ciascuna rassicurata dalla certezza della presenza dell'altra, così, in quegli anni di separazione, avevano sempre intuito dove era l'altra. Nell'istante in cui si ritrovarono, Madelene guardò i due figli e il marito e la bambinaia di Susan, Susan guardò il belletto e sentì l'odore di alcol di Madelene. Videro che sotto quelle maschere c'era ancora qualche frammento intatto del mondo che avevano condiviso.

Da allora, ogni martedì pomeriggio, mentre i figli di Susan erano a lezione di danese alla Chiesa Danese, facevano una passeggiata a Regent's Park. Al contrario di ciò che accade ai più, che usano la conversazione per diminuire la distanza che li separa, loro due avevano accettato una volta per tutte le differenze reciproche, perciò le loro passeggiate erano lente e spesso silenziose.

Quel giorno però non andò così. Madelene arrivò in ritardo e cominciò subito a parlare.

«Tu fai parte del consiglio direttivo dell'Ente per la protezione degli animali, non è vero?» disse.

Susan dovette pensarci. Era nel consiglio direttivo di molte associazioni. Per far contento suo marito, per dare una patina di decoro al proprio ozio e avere sempre una buona scusa per non essere dove avrebbe dovuto essere.

«Dovresti conoscere Andrea, la sorella di Adam.»

Susan scosse la testa.

«Lei è alla Fondazione per la difesa degli animali» disse.
«Qual è la differenza?»

Susan rimase in silenzio. Le interessavano gli altri. Soprattutto alcuni uomini, oltre a Madelene e ai suoi figli. E più in là, ai margini della sua coscienza, il resto dell'umanità. Per gli animali provava un profondo disinteresse.

Tuttavia quella domanda evocò nella sua mente una strana immagine. Ricordò di aver sempre pensato a Madelene come a un gatto, un velluto elettrico che faceva le fusa pronto a trasformarsi in una furia con cinque coltelli a serramanico per zampa. Ora, dentro e dietro le domande pressanti dell'amica, intravide altri animali, meno eleganti ma più cocciuti: la pecora, l'asino, forse la mucca.

«È una faccenda di soldi» disse. «La Fondazione per la difesa degli animali ha a che fare con i soldi.»

Fra le due amiche c'era un tacito accordo di cui erano entrambe consapevoli: mentre Susan raccontava tutto a Madelene, quest'ultima raccontava molte cose a Susan, ma niente di più. Susan attese una spiegazione, ma il volto di Madelene rimase privo di espressione, chiuso.

Si diressero verso la chiesa tenendosi a braccetto. Una donna alta con le lentiggini, nel cui ventre lo sperma di tre uomini tentava invano di trovare un accordo, e una ragazza simile a una gazzella, con un notevole tasso alcolico nel sangue, che si teneva in piedi, più o meno lucida, solo grazie all'aiuto dell'amica, della vitamina B e della sua curiosità.

3

Anche se sarebbe stato troppo esiguo per avere una rilevanza statistica, il numero di uomini che Madelene aveva conosciuto le consentiva di trarre dalla sua esperienza alcune regole generali di comportamento. La più importante era la scoperta del fatto che il contenuto e lo sviluppo di qualsiasi rapporto sentimentale sono già evidenti dopo il primo giorno.

Adam aveva fatto visita al padre di Madelene per questioni di affari. L'aveva vista a una festa e senza fretta, come sempre quando qualcosa per lui era importante, si era diretto verso di lei passando in mezzo alla folla. Da quel movimento traspariva la sua natura. Nel suo corpo c'erano il cricket, il lancio del giavellotto e una lunga serie di vittorie fisiche su altri maschi, nel suo aspetto la necessaria sicurezza di sé e le necessarie risorse; la sua voce, quando raggiunse Madelene, aveva la ricca sonorità tipica di chi sa provare emozioni profonde e la rifinitura che si ottiene solo nelle scuole e nelle università private più costose. Intorno alla sua persona, come una criniera o un'aureola, aleggiava la coscienza di non avere, in pratica, neanche un avversario naturale.

Il resto della giornata confermò questa impressione. Inoltre si scoprì che era premuroso e molto, molto interessato a lei.

Durante quelle prime ventiquattr'ore non si separarono neanche per un istante e Adam Burden non rise mai.

Non perché fosse privo di senso dell'umorismo. In realtà poteva attingere in qualsiasi momento a un sarcasmo freddo e raffinato, specialmente quando veniva minacciato in campo professionale. Se qualcuno contestava la sua preparazione, rischiando di minare le basi della sua autostima, Adam si difendeva con battute micidiali. Ma nei cinquecentoventinove giorni del loro matrimonio, né – forse – prima, né – con tutta probabilità – in seguito, gli era mai passato o gli sarebbe mai passato per la testa di poter essere comico. La sua prima mossa con Madelene aveva dimostrato, come avrebbero confermato tutte le sue mosse successive, che possedeva l'imponente solennità dei grandi predatori e dei grandi dittatori.

In ogni caso Madelene non cercava il divertimento nel matrimonio. Il riso è un sovrappiù, un lusso, e Madelene sapeva che Adam l'aveva salvata da una sicura rovina familiare. Per chi è riuscito a sopravvivere per puro caso, la soddisfazione quotidiana dei bisogni fondamentali è un miracolo, ed era così che Madelene vedeva il suo matrimonio: come la quotidiana, reciproca, miracolosa soddisfazione dei bisogni fondamentali.

Di solito questo scambio cominciava alle sette, quando Adam rincasava. Ma quel giorno tornò due ore prima. Madelene lo accolse sulla porta alle cinque. Dieci minuti dopo presero il tè in biblioteca.

La biblioteca era la tana di Adam Burden. Era scura, accogliente, e racchiudeva fra le pareti l'odore di Adam, delle foreste monsoniche dalle quali proveniva il legno dei mobili e della pelle delle rilegature.

Quella stanza gli offriva la tranquillità di un rifugio. Quando Adam rincasava era pallido, sfinito. Ma appena sprofondava in una delle poltrone e riponeva in un cassetto la sua agenda tornava a vivere. Mentre dedicava una minima parte della sua attenzione a bere il tè e a chiacchierare, assorbiva la sicurezza che lo circondava e guardava la donna che aveva di fronte.

Madelene era consapevole che in quei tre quarti d'ora, apparentemente poco impegnativi, trasmetteva all'uomo seduto in poltrona la sua energia femminile.

Nel frattempo Adam Burden rinunciava gradualmente alle sue difese. Madelene non aveva mai sfruttato questa debolezza per parlargli di qualcosa di importante e ora, quando lo fece, la domanda suonò casuale, estemporanea, un singolo elemento in uno sciame di associazioni.

«E la scimmia?» disse.

Con gli occhi socchiusi, indifferenti, Adam guardò la domanda passargli davanti come un insetto, come il vapore della tazza di tè.

«È nella veranda» disse. «È una sistemazione provvisoria.»

«Di che specie è?»

Si fece silenzio. La terra di confine che li divideva era ancora inesplorata. Madelene sentì di essere vicina alla zona di demarcazione.

«Un tipo di scimpanzé nano.»

«Cos'ha di speciale?»

Il volto di Adam era in ombra. Ora in quell'ombra brillavano due luci gialle, come se un grosso gatto stesse fissando Madelene dall'oscurità.

«Quando un animale selvatico sfugge alla prigionia vaga in preda al panico, oppure cerca un luogo per nascondersi. Gli animali sono incapaci di adattarsi all'improvvisa libertà. È interessante che questo sia arrivato così lontano.»

Madelene chinò la testa. Era un gesto di accettazione, quasi di sottomissione. Adam non aveva mentito, lei lo sapeva. Però le aveva raccontato il meno possibile. Dietro la tazzina di porcellana stringeva la sua preda con l'atteggiamento guardingo di un animale.

Lei alzò gli occhi e gli sorrise come avrebbe fatto un'infermiera. Poi gli versò del tè, ci mise lo zucchero e girò il cucchiaino trenta volte, il numero di giri necessari perché i duri cristalli di zucchero di canna si sciogliessero completamente.

Quella notte Madelene andò nella camera di Adam e lo

aspettò. Lui arrivò alle due del mattino. Quando la vide, la sua stanchezza e la sua smorfia esasperata furono cancellate da un sorriso. Cominciò a spogliarsi.

L'agenda di Adam era un libretto grigio: come spesso fanno le persone sottoposte a una grande pressione a causa del loro lavoro, lui gli aveva affidato la sua memoria. Era allo stesso tempo un'agenda e un taccuino dove annotava ogni cosa, dalle incombenze più insignificanti agli impegni più importanti. Senza quel libretto non ricordava niente. Era un'arma di autodifesa, come il tè in biblioteca, come il silenzio a proposito del suo lavoro.

Madelene non l'aveva mai sfogliato. Non aveva mai voluto farlo, poiché le sembrava un oggetto a un tempo banale e inviolabile. Quella notte lo aprì. Quando Adam entrò in bagno, lei prese l'agenda dal cassetto del comodino.

Rinunciò a decifrare il testo: gli appunti di Adam erano misteriosi ed ellittici come impronte di uccelli sulla sabbia. Decise di esaminare i fogli sciolti infilati fra le pagine.

Ce n'erano cinque, poco più grandi di un foglio da macchina per scrivere, tenuti insieme da un fermaglio e messi alla data di quel giorno. Le prime tre pagine erano illeggibili; le altre due erano dei disegni.

I disegni rappresentavano la scimmia. I primi erano schizzi dell'animale di profilo e di fronte, senza dettagli. Erano stati fissati solo la postura del corpo e il rapporto fra la lunghezza delle membra.

Sotto erano state disegnate più volte le narici, da diverse angolazioni. Poi c'erano le mani, senza pelo e senza unghie, posate sulle ginocchia dell'animale, come quando Madelene si era seduta davanti a lui.

L'ultima mezza pagina era incomprensibile. Era la carta geografica di un gruppo di isole che ricordavano due parabole opposte l'una all'altra, come un doppio atollo polinesiano rovesciato. Era riprodotta una dozzina di volte e poi di nuovo dal lato, dando l'impressione che le isole si sollevassero sull'acqua, alcune basse, altre scoscese, quadrate, o simili a torri rotonde e ad assi di legno.

Sentì Adam che si insaponava le guance. Strappò un foglio bianco dall'agenda e, usando una matita per occhi, copiò una delle carte, l'unica che Adam aveva cercato di disegnare con cura e che aveva sottolineato. Copiò sia la vista dall'alto che quella di lato, veloce e precisa. Per chi durante tutta la sua vita adulta non ha fatto che tracciare linee su un volto, un foglio di carta si rivela un supporto compiacente.

Nell'attimo in cui confrontò le altezze delle isole sulla superficie dell'acqua e sentì Adam che si metteva il dopobarba, comprese cosa aveva disegnato. Erano i denti della scimmia. Aprì il cassetto e rimise a posto l'agenda.

Nel cassetto c'era un pezzo di plastica grigia. Le sembrò di ricordare che la scimmia lo aveva al polso quando era sdraiata sul lettino. Lo prese. Era uno di quei braccialetti usati negli ospedali per identificare i cadaveri e i neonati. Sopra c'era scritto *Erasmus*.

Quando Adam ritornò nella stanza, lei era appoggiata ai cuscini.

Come sempre, Madelene accolse con gratitudine la sua attenzione per i preliminari, la sua pignoleria. Ebbe solo un istante di intima distrazione prima di concentrarsi completamente su di lui. Pensò a quella smorfia esasperata e concluse che la scimmia non gli aveva dato ciò che cercava, qualunque cosa fosse. Non aveva dato niente a nessuno. Tranne che a lei. A lei aveva dato una pesca.

4

Madelene si svegliò presto. Come sempre, era sola. Non aveva mai trascorso un'intera notte con suo marito. Indipendentemente dalla passione che avevano condiviso, arrivava un momento, spesso prima dell'alba, in cui Adam, muovendosi nel sonno la sfiorava, e nel percepire la vicinanza di un'altra persona veniva attanagliato da una sorta di disperazione. Ancora addormentato, ma con determinazione, scendeva dal letto, prendeva la sua coperta e andava a coricarsi nella stanza accanto. Madelene non gli aveva mai chiesto spiegazioni. Con dieci anni di anticipo rispetto ai suoi coetanei, aveva capito che non serve a niente parlare di situazioni che non si possono cambiare.

Di solito si svegliava con la sensazione che il letto fosse un'isola deserta sulla quale l'avevano gettata le onde della notte. Solo quando si sedeva davanti allo specchio il presentimento di un pericolo imminente scompariva. Quella mattina fu diverso. Si svegliò con l'impressione di essere sospesa in aria. Senza voltare la testa allungò una mano e sotto i suoi vestiti trovò la pagina strappata con il disegno dell'arcipelago di nome Erasmus. Si infilò un kimono, tornò nelle sue stanze e si sedette al tavolino da trucco.

A questo punto avvenne una cosa strana: Madelene fece uno sbaglio.

In circostanze normali riusciva a ottenere un colorito

chiaro, giovanile, con assoluta precisione. Ma quel mattino, quando alzò lo sguardo dal pennello e dal dettaglio del volto nello specchio concavo da trucco che aveva davanti, si accorse che il risultato lasciava a desiderare. Il suo viso, anche se era privo di rughe, aveva la stessa neutralità scialba di dieci minuti prima.

Prese la crema detergente, ma esitò. Si guardò con più attenzione. Con la matita tracciò una riga larga un dito sotto ciascun occhio e ci passò i polpastrelli, trasformandola in un incavo scuro, in cinque anni di erosione del tempo. Usò il rossetto per disegnare una bocca dura, grande, da vera donna. Si mise un paio di occhiali da sole. Un foulard sui capelli. Si alzò. Provò a camminare un po' curva. Aveva dimenticato se stessa. Per la prima volta da quando, in un lontano passato, aveva rinunciato alla gioia infantile di indossare i vestiti dei grandi, Madelene si sforzò di sembrare più vecchia.

Andò alla finestra e sentì il vento sulla sua nuova maschera. Vide Clapham che tagliava una rosa dal cespuglio accanto al cancello, faceva entrare un furgone, mandava via un uomo grigio con un'auto bianca, tornava verso la casa. Rifletté sulla routine della giornata. Ricordò che Adam stava lavorando a casa, nella veranda, con la scimmia.

Questo pensiero la turbò. Il matrimonio di Madelene non era solo emotivo, giuridico o fisico. Era anche una questione di territorio. Aveva sempre avuto la certezza che, fino al termine della giornata, nella sua riserva non correva il rischio di imbattersi in suo marito.

Tentò di scacciare l'inquietudine col solito sistema. Prese la caraffa sotto il letto; in piedi davanti alla finestra, bevve il primo bicchierino della mattina.

La sua audacia crebbe. Madelene trovò un soprabito leggero e lo indossò senza cintura, lasciando che le pendesse addosso come un sacco. Trovò un paio di sandali con la zeppa malandati. Si guardò allo specchio. Sua madre non l'avrebbe riconosciuta. O comunque avrebbe preferito non riconoscerla.

Mise in una borsetta nera tutto ciò di cui una donna ha bisogno: chiavi,denaro, rossetto, matita per occhi, fazzoletto, il disegno dei denti di una scimmia e una bottiglietta di plastica piena di alcol. Uscì dalle sue stanze, veloce, di soppiatto e senza fermarsi sulla soglia.

Scese dalle scale sul retro, attraversò l'orto e aprì un cancelletto. Era molto tempo che non andava a piedi, senza il vetro scuro di un'auto fra lei e il mondo esterno. Si godeva il sole, i suoni, la limpidezza dei colori. Si godeva l'anonimità della sua nuova maschera. Passò davanti a un furgone con l'immagine di un cane sulla portiera: l'uomo al volante non la degnò di uno sguardo. Passò davanti a una cameriera che portava a spasso Kasimir, il levriero del vicino: la ragazza e il cane la guardarono senza riconoscerla. Passò davanti a un'automobile bianca nella quale era seduto l'uomo grigio che Clapham aveva mandato via. L'uomo fissava Mombasa Manor e non la vide nemmeno. Madelene arrivò a una stazione della metropolitana e scese le scale.

Sulla banchina ebbe paura.

Madelene era cresciuta in un ambiente singolare, protetto, nel regno dei benestanti. Era vissuta quasi sempre lontana dalla gente comune; fra lei e il resto della società c'erano sempre stati filtri, grandi case, scuole esclusive, bambinaie e autisti. Ora, nella metropolitana, incontrò la brutalità di Londra, come una donna che si lancia fuori da una jeep nel bel mezzo di una riserva di caccia e continua da sola a piedi.

Ovviamente Madelene conosceva la tragedia, la morte, la nausea e l'odio di sé, ognuno di noi li ha dentro fin dalla nascita. Ma non era allenata né a comprenderli nella loro concretezza, né a spiegarli. Il guscio in cui era vissuta era anche e soprattutto una barriera linguistica. Poco dopo che si erano conosciuti, Adam le aveva regalato alcuni libri di Debrett, e sorridendo le aveva mostrato che nel ventesimo secolo esisteva ancora una casa editrice che, con impercettibile autoironia, pubblicava manuali per la conservazione del dominio di classe. Madelene aveva imparato in fretta. Dopo un anno e mezzo parlava un inglese impeccabile, senza accento, con una lieve prevalenza di termini neolatini. Eppure non avrebbe saputo a cosa associare parole come fame, gengive sanguinanti, sifiloma, Wormwood Scrubs, pugno di ferro, calli, sussidio di disoccupazione, frattura del cranio e delirium tremens. In treno sedeva rigida, silenziosa e vigile, la bottiglia come unica difesa dall'assalto delle impressioni.

Aveva perduto la nozione del tempo e dello spazio. Dopo aver istintivamente cambiato treno, essere scesa, salita, aver girato qualche angolo, scansando predatori e mendicanti e rischiando di essere travolta, si trovò davanti a un lungo, basso edificio di cemento e seppe di essere arrivata. Solo allora le fu chiaro che aveva avuto una meta, che era stata guidata da una legge che cercava di ristabilire un equilibrio. Si era mossa nella direzione opposta a quella di Adam. Lui era rimasto a casa, lei era stata condotta dove lui sarebbe dovuto essere: l'Istituto per la ricerca sul comportamento animale, uno dei dipartimenti collegati allo zoo di Londra. Adam era il direttore.

La prima volta che Madelene era andata a Londra, Adam l'aveva accompagnata in una delle costruzioni che sorgevano nel parco di Mombasa Manor, aveva richiuso la porta e l'aveva lasciata per un momento nell'oscurità e nel puzzo di tarme, formalina e decomposizione fermata appena in tempo. Poi aveva acceso una lampada che mandava un chiarore abbagliante e aveva illustrato a Madelene il proprio credo professionale.

Il locale era pieno dei trofei di caccia dei suoi genitori. Zanne, pelli di leone, mascelle di pescecane, piume di uccelli del paradiso, corni di rinoceronte, corna di cervo, pelli di pitone, fanoni di balena, la testa di un gorilla e due pelli di varano di Komodo trapiantate su modelli a grandezza naturale. Adam le aveva mostrato una fotografia di suo padre e di sua madre, a braccetto, in piedi su una montagna di sei elefanti morti. In tono pacato, le aveva spiegato come lo scopo dei suoi genitori fosse stato quello di uccidere, raccogliere ed esporre: avevano eseguito quel compito con eleganza, ma il mondo era cambiato. Ormai era tempo di studiare, mostrare e conservare, aveva detto Adam, con la serietà che deriva a un uomo dal sapere che la sua famiglia ha settecento anni, che i suoi antenati sono stati persone straordinarie e lui è ancora meglio. Poi le aveva parlato dello zoo di Londra.

«È il giardino zoologico più antico del mondo» aveva detto, «un tempo era il migliore e può tornare a esserlo. I lavori di ampliamento sono iniziati, come saprai, ma sarà un progetto più ampio di quanto chiunque immagini. Andrea e io ce ne stiamo occupando.»

Aveva fatto scorrere le dita su alcune fotografie e si era fermato sull'immagine di Edward Elgar sul podio.

«Un concerto di beneficenza per lo zoo di Londra» disse.

Aveva sfiorato la buona società inglese, quella che amava gli animali. Quando riprese a parlare, Madelene si rese conto che si era dimenticato di lei, che parlava alla gente come lui e ai suoi fantasmi.

«Se lo zoo esiste è merito loro. I loro figli si limitano ad amministrare un privilegio. Quando lo zoo di Londra fu fondato era una proprietà privata. Ora riusciamo a malapena a far fronte alle spese. Si sono addormentati, e quando si sveglieranno scopriranno che è troppo tardi.»

Questo discorso, che ricordava ancora ma del quale non aveva compreso nulla, risaliva a un anno e mezzo prima. Da allora aveva fatto visita all'Istituto solo una volta, in occasione di una cena ufficiale dove i posti erano stati assegnati secondo un ordine gerarchico. Madelene e Adam sedevano a capotavola. Lei era riuscita a resistere solo perché quando arrivò aveva già bevuto e continuò a bere per tutta la sera.

Questa volta varcò le porte di vetro da sola.

Una donna corse subito dietro un bancone e le sbarrò la strada, agile come un terrier. Per un attimo Madelene ebbe l'impulso di voltarsi e scappare. Poi ricordò che quel giorno era un'altra persona.

«Vengo dal Centro ricerche del mattatoio» annunciò. «Abbiamo una richiesta di informazioni sulla dentatura di un animale.»

L'addetta alla reception arretrò. Madelene, nascosta dietro gli occhiali da sole, la capiva perfettamente. Avevano ricevuto entrambe un'istruzione troppo breve. Erano entrambe circondate da persone più intelligenti di loro e che amavano ostentarlo. Parole come "Centro ricerche" e "richiesta di informazioni" avevano il suono di un ordine a cui non si poteva disobbedire.

La donna, dopo aver parlato al telefono, sbraitò un nome e un piano. Nell'attimo in cui Madelene si diresse verso l'ascensore, l'altra l'aveva già dimenticata, con l'immediata indifferenza del cane da guardia per ciò che è stato accettato dal padrone.

L'uomo che invitò Madelene ad accomodarsi di fronte a una grande scrivania portava il camice come un mantello. Madelene lo riconobbe da questo atteggiamento. Era seduto un po' – solo un po' – più in là di lei e di Adam alla cena ufficiale.

Gli mise davanti il disegno fatto con la matita per occhi.

«Abbiamo un problema» disse. «Abbiamo ricevuto questo e non siamo in grado di identificarlo, così mi hanno mandata da lei.»

«Come mai?»

In una frazione di secondo Madelene decise che il tratto fondamentale del carattere del medico era la vanità.

«Al Centro dicono che lei è il migliore» spiegò.

«Ah, sì? Non mi dica che ricordano ancora la devitalizzazione del dente di Roberto.»

«Non passa giorno senza che se ne parli.»

«Era la zanna destra. Ho usato cinque litri di cloramina solo per pulirla.»

«Ormai è diventata una leggenda» incalzò Madelene.

L'odontoiatra veterinario prese il disegno, gli diede un'occhiata e lo posò sulla scrivania.

«Non voglio rendermi ridicolo» disse.

Madelene si tolse gli occhiali e si chinò in avanti.

«È stato mandato al Centro» disse. «Però loro non ci capiscono niente.»

Il medico venne colto da un sospetto.

«Forse anche lei è veterinario? O dentista?»

Madelene gli fece un sorriso cordiale e un po' sciocco.

«Sono solo un'impiegata» disse.

Il medico si rilassò.

«Naturalmente non si può essere sicuri» disse, «visto che il disegno è così approssimativo.»

Tamburellò sul foglio.

«Molari, premolari, canini conici, incisivi e diastemi. Tutto indicherebbe che si tratta di uno scimpanzé.»

«Ma?»

«Potrei anche accettare il fatto che ci sono quattro denti di troppo. Un premolare per ogni lato. Le mutazioni sono tutt'altro che rare, anche se l'evoluzione tende piuttosto a ridurre il numero dei denti. Al limite, anche gli incisivi corrispondono. Solo che hanno il bordo affilato, invece che superfici masticatorie. Inoltre l'arcata è troppo stretta, non le pare?»

Madelene annuì.

«Quella curvatura è impensabile in una scimmia, è una caratteristica umanoide. Le dirò quel che penso: l'hanno presa in giro. Hanno approfittato della sua ignoranza. Le hanno mandato lo schema dentale di un essere che non esiste.»

Madelene si appoggiò allo schienale della sedia e tirò fuori la bottiglietta dalla borsa.

«È un farmaco per l'asma» disse, «sono allergica a tutto.»

Si alzò lentamente.

«Esiste un elenco degli animali rubati o rapiti?»

«Ci sono i bollettini. Tutti i giardini zoologici importanti si scambiano quotidianamente dei bollettini. Ogni furto viene registrato.»

Il medico si stava irrigidendo nella posizione in cui lo aveva trovato Madelene.

«Dottore» gli disse, «cosa penserebbe se nonostante tutto le mostrassero un animale con questa dentatura?»

«Penserei che ci dev'essere stato un equivoco.»

«Ma se fosse ugualmente lì, con la bocca aperta e i denti uguali a quelli del disegno?»

Il medico aggrottò la fronte, irritato, restio ad abbandonare il suo piedestallo empirico.

«Fino a prova contraria partirei dal presupposto che si tratti di un imbroglio.»

Madelene si lisciò la gonna e sorrise mostrando le gengive.

«Dottore» disse, «quanti denti ha un uomo?»

«Trentadue.»

«Allora tornerò al Centro e mi guarderò i denti per essere sicura che non si tratta di un imbroglio.»

Il medico distolse lo sguardo.

«Può usare lo specchio del nostro bagno, ma non è necessario. Da quel che ho visto, i suoi denti sono del tutto normali.»

Madelene si fermò in corridoio per qualche momento, cercando di percepire l'energia dell'edificio. Aveva il dinamismo di Adam, era giovane, attivo, ambizioso ed efficiente. Era un luogo dove chiunque non avesse una buona ragione per trovarsi lì si sarebbe sentito di troppo. Madelene prese un sorso dalla bottiglia nel tentativo di scacciare quella sensazione. Mentre si asciugava le lacrime vide il nome e il titolo di Adam sopra la sua testa. Si era fermata proprio davanti al suo ufficio.

Si rimise gli occhiali da sole ed entrò.

Una donna su una sedia girevole si voltò e la squadrò.

Madelene aveva già incontrato la segretaria di Adam cinque o sei volte. Per un attimo si sentì mancare il terreno sotto i piedi. Poi si calò nel suo nuovo ruolo.

«Ho un appuntamento con Adam Burden» dichiarò.

La segretaria le rivolse un sorriso gentile, impersonale e duttile, come per dire che non poteva avere un appuntamento, perché in tal caso sarebbe stata lei a fissarlo. Non c'era stato nessun errore da parte sua, ma non voleva polemizzare su questo punto.

«Mi dispiace» disse, «ha una lunga e importante riunione in città.»

«Posso raggiungerlo per telefono?»

La segretaria la guardò freddamente. La cortesia, già razionata, era terminata.

«Temo di no. Mi scusi, può ripetermi il suo nome?»

Madelene la fissò affascinata. L'abito impeccabile, l'autorità indisponente. Una volta Adam aveva detto che un vero capo fa in modo che le persone di cui si circonda non sbaglino mai. Quella donna sembrava infallibile. Poi Madelene ricordò le fughe di Adam all'alba, la sua avversione per il contatto troppo stretto con altre persone, le porte che metteva fra sé e il mondo. La segretaria era una di queste barriere. Si chinò in avanti.

«Volevo sapere dov'era andato a cacciarsi questa notte» sussurrò.

La segretaria cercò di sfuggirle spingendo indietro la sedia. Madelene la seguì, sempre più vicina, finché la donna poté vedere la propria immagine nei suoi occhiali da sole e sentire il suo alito.

«Ero al mattatoio, per giunta» continuò Madelene. «Che ne pensa?»

La segretaria aveva la schiena contro il computer, ogni possibilità di fuga le era preclusa. Aveva afferrato i braccioli della sedia.

«Può riferirgli» disse Madelene «che farà meglio a inventarsi un'ottima scusa, se non vuole che telefoni a sua moglie.»

La mano della donna trovò un foglietto giallo con la calligrafia di Adam. Lo porse a Madelene.

«Se crede, può telefonargli e dirglielo lei» disse.

Madelene prese il foglietto e fece un passo indietro.

«Quattro ore» disse «in mezzo a polli congelati e insaccati vari. Gli riferisca questo da parte mia.»

Malgrado tutto, la segretaria trovò la forza per un ultimo sussulto.

«Da parte di chi?» chiese.

Madelene rifletté un istante.

«Da parte di Priscilla» disse. «Priscilla del Centro ricerche del mattatoio.»

Uscì e chiuse la porta.

In corridoio si fermò e guardò davanti a sé senza vedere nulla. Madelene provava molti sentimenti per suo marito, non tutti privi di contraddizioni. Ma si era sempre fidata di lui. A volte Adam e la sua vita erano un enigma, ma era sempre stata sicura che col tempo avrebbe compreso e accettato anche questo, almeno in parte. Ora si trovava di fronte alla prima menzogna diretta del suo matrimonio. Adam era a casa, nella veranda, lei lo sapeva. Eppure alla segretaria aveva lasciato un foglietto con scritto *Earp.Vet.Ist.*

Madelene bevve dalla bottiglia. Poi tornò indietro lungo il corridoio.

L'odontoiatra veterinario era seduto come lo aveva lasciato. Madelene gli mostrò il foglietto giallo.

«Dottore» disse, «avevo dimenticato di chiederle una cosa. Il Centro ha intenzione di collaborare con questa istituzione. Potrebbe darmi qualche informazione in via confidenziale?»

Il medico guardò fuori dalla finestra, verso il cantiere coperto che presto sarebbe diventato il nuovo giardino zoologico di Londra.

«Sono già abbastanza impegnato a far rigar dritto questa gente» disse.

«Speravo che potesse aiutarmi» insistette Madelene. «Tutti sanno che lei ha dei contatti importanti.»

Il dottore gettò uno sguardo sul foglietto e tornò a fissare il panorama fuori dalla finestra.

«Lasci perdere. Non ne ho mai sentito parlare. In ogni caso non è a Londra.»

Madelene non si mosse. Il medico allungò una mano dietro di sé e prese un grosso volume.

«L'Annuario generale. Ci sono tutti i veterinari e i corsi universitari del paese. È completo, anche se è pieno di intollerabili refusi.»

Lo sfogliò, lo richiuse e lo rimise a posto.

«L'hanno presa di nuovo in giro. In Inghilterra non esiste nessuna istituzione con quel nome.»

Guardò Madelene al disopra degli occhiali bifocali.

«È così dappertutto. Affoghiamo nell'inefficienza e nell'incompetenza. E pensare che lei è una ragazza così simpatica e gentile.»

Madelene staccò lentamente le mani dalla scrivania per vedere se riusciva a reggersi in piedi.

«La ringrazio molto. Da parte mia e da parte del Centro ricerche.»

Prima di prendere un taxi Madelene camminò per le strade di Londra forse per un'ora, muovendosi con tutta la prudenza e l'attenzione che le sue condizioni le permettevano.

Non stava cercando di proteggere se stessa. La sua mente non si era soffermata sul sotterfugio a cui era ricorsa o su quello di cui era stata testimone. Ciò che custodiva era un inedito senso di dignità interiore. Per la prima volta, a quanto ricordava, era uscita da se stessa ed era diventata un'altra. Non era più solo Madelene. Ai margini del suo io intravedeva la figura di una donna che era il suo doppio. Era questa donna ciò che proteggeva, mentre camminava per tornare a casa.

Nella sua stanza, si tolse il trucco con una pezzuola di cotone e si sdraiò supina sul letto. Era stata fuori da Mombasa Manor senza dare spiegazioni e nessuno se n'era accorto. Ma in un'altra parte della città tre persone avevano incontrato un'estranea, diversa da Madelene eppure identica a lei: Priscilla, quella del Centro ricerche del mattatoio.

5

Quando si svegliò, l'orologio segnava mezzanotte. L'aria della stanza era pesante e umida. Madelene allungò la mano sotto il letto: la caraffa era vuota. Indossò una vestaglia. La stoffa le irritava la pelle. Debole e stordita, cominciò il viaggio verso le sorgenti del Nilo.

La casa cercava di sbarrarle la strada con la sua oscurità, con le sue ombre minacciose, con il respiro dei suoi abitanti. I lastroni del cortile scottavano sotto i suoi piedi nudi e il cielo era nero, ma l'aria era pungente. Camminò sulla ghiaia e afferrò la maniglia della porta della serra. Era chiusa.

Sulle prime Madelene rimase immobile, stupita da questa nuova segretezza. Il perimetro esterno di Mombasa Manor era sorvegliato da una società di vigilanza, come le altre case della strada, ma di solito le porte interne non venivano chiuse. Poi sorrise. Come tutti i comandanti previdenti, anche lei, nel suo viaggio solitario, aveva delle riserve d'emergenza.

La grande vasca della serra si estendeva oltre il muro e formava una conca dove c'erano file di barattoli che contenevano campioni d'acqua. Madelene chiuse gli occhi, cercò a tastoni fra piante acquatiche e pesci rossi e tirò su un barattolo, apparentemente uguale agli altri. Svitò il coperchio, assaggiò e respirò sollevata. In quel liquido non potevano crescere girini. Era limpidissimo, cinquantacinque per cento di alcol etilico.

Sedette sul bordo della conca di pietra. Sopra di lei le nubi si aprirono e comparve la Via Lattea. Dalla conca proveniva un mormorio che le rammentò le fontane e i canali di Copenaghen. Brindò a se stessa. Stava benissimo, era proprio una serata tranquilla dall'atmosfera danese, la conclusione perfetta per una bella giornata.

Pensò alla scimmia. A quanto doveva sentirsi smarrita, senza piccoli espedienti con cui addolcire la solitudine. Si era mai sentito parlare di animali che bevevano? No. D'altro canto non si era nemmeno mai sentito parlare della curva dell'arcata dentaria di Erasmus. E non era mai troppo tardi per imparare a bere. Forse che non insegnavano agli scimpanzé il linguaggio dei segni?

Madelene si distese nella conca. In ginocchio, tenendo il barattolo sollevato per evitare che il liquido si annacquasse, sgusciò nella serra. Entrò nella veranda e accese la luce. Le finestre erano coperte da pesanti tende nere. La gabbia era come la ricordava, ma la scimmia era scomparsa.

Madelene rimase accanto alla parete di vetro finché non ne fu sicura. Poi aprì la porta.

È nel momento in cui comprendiamo di essere stati abbandonati, quando la ferita sanguina e la consapevolezza non ha ancora cominciato a coagularsi, che il significato di ciò che abbiamo perduto ci appare con maggior chiarezza. Mentre si dirigeva verso la gabbia vuota, Madelene capì che la scimmia le sarebbe mancata.

Lei non aveva mai avuto un animale. Senza invidia, senza desiderare niente del genere per sé, aveva osservato i pony delle Shetland, i cagnolini e i criceti delle sue amiche, e fin dall'inizio aveva saputo che il cavallo fra le gambe, il cucciolo in grembo e il porcellino d'India sul letto erano dei surrogati. In silenzio, senza provare nient'altro che compassione, era stata più volte testimone del crollo di quell'illusione sentimentale: quando gli animali perdevano il loro aspetto tenero e infantile, quando diventavano ingombranti e invadenti, venivano cacciati dalla stanza delle ragazze e rinchiusi in cortile, dove sviluppavano l'aggressività psicopatica che era la logica conseguenza della solitudine. Finiva che il cane mordeva il postino e la famiglia doveva sborsare cinquantamila corone di risarcimento più altre settecento per farlo sopprimere.

Ora, nella gabbia, Madelene capì che mentre quegli animali erano l'immagine di qualcos'altro – i figli, i genitori, le bambole, gli uomini – la scimmia, nella sua impotenza stoica, le aveva ricordato lei stessa.

La invase un profondo senso di afflizione. Bevve dal barattolo, in un gesto di congedo rituale, un brindisi funebre, una piccola veglia privata per un amico defunto. Mentre beveva camminò lentamente nella gabbia, e così giunse nell'unico punto dal quale la scimmia era visibile.

Madelene scostò i rami. Sembrava che le piante avessero formato una specie di giaciglio, poi vide che l'animale si era costruito un'amaca. Senza spezzarli né forzarli aveva intrecciato i rami e le foglie. Il lato verso il vetro era coperto da una vegetazione grigiastra, secca, che si confondeva con il pelo dell'animale e rendeva invisibile la struttura dall'esterno. Nell'unico punto del locale in cui la vegetazione era abbastanza fitta da nasconderla, la scimmia sembrava fluttuare a mezz'aria, in un capolavoro di mimetizzazione.

Madelene si sedette su un ramo.

«Sei più invisibile di quanto credi» disse. «Non esisti affatto.»

Indicò i denti della scimmia.

«Come il calabrone. Non può volare, è dimostrato. Ma lui non lo sa, e vola lo stesso.»

Brindò al calabrone.

«Potresti aprire la bocca?» disse.

Spalancò la bocca per dimostrazione.

Le labbra della scimmia si dischiusero esitanti. Aprì la bocca.

Madelene vide le fauci rossastre, le gengive forti, il palato rigato come un fondo sabbioso, il luccichio della saliva sotto la lingua. Vide i due premolari su ogni lato, il bordo affilato degli incisivi, i pugnali conici dei canini, la stretta arcata dentale umanoide. Vide l'originale della fedele riproduzione disegnata da Adam. Ma vide tutto questo come di sfuggita, come un dettaglio di qualcosa che era molto più importante.

Nell'istante in cui la scimmia aprì la bocca, non era umanoide solo la sua arcata dentaria: tutto il suo volto, per un attimo, fu umano, e non in senso astratto, bensì umano come quello di Madelene. In quell'istante imitava i suoi movimenti, ma non come una caricatura, perché una caricatura è sempre irreale nel suo involgarimento. La imitava in maniera del tutto realistica.

Quell'impressione durò una frazione di secondo. Era stato come fissare una superficie liquida, per esempio di alcol puro: all'improvviso la superficie è immobile, si vede la propria immagine sospesa su un abisso. Ci si sente risucchiati, e per un momento non si sa se il vero io non sia l'immagine riflessa.

L'attimo svanì, la scimmia si appoggiò sui talloni e Madelene vuotò il bicchiere. Lo riempì di nuovo, con tutt'e due le mani, ne bevve la metà, fu costretta a posare il bicchiere per tirare il fiato, fece per riprenderlo. Non ci riuscì, sopra c'era una specie di lastra. Alzò lo sguardo e incontrò gli occhi della scimmia. Aveva posato una mano sul bicchiere.

Madelene si allontanò.

«No» disse, «probabilmente hai ragione.»

Dietro di lei foglie e rampicanti tornarono a posto, come acqua che scorre; di lì a poco della scimmia si scorgevano solo gli occhi, poi la vegetazione si chiuse e l'animale scomparve.

6

Quando Madelene e Adam erano sposati da sei mesi, Andrea Burden aveva organizzato un ricevimento nella sua casa di Mayfair, con lo scopo dichiarato di dare il benvenuto a Madelene. Un minuto dopo che erano arrivati, Madelene aveva cercato di tagliare la corda, ma Adam l'aveva trattenuta.

Erano stati invitati più di venti membri della famiglia, un campione dell'attuale e della futura élite britannica, uomini che avevano indossato il primo abito da cerimonia all'età di cinque anni e donne che avevano avuto una cameriera a disposizione fin dalla culla. Tutti, indipendentemente dall'età, dagli adolescenti al settantenne Sir Toby, consulente del governo per questioni veterinarie, in compagnia di Andrea Burden erano nervosi come pesciolini che percepiscono la presenza del luccio.

La festa, innaffiata di champagne, aveva nuotato attraverso una teoria di stanze comunicanti, fino a una sala da pranzo che sembrava un vivaio dorato, illuminata solamente da candelabri che si moltiplicavano nei metalli nobili del servizio da tavola. Le pareti erano coperte da grandi dipinti a olio, al punto che la tappezzeria si vedeva solo dove un quadro era stato tolto e sostituito da un cartellino bianco dei Lloyd's con il nome della mostra a cui era stato prestato.

Andrea Burden aveva fatto un discorso per ringraziare

ciascuno dei presenti – tutta gente che Madelene non aveva mai visto prima – per il loro contributo alla nascita di una *development corporation* – un'espressione che Madelene sentiva per la prima volta – per Primrose Hill, Gloucester Gate e Albert Terrace – località di cui non conosceva l'ubicazione. Per lei quel discorso era solo un'accozzaglia di parole, ma mentre Andrea Burden parlava l'aveva osservata. Aveva visto che la sorella di Adam non era né una grossa ape regina né un'infaticabile femmina di ragno, ma che era snella, affabile, angelica e pericolosissima, e che uno degli scopi per cui aveva riunito quelle persone era di tramortirne il maggior numero possibile con un colpo solo. Il discorso era quel colpo, e quando finì gli ospiti erano al tappeto. Lo ascoltarono seduti dritti e rigidi, fissando la tovaglia, intrappolati, legati da un vincolo simile a quello che, sotto l'apparente caos della superficie, regola la vita di un formicaio grazie a una disciplina ferrea. Dopo il dessert qualcuno tentò anche di fare conversazione, e Madelene intuì che gli invitati, ammaestrati dall'esperienza, ormai avevano una soglia del dolore molto alta. Ma l'atmosfera non migliorò. Gli ospiti, uno dopo l'altro, si defilarono. Andrea Burden li salutò con un bacio sulla guancia e accettò senza scomporsi le loro scuse trasparenti.

Rimasero solo Adam e Madelene. La padrona di casa si accomodò in un'ampia poltrona e lanciò un'occhiata alla moglie del fratello, che aveva in mano un bicchiere di cognac.

«Lei non si spaventa tanto facilmente, vero?» disse ad Adam.

In quell'istante Madelene si era resa conto che la sorella di Adam agiva spinta da motivi più complessi di una banale cattiveria, e aveva provato una fitta di curiosità, l'improvviso desiderio di conoscere i suoi segreti.

Poco dopo Andrea li aveva accompagnati alla porta. Avevano sceso tre gradini della scala quando lei li raggiunse.

«Mi dispiace, Adam, ma in cucina hanno controllato: manca una forchetta.»

Adam si fermò e fissò l'oscurità in silenzio.

«Naturalmente voi siete al disopra di ogni sospetto. Volevo solo che lo sapessi. È pur sempre un C.J. Vander.»

«Te ne farò avere un'altra» rispose Adam a denti stretti.

Poi lui e Madelene si erano allontanati nella notte sorreggendosi a vicenda, lei molle come una medusa, lui rigido di rabbia repressa.

In seguito Madelene aveva visto Andrea Burden solo di sfuggita, fino a tre giorni prima, quando aveva portato da loro la scimmia. Ora stava andando di nuovo da lei. Per la seconda volta in due giorni aveva preso la metropolitana. Durante il viaggio verso Tower Hamlets, tentò di ricostruire la sua ambigua immagine della sorella di Adam.

Madelene aveva iniziato la giornata cambiando la propria vita.

Si era alzata due ore prima del solito, dopo un sonno breve ma profondo, con la convinzione che gli ultimi due giorni fossero stati un brutto sogno, un delirio, e convinta che avrebbe ricominciato tutto da capo. Ancora nel dormiveglia, comprese che il vero senso dell'esistenza è l'amore, che da quel momento in poi si sarebbe dedicata ad Adam rinunciando al suo egoismo, seguendo l'esempio di sua madre. Magari avrebbe persino smesso di bere. Rimase seduta davanti allo specchio per pochi minuti e scese in vestaglia in cucina, dove convinse la signora Clapham a lasciarle preparare la colazione per Adam.

Gli versò il tè e tostò il pane. Lo accompagnò in garage. Quando l'automobile girò l'angolo sentì l'impulso di mettersi a correre attraverso l'orto, fuori dalla porticina nella recinzione e sul marciapiede. Lui l'avrebbe vista e lei l'avrebbe salutato con la mano, inattesa e bellissima. Sentì il ronzio del cancello elettrico: aveva già sollevato le mani quando comprese che l'Aston Martin di Adam si allontanava e che lui, per la prima volta, aveva svoltato a destra invece che a sinistra.

Era la direzione sbagliata, verso est, quella opposta rispetto a Regent's Park e all'Istituto. Madelene rimase immobile sul marciapiede. Poi si sfilò le pantofole e si mise a correre.

Girò l'angolo un attimo prima che l'automobile scomparisse. Mentre lei gesticolava e gridava, qualche metro più avanti un'altra auto si staccò dal marciapiede; nell'istante in cui Madelene la riconobbe – era l'auto bianca con l'uomo grigio che Clapham aveva mandato via e che lei poi aveva rivisto – un furgone con l'immagine di un cane sulla portiera partì e seguì l'automobile bianca che seguiva Adam. Nessuno dei due guidatori fece caso a Madelene, che rimase lì abbandonata, senza nessuno da salutare, testimone di un disegno che non comprendeva.

Tornò nella sua stanza, sul suo letto. Tirò fuori la caraffa con le mani che le tremavano, si guardò intorno spaventata come un cervo sulla riva del fiume e buttò giù due mezzi bicchieri uno dopo l'altro.

Si calmò subito. Di solito l'alcol metteva in moto un luna park con tanto di montagne russe dove, una volta seduti, era impossibile prevedere in che direzione si sarebbe stati lanciati. Invece stavolta si sentì invadere da una soave voluttà sentimentale. Pensò ad Adam, alla sua fermezza, alla sua energia. Si mise a piangere. Le lacrime innaffiarono il satin rosa e fecero nascere il desiderio di una grande riconciliazione. Doveva averlo ora, fisicamente, dentro di sé. Ovunque, se necessario anche nel suo ufficio.

Afferrò il telefono e compose il numero diretto. Aveva talmente voglia di sentire la sua voce che non ebbe il tempo di stupirsi quando rispose la segretaria.

«Posso parlare con Adam?» disse.

Dal tono della donna e dalla sua risposta, Madelene comprese tre cose: che la segretaria era convinta di parlare con Priscilla, che aveva rinunciato a opporre resistenza e che Adam aveva di nuovo raggirato tutti e per giunta senza lasciare tracce.

«Il signor Burden lavora a casa» disse. «Devo riferirgli qualcosa?»

Madelene si appoggiò alla parete. Se fosse stata sola, la conversazione si sarebbe conclusa subito. Ma non era sola. La segretaria aveva evocato uno spirito. Priscilla strappò la cornetta dalla mano di Madelene.

«Scrivi questo» disse. «"Il tuo corpo per me è più importante di tutta la pancetta che c'è al mercato della carne di Smithfield".»

Riattaccò e si alzò.

Uscì nel corridoio, scese le scale e girò per la casa, non con uno scopo, ma perché era troppo turbata per stare ferma. Sulla porta della terrazza c'era Clapham.

«Posso offrirle una tazza di caffè bollente?» disse.

Madelene accettò la rosa che le porgeva.

«Basta che sia forte» disse.

Il caffè era forte, nero e denso come un colore a olio. Madelene beveva, e intanto osservava Clapham. Sembrava in forma, rilassato. Era una mattina come le altre. Dalla sua posizione, appoggiato allo schienale della sedia, faceva il suo lavoro e allo stesso tempo esercitava il controllo di un maggiordomo autorevole su colei che era la sua padrona solo formalmente.

Credeva che sulla terrazza non ci fosse nessuno oltre a loro. Solo Madelene vide l'ombra dell'altra donna.

«A proposito dell'automobile che ha mandato via ieri» disse, «era forse qualcosa che mi riguarda?»

Clapham vuotò la sua tazza e la posò rovesciata all'ingiù, con un gesto deciso da bottegaio.

«Il dovere mi chiama» rispose.

La vista di Madelene si annebbiò. Ora più che mai, aveva bisogno che lui rimanesse seduto. Che lui – metaforicamente – le posasse la testa in grembo e le dimostrasse un po' di gentilezza e un briciolo di rispetto. Invece lui voleva unirsi alla carovana che aveva levato le tende quella mattina, lasciandola sola nel Sahara britannico.

«Si sieda!» intimò.

Clapham si fermò.

«Non si alzi mentre le sto parlando.»

L'uomo chinò il capo. Sentiva il dolore ma non riusciva a comprendere da dove era arrivato il colpo. Neppure Madelene lo sapeva. Solo Priscilla era consapevole del fatto che quel tono imperioso apparteneva ad Adam, che in realtà l'uomo di fronte a lei obbediva alla voce del suo padrone.

«Di chi è l'auto bianca, Clapham?»

«Delle autorità veterinarie.»

Le due donne non ne avevano mai sentito parlare, ma sapevano di cavalcare un'onda che poteva frangersi in qualsiasi momento, e che non c'era tempo di voltarsi indietro.

«Cosa volevano?»

«Volevano vedere il signor Burden.»

«E lei cosa ha detto?»

«Che il signor Burden non era in casa.»

Madelene tacque. Poi lasciò cadere l'ultima domanda.

«Dov'è il signor Burden?»

La figura di Clapham si irrigidì. Madelene e Priscilla si alzarono lentamente.

«Dov'è andato?»

«A Tower Hamlets, alla Fondazione per la difesa degli animali.»

Madelene si allontanò dalla sedia e Clapham si ingobbì, come se si aspettasse davvero uno schiaffo.

Madelene posò per un attimo la mano sulla testa dell'uomo che le negava il suo aiuto, la sua simpatia e la sua comprensione.

«Grazie per il caffè» disse.

7

Esistono in tutte le grandi città europee, perduti nel grigiore delle periferie: piccoli uffici dove anziane signore regalano il loro tempo ad associazioni che, senza clamori, difendono la causa del porcospino, della violacciocca di campo o del toporagno d'acqua. Madelene aveva immaginato che Andrea Burden lavorasse in un ambiente del genere. Si sbagliava.

Il vestibolo al tredicesimo piano della Casa degli animali era grigio, ma ispirava un'idea di efficienza. Guardando la lucida pietra tombale su cui era inciso l'elenco degli uffici, Madelene ebbe un sospetto che divenne una certezza quando due guardie della sicurezza in divisa grigio ferro chiamarono un signore in abito grigio che la pregò di seguirlo: la Fondazione non era un ufficio o una sezione di un paesaggio di uffici, ma occupava un continente galleggiante, un intero piano dell'edificio più costoso del mondo.

Alla fine del viaggio la attendevano due segretarie sedute in una stanza grande come l'ingresso di un mausoleo. In altre circostanze, a questo punto forse Madelene si sarebbe sentita schiacciata da un simile ambiente. Ma non quel giorno. Durante i venti minuti di metropolitana aveva provato un certo sollievo. Merito di ciò che aveva bevuto, ma anche e soprattutto della limpida certezza del motivo per cui era lì.

Aveva cercato di rammentare i suoi precedenti incontri

con la sorella di Adam. Anche se non era stato facile, poiché era tutt'altro che sobria, adesso come allora, lo sforzo di ricordare l'aveva calmata, perché era giunta alla conclusione che dietro l'atteggiamento freddo di Andrea Burden c'era un essere umano con un cuore. Ora Madelene aveva bisogno proprio di questo, di calore umano e di conforto. Avrebbe affrontato Adam in presenza di Andrea, una mediatrice partecipe ma inflessibile. Sarebbe andato tutto bene. Aveva preso la metropolitana come un animale in fuga dall'incendio di un bosco che ha raggiunto la sua tana; arrivò a destinazione come un pulcino smarrito che si rifugia sotto le ali della chioccia.

Andrea Burden la accolse con un sorriso che aveva davvero qualcosa di materno. C'era del calore nel bacio che le diede, c'era un che di protettivo nel modo in cui la condusse nel suo ufficio e chiuse la porta.

Poi senza allontanarsi dalla porta, a bassa voce, piazzò il primo diretto alla mascella.

«Mia cara Madelene» disse, «cosa posso offrirti così presto? Un bicchiere di gin?»

L'alcol era il segreto più intimo di Madelene. Era un recesso del cuore pieno di liquido. Fino a quel momento avrebbe potuto giurare di essere riuscita a nasconderlo a tutti.

Nell'abisso sospeso che le si spalancò davanti, a Madelene venne in mente che gli animali si distinguono dagli uomini innanzitutto per la coerenza dei loro processi mentali. Il tratto più spaventoso dell'incertezza permanente che assillava Madelene era la sua volubilità. C'erano giorni in cui dubitava del suo corpo, altri in cui temeva per la sua ragione, altri ancora in cui non si fidava più del suo matrimonio, dei suoi capelli, della sua situazione finanziaria, dei suoi movimenti, del suo odore, dei suoi sensi. Le possibilità erano infinite. Appena credeva di avere compilato una lista – completa, per quanto lunghissima – delle forme del suo odio per se stessa, quello ne assumeva subito una nuova.

Il volto di fronte a lei era l'antitesi del suo squilibrio interiore. Andrea Burden la osservava con la curiosità fredda e indagatrice di un rettile.

La stanza era vuota. Adam non c'era. Vista la situazione, era meglio così. Madelene si lasciò cadere su una sedia.

«Volevo solo vedere questo posto» disse.

«Un posto dove la gente lavora dev'essere stimolante, per chi non ha niente da fare.»

Madelene capì che il suo tempo era finito. Si sarebbe trascinata fino a un cimitero degli elefanti per morire. Le mancava solo la forza di alzarsi dalla sedia.

«Berrei volentieri qualcosa» disse.

Le fu messo davanti un bicchiere.

«Come mai questo posto è così grande?» chiese.

«Le specie in pericolo e gli animali domestici più amati attirano somme cospicue. Noi distribuiamo i fondi.»

«Sembra una cripta.»

«La morte ispira fiducia. Qualsiasi banca è costruita in modo da somigliare a una cripta.»

«Dov'è Adam?»

Andrea Burden non rispose. Si era spostata dietro la sua sedia. Madelene sentì le sue mani sulla spalliera.

«Devi vedere il panorama» disse, «prima di andartene.»

La sedia si mosse all'improvviso. Andrea l'aveva girata di centottanta gradi.

Madelene chiuse gli occhi. Il gin la stordiva e il movimento l'aveva colta di sorpresa. Li riaprì.

L'ufficio aveva tre pareti di vetro. Sotto e davanti a loro c'era Londra, lontana e irreale.

Andrea Burden era rimasta in piedi, come un'infermiera dietro a un paziente sulla sedia a rotelle.

«Cosa pensi?» chiese.

Londra non era una città, Madelene ora lo capiva, perché prima o poi una città finisce. L'irregolare, ondulata distesa di pietre non aveva un limite. Dove la curva della terra formava l'orizzonte si innalzavano ancora delle costruzioni, fino ai confini visibili dell'universo.

Capì che era troppo grande per un solo clima. Intorno a loro, sopra il St. Katharine Dock e il Tamigi, c'era il sole. Sulla nuova City il cielo era grigio. Verso est, sui Docklands, pioveva. Sulla riva meridionale del fiume incombeva una cortina giallastra di fumi industriali.

«Come si fa a vivere qui?» disse.

«Ci adattiamo, anche a un'esistenza come questa. La capacità di adattamento è la caratteristica peculiare degli esseri umani.»

Andrea Burden avanzò verso la luce e si fermò accanto alla sedia.

«Ventimilacinquecento polli al giorno» disse. «Per dar da mangiare a Londra. Cinquemilaottocento maiali, millecinquecentoventi buoi, seimila pecore. Sono cifre della Commissione Carni e Bestiame. La città consuma quotidianamente due milioni di chili di proteine animali. Si potrebbe considerare Londra una mostruosa macchina per la lavorazione degli animali. Ma io non la vedo così. I macelli sono solo una piccola parte del fenomeno. Se usciamo dal settore dell'alimentazione troviamo per esempio gli animali da lavoro. A Londra vivono almeno cinquemila cani da guardia appartenenti a società di vigilanza. Almeno cinquemila cavalli utilizzati come animali da tiro o per cavalcare. Quattromila cavalli da corsa distribuiti in cinquanta stalle, duemila della polizia e della cavalleria, tremila levrieri, tremila piccioni viaggiatori. Poi ci sono gli animali che soddisfano altri bisogni. L'Ufficio Statistiche ritiene che a Londra esistano un milione di cani, un milione e mezzo di gatti, cinque milioni di uccellini in gabbia di varie specie, due milioni di piccoli roditori come i porcellini d'India e un numero imprecisato di rettili e pesci. Non dobbiamo dimenticare gli animali nei laboratori di ricerca privati e pubblici, nelle industrie farmaceutiche, gli animali delle fattorie di città, delle facoltà di veterinaria e così via. Un gruppo che nell'area metropolitana della Grande Londra viene stimato in dieci milioni di animali, dal toporagno al bue muschiato. Ma questi venti milioni e passa di esseri viventi non sono soli. Bisogna tener conto di ciò che potremmo chiamare il sottoproletariato animale della città. I cani randagi, i gatti inselvatichiti e tutte le creature che cercano di adattarsi al biotopo della metropoli: volpi, piccioni, topi, gabbiani, ratti, insetti. Senza parlare dei giardini zoologici e degli acquari.»

Andrea Burden si era avvicinata al vetro dando le spalle a Madelene. Si voltò.

«Londra non è solo un organismo che uccide e consuma animali. È qualcosa di molto più complesso. I nostri biologi hanno calcolato che in città ci sono più di trenta milioni di esseri viventi non umani, suddivisi in diecimila specie. Dicono che la biomassa animale per chilometro quadrato è di settantacinquemila chili. Sai cosa significa?»

Madelene scosse la testa.

«Significa non solo che a Londra ci sono più animali che in qualsiasi bosco di querce del paese, anzi, più che in qualsiasi altro luogo della GranBretagna. Significa che c'è una maggiore incidenza di vita animale che, per esempio, nel Mato Grosso durante la stagione secca. Londra è uno dei più grandi habitat di esseri viventi non umani della terra.»

Madelene guardò la città, il fondo del suo bicchiere, ormai vuoto, e di nuovo la città.

«E allora?» disse.

Non intendeva essere sgarbata, ma la cortesia richiede energia, e Madelene stava viaggiando in riserva.

«Ti accompagno» disse Andrea Burden.

Aiutò Madelene ad alzarsi dalla sedia. Sotto i suoi piedi la moquette sembrava fango.

«E noi?» disse Madelene. «Siamo importanti anche noi, no?»

«Per noi è una scelta. Gli animali sono stati portati qui. Sono le vittime che mi interessano.»

Andrea Burden infilò la bottiglia di gin in un sacchetto di carta marrone e la porse a Madelene.

«Tieni, per il viaggio. Mi ha fatto piacere vederti. Magari la prossima volta cerca di telefonare prima.»

Madelene si puntellò allo stipite della porta e scrutò il volto di Andrea. L'aveva sottoposta a un esame e lei era stata bocciata senza neanche capire quali fossero le domande.

«Hai dimenticato qualcosa» disse. «Gli animali con cui lavorano gli studiosi del comportamento.»

La sorella di Adam la afferrò per un braccio e la spinse verso la porta. Il suo sguardo era già lontano.

Nella mente di Madelene presero forma cinque immagini: Londra, la scimmia, Adam, Priscilla e il volto freddo di Andrea. Le immagini si fusero in una fiamma.

«In realtà ero venuta per dirti che ho ricevuto un'educazione rigida» dichiarò. «L'illegalità mi ha sempre dato terribilmente fastidio. Non riesco a dormire. Mi viene la febbre. È per via della scimmia. È in casa nostra, e poi c'è la posizione di Adam. Sei stata tu a portarla da noi, tu, la direttrice di questa magnifica istituzione, e senza informare le autorità veterinarie. Forse sarò costretta ad avvisare la polizia. Ecco cosa volevo dirti.»

Di solito Andrea Burden si muoveva nervosamente e gesticolava. La prima volta Madelene aveva attribuito quel modo di fare a uno stato di sovreccitazione, ma poi aveva capito che era una sorta di danza di combattimento intorno all'avversario. Ora Andrea era immobile. Non fece in tempo a riprendere l'equilibrio che già Madelene aveva sferrato un altro attacco.

«Magari dovrei denunciarvi direttamente ai giornali. Non riesco a mangiare da diversi giorni. Speravo che qualcuno mi avrebbe dato delle spiegazioni.»

Erano tornate vicino alla finestra, sull'orlo dell'abisso urbano.

Andrea Burden chinò il capo.

«Vorrei che venissi con me allo zoo» disse. «Domani, prima che gli operai comincino a lavorare. Alle sette ti andrebbe bene?»

«Non vado allo zoo da quando ero bambina» ribatté Madelene.

Tornarono verso la porta. Andrea Burden la aprì. Fuori, in attesa, c'era l'uomo con l'abito grigio.

«A proposito dei giornali» disse Andrea Burden, «e della polizia...»

Madelene lasciò passare qualche istante prima di rispondere.

«Ne parliamo domani allo zoo.»

8

A prima vista non c'era nulla di particolare nel modo in cui Adam Burden mangiava. Ma se lo si osservava meglio ci si accorgeva che i suoi gesti obbedivano a regole di galateo che rappresentavano il culmine di quattrocento anni di evoluzione. Accoglieva il cibo con una carezza, divideva la porzione in bocconi, li portava alla bocca aprendola solo quanto bastava, sfilava tappi di sughero da stretti colli di bottiglia, si premeva sulle labbra un tovagliolo che compariva come per incanto e poi scompariva senza lasciare tracce, affinché il sugo della carne non offuscasse la trasparenza dei bicchieri, che venivano sollevati tenendoli per lo stelo perché il calore della mano non modificasse la temperatura del vino. Quando la signora Clapham portava via i piatti, la tovaglia era immacolata, come se la cena non fosse ancora stata servita.

Madelene non si era mai illusa di poter imitare quell'esercizio quotidiano di equilibrio. Di solito si sedeva a tavola affamata e si concentrava quasi esclusivamente sul cibo, quindi era già tanto se riusciva a non combinare guai e – sempre più spesso – a non cadere dalla sedia. Le restava pochissima energia per seguire le chiacchiere di Adam. Aveva imparato da un pezzo – come una cortese abbonata – ad applaudire nei momenti giusti anche se la sua attenzione era altrove.

Quella sera però era diverso. Quella sera, nonostante la

stanchezza, era attentissima. Non a ciò che diceva Adam, ma alla pausa nel fiume di parole che le avrebbe permesso di entrare in scena. Quella sera Madelene aveva deciso di recitare.

«Oggi è venuto un tale» disse. «Era delle autorità veterinarie. Era seccato perché Clapham non lo aveva fatto entrare. Voleva parlare con te.»

L'espressione animata del volto di Adam si trasformò lentamente in un sottile velo di paura.

«Ha anche telefonato una signora.»

Adam si alzò e andò verso il camino vuoto. Era un gesto invernale e inutile, il camino non veniva acceso da aprile.

«Si chiamava... Priscilla, mi pare. Voleva sapere se qui c'erano... degli animali.»

Adam si fermò davanti al camino.

«Ci sono gli uccelli, le ho detto, quelli a cui diamo da mangiare nel parco. E i pesci rossi di Clapham. Nient'altro.»

Adam appoggiò la nuca alla mensola del camino.

«Ho pensato che fosse meglio non parlare della scimmia, perché forse non è, come si dice? Denunciata? Non lo so, non me ne intendo. Però mi piacerebbe saperlo.»

Ci volle un po' prima che Adam rispondesse, e quando lo fece la sua voce era rauca.

«La convenzione di Washington divide tutti gli animali selvatici in tre gruppi, a seconda di quanto sono considerati in pericolo. In teoria, gli animali compresi in queste liste devono essere denunciati all'ufficio CITES del Ministero dell'agricoltura, l'autorità che ha il compito di far rispettare la convenzione.»

«Il che» disse Madelene «in questo caso non è avvenuto.»

«Il Ministero si rivolge quasi sempre a noi. In un certo senso io rappresento l'organismo di controllo.»

«È questo che mi spaventa» disse Madelene. «Pensa che stavo quasi per confidarmi con quella Priscilla e chiederle cosa succederebbe se – come si chiamavano? – se gli organismi di controllo fossero i primi a violare la legge.»

Ciò che occupò la mente di Adam durante il lungo silenzio che seguì non erano le implicazioni delle parole di sua moglie. Non era nemmeno il penoso imbarazzo della situazione. In realtà stava fissando proprio lei, nel tentativo di ritrovare l'immagine della donna che aveva sposato solo diciassette mesi prima.

«Cinque giorni» disse. «Rimarrà qui altri cinque giorni. Poi se ne andrà.»

Spesso chi beve perde la capacità di sentire la normale, indispensabile stanchezza. Negli ultimi mesi per Madelene era diventato sempre più difficile addormentarsi. Eppure quella sera prese due compresse di caffeina e bevve tre tazze di caffè nero per essere sicura di restare sveglia. Poi si sedette ad aspettare.

Alle dieci un'auto entrò in cortile. Dalla finestra vide Adam che andava incontro a due uomini. Con l'aiuto di Clapham, nelle due ore successive trasportarono casse di varie dimensioni dall'auto alla veranda. L'auto se ne andò. Alle due del mattino Adam ricomparve e salì nelle sue stanze. Madelene aspettò cinque minuti, poi lo raggiunse.

La camera era vuota. Adam era in bagno. Il lungo tavolo addossato a una parete era coperto di grandi fogli di carta; sopra c'era un barattolo di vetro che conteneva un grosso cervello sospeso in un liquido trasparente.

Erano passate molte ore da quando Madelene aveva smesso di pensare. Le sue azioni erano guidate da decisioni prese in un altro momento della giornata, perciò sollevò subito il tappo di gomma e annusò il liquido, con l'istintiva curiosità che spinge gli alcolizzati a setacciare ogni nuovo terreno.

Il bouquet che le arrivò alle narici era l'odore dolciastro e nauseabondo della formalina.

Rimise il tappo al barattolo e raddrizzò le spalle. Il sentimento che la invase non era delusione. Era la paura che fosse il cervello della scimmia, che dopo averla esaminata avessero aperto il cranio ed estratto il cervello.

Adam uscì dal bagno. Aveva il viso grigio di stanchezza, gli occhi rossi come quelli di un coniglio albino.

La guardò. Vide la mano di Madelene sul barattolo di vetro, indovinò i suoi pensieri e gli tornò in mente la conversazione avvenuta durante la cena.

«È un cervello di scimpanzé» spiegò. «Viene dalla raccolta dell'Istituto.»

Madelene rammentò la propria missione, si avvicinò al marito e lo abbracciò.

«Sono un po' nervosa» disse. «Però volevo toccarti prima di andare a dormire.»

Era venuta per dargli un abbraccio caldo e convincente che cancellò lo sfinimento dal suo volto e allontanò il ricordo del contrasto di quella sera. Quando le punte delle sue dita scivolarono sulle sue natiche, gli rubò le chiavi dalla cintura.

Aspettò venti minuti nella sua camera. Poi sgattaiolò attraverso il buio delle stanze. Prese la chiave della serra e della veranda ed entrò.

Davanti e intorno alla gabbia c'era una selva di casse, lampade e strumenti, ma lei ci passò in mezzo senza fermarsi. Sapeva che dovevano essere usati sulla scimmia e che non avrebbero mai avuto la possibilità di realizzare il loro scopo.

Aprì la gabbia e indugiò sulla porta guardando l'animale. Non lo avrebbe più rivisto: cercò di imprimersi nella memoria il suo aspetto, di crearsi un'immagine mentale del commiato.

La scimmia stava mangiando. Era totalmente assorbita da quell'azione, indifferente a tutto il resto. Madelene aveva sempre sognato di poter mangiare così, con i sensi addormentati a eccezione del gusto e dell'olfatto, dimentica delle buone maniere, con quell'assenza di paura che fin dall'inizio era sembrata una domanda rivolta a lei, una domanda che, ora lo sapeva, significava: Come vorresti essere in realtà? A quella domanda il suo cuore aveva risposto: Vorrei essere – in qualche modo – come te.

«Sono venuta per farti uscire» disse.

La scimmia si alzò. Puntò le nocche sul pavimento e si spinse in una posizione eretta, pur restando ancora a quattro zampe. Solo che poi continuò, abbandonò la terra, drizzò la schiena, sollevò la testa e congiunse le mani sul petto.

Madelene aveva capito che la scimmia, in un modo e a un livello che lei ignorava, aveva imparato dalle persone che aveva visto. Eppure era sbalordita. Per un attimo si fissarono in silenzio. Poi Madelene si voltò verso l'inferriata e aprì il cancello e la porta della veranda. Uscirono nel parco.

Si era alzato il vento. In un cielo freddo e scuro il vento spingeva le nubi davanti al volto della luna. La scimmia piegò la testa all'indietro, come per bere il vento e il chiarore lunare.

Madelene raggiunse il muro di recinzione, vi posò sopra la caraffa e si arrampicò. Al suo fianco comparve subito la scimmia.

Il piano di Madelene arrivava fino a lì. Avrebbe indicato una via di fuga alla scimmia, che sarebbe tornata a casa; lei sarebbe rimasta sotto la luna, bellissima, sorridendo avrebbe versato una lacrima e avrebbe bevuto un bicchiere di commiato.

In quel momento era a un paio di metri da terra. Appena alzò la mano salì di altri sessanta metri, l'altezza da cui aveva contemplato Londra nell'ufficio di Andrea. Vide la città, non con gli occhi di un essere umano, ma con la prospettiva di un uccello.

Tuttavia non era un panorama realistico. Era una visione dove la libertà che voleva mostrare alla scimmia non esisteva più.

Dal palazzo di Tower Hamlets aveva visto una metropoli

che si estendeva fino alla fine del mondo. Anche se non era possibile – quell'ammasso caotico di costruzioni prima o poi si sarebbe interrotto – il principio che l'aveva ispirata era eterno. La cosa importante non era la città in sé, perché in fondo era solo un punto sulla superficie della terra. La cosa importante era l'idea della città, della civiltà moderna. E quella non aveva più limiti, aveva avviluppato il pianeta. Per la scimmia non esisteva più nessun *fuori*. Ormai qualsiasi giardino zoologico, qualsiasi riserva, qualsiasi parco naturale si trovava all'interno dei confini della civiltà.

Ogni persona – anche una persona che leggeva poco come Madelene – si costruisce il sogno di una *terra incognita*, di un mondo sconosciuto, inesplorato. Per un attimo doloroso il sogno fu inondato dalla luce della realtà, quindi svanì. Madelene sapeva che le era diventato inaccessibile per sempre. In futuro non ci sarebbe più stato alcun viaggio alla ricerca del vello d'oro, del centro della terra, della terra promessa, degli orizzonti perduti, dell'Eldorado, di Atlantide, delle Esperidi o soltanto del paese di Cuccagna.

Si voltò verso la scimmia.

«Non c'è più nessun *fuori*» disse. «Se esiste una libertà, bisognerà cercarla dentro.»

Gli avvenimenti degli ultimi giorni le avevano riportato alla memoria il desiderio della sua infanzia, non di un simulacro di felicità, ma della felicità stessa. Non la voleva per sé – il suo buon senso, malgrado tutto, glielo impediva – ma per la scimmia. Si era convinta che l'avrebbe salvata aiutandola a raggiungere la libertà.

Ora rinunciò a quest'ultima illusione.

Abbandonare il rifugio delle speranze e dei sogni a occhi aperti non è piacevole, e Madelene era riluttante come un paguro costretto a lasciare la sua conchiglia. La disperazione di un simile momento avrebbe potuto spingere una persona più forte di lei a prendere in considerazione una forma di suicidio più rapida dell'alcol. Per un istante Madelene fu sfiorata dall'idea di saltare incontro alla morte.

Quel pensiero si dileguò in una frazione di secondo, anche perché si rese conto di non trovarsi al tredicesimo piano bensì a due metri da terra, ma soprattutto per un altro motivo. Per gli *alter ego* che le si erano affiancati negli ultimi giorni il pensiero di soccombere improvvisamente era inaccettabile.

Le sembrò che accanto a lei, sul muro, ci fosse un'altra figura femminile. La guardò e vide che era la Responsabilità. Una presenza imparziale e impossibile da ignorare, come la luce della luna, il vento e l'odore della terra.

Si lasciò scivolare giù dal muro, seguita dalla donna e dalla scimmia. Tornarono sui loro passi. Una volta nella gabbia, Madelene chiuse la porta.

«Non è come quando eravamo piccoli» disse. «Non si può semplicemente scappare di casa. È diventato troppo difficile. Ci vuole più tempo.»

Scrutò il paesaggio elettronico al di là del vetro. Vide la strumentazione per l'anestesia, carrelli carichi di apparecchi di monitoraggio, una cassa bianca su ruote che ricordava una bara grande il doppio del normale, una sedia idraulica, collegata a un'enorme macchina, che evocava un'idea di precisione scientifica e somigliava a una sedia elettrica per uso casalingo.

«Verranno a prenderti» disse alla scimmia, «e sarà peggio di quanto non sia stato finora.»

Tese una mano e la scimmia la strinse. Il palmo era grande come una vanga, ma contrariamente a ciò che si aspettava, era morbido come la seta.

«Devo andare» disse. «Ma tornerò.»

Non era una frase rituale come una promessa di matrimonio o un proposito da Capodanno. Erano vent'anni che Madelene non sentiva l'impulso di fare un giuramento del genere. Era la coraggiosa dichiarazione di fedeltà, pronunciata senza pensare al futuro, che un bambino fa a un compagno di giochi insostituibile.

9

Quando Madelene era bambina, adulti animati dalle migliori intenzioni l'avevano trascinata allo zoo di Copenaghen. Aveva visto falchi pescatori in gabbie da pappagallini, predatori in box da serraglio, ippopotami in bagni piastrellati e scimmie antropomorfe che in una muta protesta lanciavano i loro escrementi e se stesse contro le sbarre. Da allora non aveva più messo piede in luoghi dove gli animali erano tenuti prigionieri. Invece adesso stava camminando per lo zoo di Londra in compagnia di Andrea Burden. Giunsero a una porta nella recinzione di legno e rete metallica alta sette metri che negli ultimi due anni aveva circondato il cantiere verso Gloucester Gate. Fra meno di due mesi l'area, insieme agli ampliamenti di Primrose Hill e Albert Terrace, sarebbe stata unita allo zoo di Londra per inaugurare il Nuovo Giardino Zoologico di Regent's Park.

Madelene era preparata al peggio. Aveva con sé un tubo di cartone che poteva e doveva sembrare il contenitore degli schizzi di una studentessa, magari di architettura, e in un certo senso era così. Dentro però c'era anche una fiaschetta di vetro che aveva riempito quando si era alzata, e che ormai era piena solo per due terzi. Oltrepassando la porta aveva chiuso gli occhi. Li aprì lentamente.

La luce era dorata, le ombre lunghe e verdi, l'aria pulita e fresca come una nube di goccioline d'acqua di fonte. Davanti a loro si apriva una piana erbosa al cui margine Madelene scorse un grande lago e un lama che pascolava sulla riva. Nel lago c'era un'isola: un'antilope si stava abbeverando. Oltre il lago c'era una foresta. Un'albero oscillava a causa di un branco di gorilla che l'aveva eletto a propria dimora e sembrava una colonia di grandi, lenti uccelli neri. Verso ovest la foresta sfumava in una formazione rocciosa dove un gruppo di leoni si stavano svegliando stirandosi pigramente al sole.

Madelene ricordava i giardini zoologici della sua infanzia come raffinate prigioni per animali. Ciò che vedeva era un paesaggio tropicale, un luogo dove la savana incontra la giungla.

Solo il remoto profilo della città all'orizzonte, una barriera di cemento, una parete di vetro, un vialetto asfaltato rivelavano che quello scenario era opera dell'uomo.

«A quest'ora» disse Andrea Burden, «mi sembra di sapere come dev'essersi sentito Dio quando attraversò il giardino all'alba del sesto giorno.»

Madelene cercò invano di rammentare la cronologia della Creazione.

«Come si è sentito?» chiese.

«C'è una sorta di pace nel primo mattino. Si riesce a pensare chiaramente. Ha avuto la tranquillità per redigere un budget per il giorno dopo.»

Si sedettero su una balaustra di pietra. Sotto di loro c'era uno strapiombo di dieci metri su un fossato d'acqua.

«Lui però non doveva tener conto dei proprietari dei terreni o della libera concorrenza. Nemmeno Sir Stamford Raffles ebbe simili problemi quando fondò lo zoo di Londra, nel secolo scorso, per un piccolo pubblico di sangue blu, con pochi rappresentanti degli animali della terra e degli uccelli del cielo. Ora la situazione è cambiata. Il terreno su cui sorge Londra è proprietà della Corona. Non puoi immaginare – nessuno può immaginarlo – cosa abbiamo dovuto passare per ottenere l'area in leasing. Prima dell'attuale governo le transazioni erano gestite dai Greater London Councils. Ora il caos è totale. Alla fine ci siamo trovati a trattare con tutti i Consigli dei distretti interessati. Poi c'era l'amministrazione che si occupa delle proprietà della casa reale. Senza contare il Ministero dell'interno, gli imprenditori che detenevano il contratto per Albert Terrace e i rappresentanti degli abitanti che dovevano ricevere un indennizzo.»

Fece un respiro profondo.

«Ormai è tutto a posto. Abbiamo vinto il girone eliminatorio e adesso ci sarà la semifinale. Quando apriremo saremo in concorrenza con gli zoosafari e con tutte le attrazioni turistiche della città. La nostra sopravvivenza dipenderà dal numero dei visitatori e dagli stanziamenti, dato che ci sono seicento giardini zoologici negli Stati Uniti e in Europa, ottocento nel resto del mondo. Dovremo documentare regolarmente i risultati ottenuti nei settori della riproduzione, della ricerca e delle acquisizioni, se vogliamo rimanere nel Programma europeo per le specie protette e nel CBSG, che controlla la distribuzione degli animali selvatici di maggior valore in cattività e decide quale giardino zoologico amministra il registro genealogico di una data specie. Contiamo di avere il registro di dieci specie entro due anni e di altrettante nel decennio successivo. Puntiamo a quindici milioni di visitatori l'anno. Abbiamo un preventivo di quindici milioni di sterline per la ricerca. Due anni fa abbiamo rilevato la St. Francis Forest per usarla come centro di riproduzione. Costerà dieci milioni di sterline all'anno gestirla insieme a Whipsnade.»

Sotto di loro un giaguaro camminò sulle rocce senza fretta e si avvicinò all'acqua per bere.

«Forse potreste far pagare vitto e alloggio agli animali» disse Madelene.

«Sono le condizioni a cui si deve sottostare se si vuole costruire un giardino zoologico di queste dimensioni. Se Dio dovesse ripetere la Creazione non potrebbe partire dal nulla o accontentarsi di due spettatori nudi. Oggi dovrebbe prima rimediare i finanziamenti e procurarsi un pubblico numeroso. E poi...»

«Poi forse rinuncerebbe all'idea e lascerebbe in pace gli animali» disse Madelene.

Avrebbe potuto stare zitta. Appena una settimana prima non avrebbe detto niente. Ma dietro di lei, sulla balaustra di pietra, si era seduta Priscilla. Solo il giaguaro se n'era accorto, e fissava attento quella terza interlocutrice.

Andrea Burden si alzò e le si avvicinò, con i piccoli, striscianti movimenti a semicerchio che Madelene aveva imparato a riconoscere.

«Ah, ecco, sei una che ama la libertà» disse. «I grandi spazi, la vera natura paradisiaca, come nelle storie che ti raccontavano, come nei libri per bambini. O nei cartoni animati.»

Indicò il giaguaro.

«Sai che vita farebbe nelle foreste umide del Brasile occidentale? Sai qual è la sorte di quei gattoni e di tutti gli altri animali selvatici? Sono destinati a una sofferenza che può essere concepita solo in termini statistici. Tre piccoli su quattro muoiono. Di quelli che sopravvivono al primo anno di vita, solo uno su due raggiunge la maturità sessuale. Uno su otto arriva ad accoppiarsi, raramente più di una volta. Poi muore di fame o di sete, se non viene divorato da un altro giaguaro. O viene infilzato da un facocero, la ferita si infetta, viene attaccata dalle larve di sarcofaga che penetrano nella muscolatura e attaccano il cervello, dopodiché...»

«Basta» disse Madelene.

«Dio non lo sapeva, quel sesto giorno, quando ancora credeva che tutto fosse perfetto. Ma alla fine deve aver capito – doveva essere un po' duro di comprendonio, come la maggior parte degli studiosi del comportamento – che ciò che aveva creato era una fabbrica che produceva sofferenza, che lo scopo dell'esistenza del giaguaro era lottare fino allo spasimo per sopportare i patimenti che lo tengono in vita solo fino a quando riesce ad accoppiarsi.»

«Be', almeno conosce l'amore prima di morire» disse Madelene.

Andrea Burden scoprì i denti in una specie di sorriso.

«Ci puoi giurare» disse. «Vuoi sapere come? Il giaguaro è un animale solitario. Un giorno fiuta la traccia di un odore e la segue, spinto da un'innata costrizione biologica che non comprende. All'improvviso si trova davanti un altro predatore. Non lo riconosce come il proprio riflesso, dato che non ha alcuna coscienza di sé. Ai suoi occhi è una minaccia mortale. Vuole fuggire – entrambi vogliono fuggire – ma non può. Una gogna genetica li tiene inchiodati. Lei si gira, si rannicchia a terra, lui le salta sopra e le morde la nuca. Sai perché? È un modo per esprimere la passione o l'amore? Te lo dico io il perché. È talmente ovvio che ci sono arrivati persino gli zoologi. Se non la tenesse ferma, lei, folle di terrore, lo aggredirebbe e lo ucciderebbe. Al termine dell'accoppiamento, nell'istante in cui il maschio si stacca da lei, la femmina di giaguaro, di leopardo, di tigre, come ogni femmina di felino, fa un movimento istintivo. E sai qual è? Sai come ringraziano il maschio? Piegano il collo all'indietro e girano la testa per vedere se riescono a piantargli i denti nella giugulare.»

Le due donne giravano una intorno all'altra. Il giaguaro e Priscilla le seguivano con gli occhi.

«Nessuno l'ha mai chiesto a un giaguaro» disse Madelene. «A volte sembra che uno soffra anche se non è così.»

«Il pene dei felini è provvisto di barbigli. Nell'attimo in cui lo ritrae, i barbigli lacerano le mucose della femmina. Questo dolore provoca l'ovulazione. Così – col dolore – la natura assicura la fecondazione e la continuazione della specie.»

Madelene guardava altrove.

«Eppure» insistette, «nessuno può sapere... se...»

Andrea Burden si appoggiò alla balaustra e guardò il giaguaro. Sul suo volto risplendeva l'attenzione avida con cui una madre osserva il suo bambino.

«Sono convinta» disse «che i migliori giardini zoologici

possano offrire agli animali quasi tutto ciò che potrebbe dar loro la natura, cibo, luce, le condizioni ottimali per riprodursi, e allo stesso tempo diminuire in parte le loro sofferenze.»

Priscilla fece un cenno a Madelene.

«E la scimmia?» disse.

Andrea Burden non rispose direttamente.

«Fino a pochi anni fa» disse lentamente, «si credeva che il recinto degli orsi bianchi fosse il più pericoloso. La loro folta pelliccia e i loro occhi scuri invitavano i visitatori a infilare dentro la mano per grattargli la schiena. Dopodiché loro, con una zampata, staccavano il braccio dell'ospite fino al gomito. Ora però ho cambiato idea. Ora penso che il recinto più pericoloso sia... quello.»

Madelene seguì il suo sguardo. Sopra la giungla delle scimmie, sull'altro lato di Prince Albert Road, si ergeva il profilo grigio dell'Istituto per la Ricerca sul comportamento animale.

«La voliera accademica.»

Indicò il lato opposto del parco.

«Albany Street. Lì hanno la loro residenza privata gli alti funzionari dello stato, quelli che prendono le decisioni. Porta a porta con l'élite finanziaria. Il pollaio del potere politico ed economico, fondato sull'ordine gerarchico più rigido del mondo animale e sul rapporto più sproporzionato fra le dimensioni del corpo e la grandezza del cervello. I pavoni, quelli veri, affrontano una breve e sanguinosa resa dei conti, poi vivono in pace, una pace vigile, dominati dal vincitore. Laggiù invece il delirio della lotta non ha mai fine. Sostengono il Wwf con una mano e con l'altra vendono armi e legname delle foreste. Avevano annullato gli stanziamenti per lo zoo, al punto che gli animali morivano di fame nelle gabbie. Finché non demmo il via alla nostra... campagna. Saranno i membri di questi onorevoli organismi a nominare il nuovo direttore quando i due giardini zoologici di Londra diventeranno uno solo.»

Andrea Burden fece una pausa. Da qualche parte un

uccello lanciò un richiamo acuto, un suono aspro, primordiale.

«Sarà uno degli incarichi più prestigiosi nel mondo della zoologia. Ero già convinta che avrebbero dovuto scegliere tuo marito. La scimmia sarà la sua carta vincente. Porterà nel recinto gli ultimi dubbiosi. Già, perché non basta che Adam sia più intelligente di tutti loro messi insieme, non basta che abbia scritto quaranta articoli e tre libri in cinque lingue. Ci saranno candidati da tutto il mondo. La votazione è segreta e corrotta. Invece se lui avrà tre settimane di vantaggio sugli altri, tre settimane di ricerche sulla scimmia, non avrà rivali. Ecco perché è da voi, in condizioni assolutamente sicure. Ecco perché, in un certo senso, abbiamo violato la convenzione: perché possa essere rispettata in futuro.»

«Adam sostiene che è una sorta di scimpanzé nano» disse Madelene. «Tu che ne pensi?»

Andrea Burden esitò un istante.

«Non sono una zoologa» rispose.

Prese Madelene sottobraccio e fece per avviarsi. Madelene la fermò. Qualcuno – lei stessa o Priscilla – afferrò l'altra donna per il braccio.

«Perché proprio Adam?»

Andrea Burden tentò di liberarsi. Ma tramite la mano di Madelene era Priscilla a stringerle il braccio con una presa abituata a maneggiare uncini da macellaio e carcasse di manzo.

«Adam» disse Madelene «ama gli animali perché... perché non possono fargli nulla. Perché è superiore a loro. Però non si fida di loro, non si fida di nessun essere vivente. Nemmeno di me.»

A Priscilla si era unita una terza donna, invisibile, ancora senza nome, ma chiaramente diversa da Madelene. Una persona con una certa dose di integrità morale. Fu lei a parlare.

«Anche quando siamo vicini, quando credo che sarà diverso, lui non si lascia mai andare. Ha paura... che io lo aggredisca e gli pianti i denti nella giugulare. E adesso è ancora peggio. È per via della scimmia. Lui ha molta paura. È molto pericoloso.»

Andrea Burden le lanciò un'occhiata che per un breve attimo fu sincera.

«I collegi» disse. «Ti ci mandano fra i quattro e i dieci anni. È normalissimo, nel nostro ambiente. È considerato il miglior apprendistato che si possa desiderare. Sport, arte e letteratura, quattro lingue straniere. Economia familiare di alto livello e contabilità per le ragazze. Si riceve tutto, tranne l'amore. Dieci anni. Dopo è troppo tardi. Si continua a vivere come un soldato al fronte, guardandosi le spalle, dato che nessun altro lo fa. Come nelle memorie di Churchill, nella lettera dall'Afghanistan a sua madre in cui le racconta come distruggevano gli impianti di irrigazione. A un certo punto parla di quando era a Sandhurst e dice di essere un albero contorto. Non aveva il coraggio di dirlo direttamente. È per questo che si sceglie di non avere figli, perché sappiamo cosa li aspetta.»

Per un attimo le due donne furono vicine, quanto si può esserlo se si rinuncia momentaneamente alla propria maschera. Poi Andrea Burden si scrollò di dosso quella debolezza.

«Tu sei straniera» disse. «Non potrai mai capire. In ogni caso, Adam è un leone. Ha lo stile, le ambizioni e l'abilità per trattare con i ministeri, i consigli e l'università. È in grado di dirigere lo zoo senza contrasti interni. Sa come ridimensionare i nemici esterni. Ha domato gli ambientalisti e i comitati locali, oltre al Collegio degli architetti. Si merita il nostro rispetto. Anche il tuo.»

«Io sono sua moglie» ribatté Madelene. «Un matrimonio non è uno zoo.»

Si guardarono negli occhi. In altri tempi Madelene avrebbe abbassato lo sguardo. Ma ora aveva provato a guardare negli occhi la scimmia Erasmus. Fu Andrea Burden a distogliere lo sguardo.

Avevano raggiunto la porta nella recinzione. Entrarono nello zoo. Il giardino era aperto, i primi clienti erano arrivati.

«Voglio restare qui ancora un po'» disse Madelene. «Magari capirò cosa pensava Dio nel corso di quella giornata.»

Andrea Burden si fermò.

«E la storia di denunciare il fatto ai giornali...?» disse.

Madelene – come tutte le femmine di animali – aveva in sé il potente desiderio che tutto finisse bene, che ogni commiato fosse privo di malintesi, caloroso e malinconico. Anche in quel momento, Madelene era pronta alla riconciliazione. Ma dietro di lei c'erano altre due donne, e dovette rispondere per loro.

«La decisione è rinviata a tempo indeterminato» disse, «ma non annullata.»

Quando rimase sola girò per lo zoo finché non trovò un telefono pubblico. Si sedette sulla balaustra che circondava il recinto dei formichieri, delle lepri di Patagonia e dei guanachi, tirò fuori la fiaschetta, brindò agli animali e bevve un sorso. Alzò lo sguardo verso le finestre dell'Istituto e tentò di localizzare l'ufficio di Adam.

Sapeva di non avere molto tempo. Sapeva che la sua situazione era come quella in cui si sarebbe trovata Eva se immediatamente dopo essere stata creata avesse scoperto che Dio si stava spingendo troppo oltre e avesse deciso di fermarlo. Sarebbe stata frastornata e affannata come lo era Madelene. Il progetto di Andrea Burden e Adam, qualunque fosse, era quasi completato.

Andò al telefono e compose il numero diretto del suo ufficio.

Rispose la segretaria.

«Sono io» disse Madelene. «C'è?»

«Glielo passo.»

Madelene guardò in alto verso l'edificio grigio. Le girava la testa. Era sicura che non l'avrebbe trovato, che anche quel giorno sarebbe rimasto a casa a lavorare.

«Sì?»

«Sono io» disse Madelene.

Anche se non conosceva bene la segretaria, Madelene fu certa che li stava ascoltando. L'alcol e l'ora mattutina davano alla sua voce un tono cavernoso. Sotto quel suono Adam riconobbe sua moglie. Ma la segretaria stava ascoltando Priscilla

«Avevo bisogno di sentirti» disse.

Adam borbottò qualcosa lusingato. Madelene cercò di pensare. Doveva entrare nell'Istituto senza correre il rischio di incontrarlo. Doveva assicurarsi che rimanesse nel suo ufficio finché lei non fosse uscita di nuovo.

«Vorrei poterti toccare» disse.

«Mm.»

Conosceva Adam. Sapeva che aveva un'erezione.

Si guardò intorno. Un gruppo di pensionati che portava le noccioline alle scimmie le passò davanti.

«Mi è venuta voglia di dirti delle cose eccitanti» sussurrò. «Posso richiamarti fra un quarto d'ora?»

Riusciva a sentire il suo respiro farsi più pesante. Il desiderio è sempre più forte della logica. Ad Adam non venne in mente di chiederle perché la conversazione dovesse interrompersi.

«Aspetterò vicino al telefono» disse.

Madelene riattaccò.

Andò quasi di corsa verso l'ingresso principale, si tirò su i capelli, inforcò gli occhiali da sole e si aprì il soprabito. Accanto al marciapiede era posteggiato un furgone con l'immagine di un cane sulla portiera. Era vuoto. Quando entrò nell'atrio dell'Istituto vide l'autista del veicolo davanti al bancone: l'impiegata che sembrava un terrier lo stava rimproverando. Madelene prese l'ascensore e si affrettò a oltrepassare la porta dietro la quale la segretaria e Adam stavano aspettando la sua telefonata.

Nell'ufficio del veterinario non c'era nessuno. Madelene si sedette. Aveva dieci minuti.

Dopo cinque minuti lui comparve con una tazza di tè e un muffin.

«Scusi l'intrusione» disse Madelene.

Il medico si sedette.

«Perché non si trasferisce qui, già che c'è?» chiese. «Posso farle sistemare una brandina.»

«Non saprei a chi altro rivolgermi» disse Madelene.

Nella propria voce, sotto la raucedine, udì l'eco di una nuova onestà, una qualità a cui doveva ancora abituarsi.

Il medico scosse la testa.

«Non mi piace prendere il tè del mattino da solo. Qui non mi parla più nessuno.»

«Come mai?»

Lui ci pensò su.

«Forse sto diventando vecchio. Forse siamo all'inizio di un'epoca nuova in cui per me non c'è posto. Chissà, ci saranno altri motivi. Cosa posso offrirle?»

Madelene si tolse gli occhiali.

«Una birra, magari.»

Il medico allungò una mano verso un piccolo frigorifero e le mise davanti una bottiglia e un bicchiere.

Madelene versò la birra nel bicchiere. Aprì il tubo di cartone, mise la fiaschetta sul tavolo e tirò fuori alcuni fogli di carta: gli schizzi delle apparecchiature che aveva visto il giorno prima vicino alla gabbia della scimmia. Li aveva eseguiti a memoria, all'alba, mentre era ancora sobria, e invece della matita per occhi aveva usato un pennarello nero.

Porse al medico il foglio dove aveva copiato la bara doppia con le ruote e la sedia elettrica.

«È un'apparecchiatura per la tomodensitometria cerebrale.»

«Come funziona?»

Lui scosse la testa.

«Roba dell'epoca nuova.»

Madelene gli diede il disegno successivo.

«Un misuratore del sonno. Ne hanno uno così proprio

qui sotto, all'Istituto per la ricerca sul sonno. Questo è per animali di grossa taglia. Quando l'animale collegato allo strumento si addormenta, la forza di gravità fa abbassare una parte del corpo, un braccio, il muso, il collo. A questo punto riceve una scossa e si sveglia. Si misura quanto si riesce a tenerli svegli. Se n'è fatto un grande uso. Hanno dimostrato che gli animali non hanno bisogno di dormire, ma non sono riusciti a convincere i diretti interessati.»

Madelene gli porse altri due disegni.

«Quelle casse fanno parte dell'attrezzatura per un percorso a ostacoli. Quelle, per quanto posso vedere, sono scacchiere.»

Prese un altro foglio.

«Un simulatore di stimoli. Identico a quello dell'Istituto di euroetologia, due piani sotto di noi. Hanno messo in dubbio che gli animali possano provare dolore, insinuando che finché non dicono chiaro e tondo che stanno soffrendo non c'è motivo di presumere che si tratti di sevizie.»

Guardò Madelene.

«Sono tutte le apparecchiature necessarie per eseguire test completi su un grosso animale. Al mattatoio hanno cominciato a fare ricerche sul comportamento?»

«Che tipo di test? Per quale comportamento?»

«Test di intelligenza, direi. Soluzione di problemi. Comunque sono metodi piuttosto pesanti. È diventato molto difficile ottenere dal Comitato per la Sperimentazione il permesso di utilizzare, per esempio, la macchina del sonno. Deve trattarsi di una ricerca molto importante, vero?»

Madelene raccolse le sue carte.

«Posso usare il telefono?» chiese.

Il medico fece un cenno con la mano.

«È suo. Se lo porti via, se vuole. Io vado in pensione il prossimo anno, e in ogni caso non mi chiama più nessuno.»

Madelene compose il numero di Adam. La segretaria riuscì subito a dominarsi quanto bastava per passare la telefonata.

«Sei sola?» chiese Adam.

«Certo.»
«Sei vestita?»
Madelene lanciò un'occhiata al medico.
«No» disse. «Affatto.»
Adam fece un fischio sommesso.
«Ce l'ho duro come il ferro» disse.
Madelene si guardò intorno in cerca di ispirazione. La situazione era delicata. Vide una serie di diagrammi dentali appesi alla parete.
«Lo sento con la lingua» disse piano.
Udì un gemito
«Io... vengo subito» disse Madelene. «Sarà meglio che riattacchi.»
Riagganciò e prese i suoi disegni.
«Come va la sua allergia?» chiese il medico.
«Meglio, grazie.»
«Ho telefonato al Centro ricerche del mattatoio. Non l'hanno mai sentita nominare.»
Madelene sospirò.
«Mi hanno dimenticata. La gente mi dimentica appena esco dalla porta.»
«Ho passato in rassegna i bollettini degli ultimi sei mesi. Non risulta nessun furto di grandi scimmie o simili.»
«Lei è un tesoro» disse Madelene.
«Ovviamente girano sempre delle voci. Negli ultimi dieci anni, un paio di volte è circolata la notizia che una scimmia sconosciuta, un primate non meglio identificato, veniva offerta in vendita. Com'è ovvio, noi non compriamo sul mercato nero. E poi era impossibile. Con il bue di Vu Quang, anche l'ultimo dei grandi mammiferi è stato scoperto e descritto. Doveva essere per forza un incrocio fra due specie conosciute di scimmie.»

Madelene uscì in corridoio e tentò di correre per oltrepassare l'ufficio di Adam.
La porta dell'ufficio venne spalancata e comparve la segretaria. Era evidente, persino a Madelene, che mentre di

solito agiva e si muoveva per motivi precisi e razionali, questa volta era spinta solo dall'irresistibile desiderio di allontanarsi e dare sfogo alla propria indignazione. Quando si trovò di fronte Priscilla si appiattì contro la parete.

Madelene, contenta di vedere lei e non Adam, le rivolse un gran sorriso, come per dire che nonostante i loro piccoli contrasti potevano benissimo andare d'accordo. Poi proseguì.

Con l'ascensore finì prima nel seminterrato, ma al tentativo successivo arrivò nell'atrio. Sentiva di avere ancora abbastanza energia per sistemare un'ultima faccenda. Andò al bancone della reception.

«Deve venire a prendermi un'auto» disse. «L'uomo che era qui poco fa non era per caso l'autista?»

Il terrier si morse le labbra.

Madelene posò il tubo di cartone sul bancone. La donna lo guardò impassibile.

«Questi» disse Madelene «sono i risultati di analisi urgenti. Ministri e principi le stanno aspettando. È questione di vita o di morte. Se ha lasciato che l'auto se ne andasse senza di me, lei domani sarà talmente disoccupata che non le permetteranno neppure di spalare gli escrementi dei trichechi.

La donna soppesò i vantaggi e gli svantaggi del suo atteggiamento scostante.

«Era lo spazzino» disse infine. «Voleva spostare l'auto del direttore, mi ha chiesto di chi era. Voleva spazzare la strada. Naturalmente è stato mandato via.»

Madelene si avviò all'uscita, barcollò e strizzò l'occhio alla donna.

«È così che bisogna trattarli» disse.

Andò incontro alla luce del sole con l'euforia finale dell'ebbrezza. Canticchiando, incerta sulla direzione da prendere, iniziò la sua passeggiata magica e misteriosa in un mondo benevolo e allegro. Nella sua mente si affollavano il cantiere dello zoo, Andrea Burden, i sogni possibili e quelli abbandonati, le amiche inaspettate e bizzarre, il pensiero dell'erezione di Adam, il disegno di una macchina del sonno e un'energia che non poteva essere spiegata solo grazie alla chimica.

Passò davanti al furgone con il cane sulla portiera. Nella cabina di guida lo spazzino fissava il vuoto, come il giovane eroe della fiaba nel momento in cui ha perduto le forze e il coraggio, il momento in cui la strega arriva in suo aiuto.

Madelene alzò una mano, aprì la portiera e salì. Sedette di fianco a Johnny, aprì il tubo di cartone, tirò fuori la fiaschetta con gli ultimi centilitri di propellente e tolse il tappo.

Johnny non mosse un muscolo.

«Be'?» disse.

«Vorrei far spazzare una strada» disse Madelene.

Bevve dalla fiaschetta e la passò a Johnny. Lui annusò e assaggiò con cautela. I suoi occhi si riempirono di lacrime e di ammirazione.

«Roba forte» disse.

Madelene si tolse gli occhiali. Solo allora vide Samson, ingessato, nella cuccetta dietro il sedile del guidatore.

«Tu sei la moglie del direttore» disse Johnny.

Madelene sorrise. Nel bel mezzo del sorriso iniziò la fase discendente.

L'effetto fu istantaneo. Il carburante era finito, il razzo decelerò, si fermò e sganciò i serbatoi vuoti. Poi precipitò come una pietra, dritto verso terra.

Madelene aprì la portiera e si sporse. La gente sul marciapiede, vedendo la sua espressione, si scansò. Tranne una persona. La segretaria di Adam, che forse stava andando a pranzare, ancora pallida e sconvolta, rimase ferma dov'era. Madelene vomitò. La segretaria girò i tacchi e se ne andò.

Madelene sarebbe caduta fuori se un braccio che aveva immobilizzato gnu e ippopotami non l'avesse trattenuta. Johnny le porse un grande fazzoletto azzurro, pulito e piegato, e un termos.

«Bevi» disse. «È acqua.»

Madelene bevve avidamente. Prese le compresse di vitamina B dalla tasca del soprabito, ne buttò in bocca una manciata e le mandò giù.

Johnny mise in moto e si staccò dal marciapiede.

Madelene stava precipitando sempre più velocemente. In fondo al baratro la attendevano il disgusto di sé e le catacombe piene di cadaveri che la gente, con imperdonabile superficialità, chiamava postumi di una sbronza. Non aveva più energie per fare la misteriosa. Nel contempo, vedeva tutto con l'isterica lucidità che precede il crollo.

«Il cane» disse. «È quello di cui parlava Bowen. La scimmia era nel tuo furgone.»

«È fuggita» disse Johnny. «Non era mai successo. Non mi ero accorto che era qui.»

«Come sapevi dove cercarla?»

Johnny batté sulla radio.

«La polizia trasmette sui 148 MHz» spiegò. «La polizia veterinaria sui 146.»

Con i lavoratori, specializzati o meno, Madelene aveva sempre comunicato in base a un codice prestabilito. Loro si erano occupati delle sue necessità materiali e poi avevano portato via i rifiuti. Lei li aveva chiamati, li aveva ricevuti, li aveva fatti entrare e uscire, trattandoli con gentilezza esagerata perché li temeva senza comprenderli e perché in fondo sapeva di essere nelle loro mani, dato che era incapace di cambiare un fusibile, scavare una fossa settica o preparare una torta. In taxi si sedeva sempre dietro. Ora era seduta accanto a Johnny, istigato a compiere quel percorso proprio da lei, senza che fosse stato fissato il prezzo della corsa.

Di fronte a un dilemma tutti gli esseri viventi ricorrono ai modelli di comportamento a loro familiari.

«Immagino che vorrai un risarcimento» disse.

Johnny scosse la testa.

«Quanto?»

Johnny scosse di nuovo la testa.

«Non è una questione di soldi» disse.

Madelene lo guardò con occhi nuovi, come si guarda un animale strano, un calao rinoceronte o un tapiro dalla gualdrappa. O una persona che non è assetata di denaro.

«Allora cosa vuoi?» chiese.

Il corpo e il volto di Johnny furono attraversati da molte emozioni, ma nessuna venne espressa a parole. Madelene capì che quell'uomo, come lei, non aveva idea di dove era diretto e tuttavia, come lei, era convinto di essere sulla pista giusta.

«Vorrei solo rivederla» disse Johnny.

Rimasero in silenzio per un po'. Entrambi stavano pensando che la scimmia era stata lì, proprio in quel furgone.

«Le ho promesso che l'avrei aiutata» disse Madelene.

Johnny annuì.

«Capisco.»

«Ma non so come fare.»

«Ho trasportato di tutto» disse Johnny. «Giraffe maschio in fregola. Impala che muoiono se solo sospettano di non essere più in Africa.»

Fermò il furgone. Ora Madelene riconobbe la zona. Erano a un tiro di schioppo da Mombasa Manor. Scese badando a dove metteva i piedi.

«Io potrei aiutarti» disse Johnny.

Madelene lo guardò negli occhi. Fidarsi di una persona sconosciuta che apparteneva a una classe sociale sconosciuta le era impossibile. Ma non era sola. Nella sua dolorosa lucidità intuì che le sue invisibili amiche avevano preso in simpatia Johnny.

«D'ora in poi rimarrò parcheggiato qui» disse lui. «Vivo nel furgone.»

Le porse il tubo di cartone.

«Dille... dille che io e Samson l'abbiamo perdonata per ciò che gli ha fatto. Non aveva altra scelta.»

Madelene chiuse la portiera, si voltò e si mise a camminare faticosamente verso casa senza voltarsi indietro.

10

Fu svegliata da una luce, dal rumore di un motore e dalla sensazione di dovere qualcosa a qualcuno.

Erano le due del mattino, ma per lei quel suono non era insolito. Durante gli ultimi mesi nel suo cranio era stata costruita un'autostrada a sei corsie, dove il traffico era intenso specialmente di notte, quando era illuminata dai fari che lampeggiavano sotto le sue palpebre. Aveva avuto tempo di abituarsi a questo inferno di luce e suoni. Ciò che la disturbava era che adesso le sensazioni provenivano dall'esterno.

Andò alla finestra. In cortile una decina di uomini, alla luce di lampade schermate, stava lavorando per isolare la veranda. Nel corso delle due ore in cui lei rimase lì a guardarli, montarono inferriate di acciaio alle finestre, sostituirono le porte e costruirono, dalla parte dell'edificio che dava sul cortile, uno stretto recinto formato da una recinzione di filo metallico alta cinque metri, che in alto terminava con tre giri di cavi elettrici.

Madelene tornò a letto, ma dato che non riusciva a dormire si alzò di nuovo. Nel primo chiarore dell'alba vide Adam che salutava tre uomini. Indossarono dei camici ed entrarono nella veranda. Poco dopo Clapham li raggiunse.

Mentre il cielo si rischiarava, Madelene combatté con altro alcol gli effetti dell'intossicazione del giorno precedente. Sulle prime sembrò che la terapia funzionasse.

Nei tre giorni successivi Adam e i suoi quattro collaboratori uscirono dalla veranda solo per mangiare, per andare in bagno o per dormire un paio d'ore su un divano o una poltrona. In quei tre giorni Madelene non fece che bere: all'inizio per mitigare la sua confusione, poi, quando non ci riuscì, per addormentarsi – se possibile – e quando fallì anche in questo bevve per evitare i postumi della sbronza e la sobrietà.

In quei tre giorni gli abitanti della casa assunsero un aspetto vagamente animalesco. Non solo Madelene, ma anche i cinque uomini. La prima volta che erano usciti dalla veranda si erano fatti il bagno e si erano cambiati d'abito. Ma già la seconda volta, dodici ore più tardi, sedettero con i loro camici grigi intorno al tavolo della cucina e mangiarono in silenzio. Dopo non ci furono più pasti regolari. Gli uomini si dimenticavano di mangiare, si facevano portare un sandwich, oppure entravano in cucina due o tre alla volta, arraffavano un po' di carne, si sedevano su una sedia, dormivano un paio d'ore e poi tornavano al lavoro. Dopo una giornata le differenze sociali furono cancellate. Quando si davano sulla voce o si sdraiavano sul divano nessuno avrebbe potuto indovinare chi fosse il dipendente, chi il maggiordomo e chi invece il futuro direttore dello zoo più prestigioso di tutti i tempi.

Si erano messi al lavoro pieni di ottimismo scientifico. Nel corso di quei tre giorni, Madelene, nel suo crescente stordimento, vide che quell'ottimismo diventava prima attesa, poi ostinazione, sconforto e infine panico.

Quando Adam, ogni venti ore, si dirigeva barcollando verso la sua stanza, Madelene lo seguiva, faceva l'amore con lui e poi talvolta sonnecchiava per qualche ora. Fu lì che si svegliò, la notte del terzo giorno, nella pausa fra due incubi, certa della rovina fisica del suo organismo.

L'alcol aveva prosciugato le sue riserve idriche. Aveva succhiato il siero delle cellule, aveva paralizzato la funzione autoregolatrice dei reni e inquinato gli altri dotti con i suoi metaboliti. Madelene era acutamente consapevole del battito irregolare del suo cuore, del sovraccarico del suo fegato, della mortale inefficienza del suo intestino. E su questa catastrofe interna incombevano i rettili dei suoi sogni, i grandi, bianchi, anfibi venerei degli incubi etilici.

Si alzò a fatica e andò alla finestra. Nel chiarore della luna calante vide la scimmia. Era uscita nel recinto, sorvegliata da Clapham, e fece lentamente un giro. Aveva addosso una coperta, il volto in ombra, zoppicava e il suo sfinimento era più grande di quello dei cinque uomini messi insieme.

Eppure Madelene vide che non erano riusciti a ottenere ciò che volevano dalla scimmia.

L'animale scomparve nell'edificio e Clapham chiuse la porta.

Madelene guardò il telaio della finestra, il giardino, e più oltre la città. Dalle conversazioni ascoltate per caso durante l'infanzia le era rimasta una vaga, disgustata cognizione di come vivevano gli animali nei grandi allevamenti. Conosceva il significato di termini come fratture spontanee, arricciamento della lingua, somatotropina, coprofagia, cannibalismo e monotonizzazione del comportamento sessuale. Si osservò alla luce di queste parole. Vide se stessa e la metropoli rispecchiate nel mondo degli animali. Dentro di lei c'era la devastazione, come se ciò che vi era penetrato fosse il vuoto, come se Adam l'avesse riempita di vuoto. Pensò a tutte le volte in cui non aveva protestato, alle possibilità che aveva trascurato. La assalì il senso di colpa. Non la cattiva coscienza, non i piccoli debiti mentali, non gli spiccioli, bensì l'enorme debito del suicida. Scivolando lungo la china che si era scelta, era arrivata al punto dove era in agguato il rimorso.

Pensò alla scimmia. La riserva naturale dove si agitavano i rettili delle sue allucinazioni, passando per i maiali, le mucche e i polli della sua famiglia, divenne un legame con la scimmia prigioniera.

Allora Madelene si rese conto di non essere più una turista negli affascinanti paesaggi evocati dall'alcol. Era – da molto tempo – un'ospite fissa, confinata in una gabbia chimica.

La luce della luna, che un attimo prima sembrava così debole, inondò la stanza con il nitore di una radiografia. In quella luce Madelene vide la propria impotenza, la vide chiaramente, si vide con gli occhi della scimmia, e allora rinunciò. Rinunciò alla speranza, rinunciò al suo ruolo di alcolizzata, rinunciò al dolce vento che l'aveva spinta attraverso gli eventi delle ultime settimane. Rinunciò al suo martirio etilico, alla sua identità alcolica. Smise di bere.

11

Quando si svegliò non era sola. Accanto a lei – nel luogo da cui Adam era fuggito durante la notte – giaceva la neonata coscienza della sua debolezza.

Madelene la osservò. Sembrava spaventosamente inalterata, e tuttavia le era estranea.

Si alzò. Tremando, camminò nella stanza, si voltò e tornò indietro.

Sembrò che stesse tornando verso il letto, verso il conforto della caraffa. Invece proseguì e andò alla scrivania di Adam. Scelse alcuni grandi fogli stampati dalle centinaia che lui aveva portato dalla veranda e li infilò nel tubo di cartone. Prese due mazzette di banconote dal primo cassetto. Uscì dalla stanza. Con quel movimento, modesto dal punto di vista fisico, si lasciò alle spalle una parte della sua vita.

Nell'ingresso lanciò un'occhiata al telefono, ma tutti gli apparecchi della casa erano collegati a un centralino nell'ufficio di Clapham. Attraversò il giardino, aprì la porticina nel muro e si ritrovò sul marciapiede.

Johnny aprì il portellone del furgone prima ancora che lei lo avesse raggiunto.

Madelene non aveva mai vissuto in una dimora che avesse meno di ottocento metri quadrati di abitazione oltre al seminterrato e al terreno intorno. Nella casa mobile di Johnny c'erano letto, tavolo, televisore, frigobar, telefono, cucina, impianto stereo, moquette, velluto sulle pareti, lampade e armadietti, il tutto in due metri e mezzo per tre. Nei trenta secondi che impiegò a salire, accasciarsi su una sedia e bere il bicchiere d'acqua che Johnny le porgeva, sperimentò una serie di impressioni definitive sul rapporto fra condizioni sociali e dimensioni del territorio.

«Ho smesso di bere» disse.

Grazie alla sua infanzia e all'esperienza personale, Johnny aveva conosciuto il potere dell'alcol. Guardò Madelene con rispetto.

Lei tolse i fogli dal tubo di cartone e li srotolò sul tavolo.

«Hai idea di che cosa siano?» chiese.

Johnny fissò quei simboli oscuri.

«Ho fatto solo cinque anni di scuola» disse.

Madelene annuì. Per lei era lo stesso, se si sottraevano le assenze.

Prese il telefono e fece un numero.

La segretaria di Adam aveva rinunciato a ogni resistenza. Parlò con voce bassa e rassegnata.

«È fuori città. Tornerà dopodomani. Vuole lasciare un messaggio?»

Madelene riattaccò. Johnny la osservava impassibile. Lei compose un altro numero. Fu messa in attesa due volte prima di arrivare ad Andrea Burden.

«Ora che siamo in confidenza» disse Madelene, «e fra noi non ci sono segreti, saresti così gentile da dirmi quanto tempo dovrà rimanere ancora da noi quel bestione?»

«Adam non te l'ha detto?»

«Lui cerca di proteggermi.»

«Finiscono domani.»

«E poi dove andrà?»

La risposta fu troppo rapida e troppo melliflua.

«L'Istituto possiede la St. Francis Forest. È isolata e in una splendida posizione.»

«Che meraviglia» replicò Madelene. «Mi sento già molto meglio.»

Riagganciò.

«Abbiamo ventiquattr'ore» disse. «Poi lo porteranno altrove. Come vengono trasportati gli animali?»

«Lo metteranno in una cassa per scimmie.»

«Dove le trovano?»

«Le fa Bowen. Bally diceva sempre che Bowen era uno dei migliori.»

«Bowen?» disse Madelene. «Bally?»

«Quello che ha portato la scimmia.»

Madelene guardò Johnny, il tubo di cartone, i grafici, Samson e le sue fasciature. Guardò fuori dal finestrino, verso la luce del mattino. Un uomo in completo grigio passeggiava tenendo al guinzaglio un piccolo foxterrier vispo, dal pelo ruvido color caffellatte, un uomo che Madelene vedeva per la terza volta nei pressi di Mombasa Manor. Si sentì scuotere da una vibrazione profonda, separata e diversa dagli effetti dell'astinenza. La sensazione divenne un tremito che la pervadeva dalla testa ai piedi, come se avesse bevuto il primo bicchiere del mattino. Ma ciò che provava era qualcos'altro. Era la materializzazione inaspettata della galassia di inebrianti opportunità che si offre a chi ha deciso di essere creativo, senza escludere nessuna possibilità.

Da un gancio prese il collare di Samson, glielo mise, aprì la porta del furgone e uscì insieme al cane.

Quando l'uomo in grigio scorse Madelene si irrigidì impercettibilmente, si voltò e cominciò a camminare nella direzione opposta.

Madelene avrebbe potuto lasciarlo andare. Ma un terribile mal di testa aveva cominciato a diffondersi nel suo corpo, partendo dalla nuca. L'energia volatile, intensa ma fugace, che le aveva dato l'alcol era diventata una forza distruttiva e sfacciata. Lei e Samson raggiunsero l'uomo e il terrier.

«Come vanno le cose alla Polizia Veterinaria?» chiese.

Lo aveva sempre visto seduto, nell'auto bianca, quando Clapham lo aveva mandato via e quando era fermo davanti alla proprietà. In piedi e visto da vicino era alto, snello, forte: un uomo nato, cresciuto e istruito per non lasciarsi ingannare da nessuno.

Lasciò che i cani si annusassero prima di rispondere.

«Ci siamo ingranditi» disse. «In origine eravamo solo in quattro o cinque. Ora ci occupiamo anche delle corse e di tutti i casi di doping. Poi ci sono i rapimenti di animali domestici. Abbiamo venti uomini solo per controllare i negozi di animali. Con veterinari e mandati di perquisizione in bianco.»

L'educazione di Madelene e il suo interesse per gli uomini le avevano insegnato a distinguere con assoluta certezza le persone che, come Adam, si erano insediate nella posizione a cui erano destinate fin dalla nascita, da chi, come quell'uomo, era venuto dal basso.

«Perché un uomo che dispone di un mandato» disse «si lascia cacciare via dal nostro portiere?»

L'uomo aveva smesso di seguire i movimenti dei cani. Ora vedeva solo Madelene.

«I mandati vanno bene per i negozi di animali e per gli appartamenti dove la gente tiene rettili protetti dentro scatole da scarpe. In certi ambienti sono documenti rischiosi.»

Madelene sapeva che la gente venuta dal basso si divideva in due categorie: quelli che, come suo padre, lavoravano tutta la vita per allontanarsi dalle loro origini, e coloro che, come quell'uomo, per motivi di comodità avevano comprato un'auto bianca, indossato un completo e si erano fatti crescere i baffi, ma erano rimasti proletari.

«Lei voleva sapere qualcosa della scimmia?» disse.

L'uomo non rispose.

«Potremmo trattare» disse Madelene. «Io le dico dove si trova. Lei mi spiega perché vi interessa tanto.»

L'uomo non aprì bocca.

«È in un'ala dell'edificio» disse Madelene. «Con un sacco di strumenti. La stanno esaminando. Cercano qualcosa che non hanno ancora trovato. È stanca ma viva. Ora tocca a lei.»

Un attimo prima che lui rispondesse, Madelene ebbe una sorta di inspiegabile intuizione. All'improvviso comprese che quell'uomo si era conquistato il suo posto nel mondo perché era tenace e intelligente, e che aveva un forte senso della giustizia – il motivo che gli aveva impedito di arrivare più in alto.

«In realtà l'animale non ci interessa più di tanto» disse. «Ci stiamo occupando del capitano della barca che lo trasportava.»

«Bally» disse Madelene.

L'uomo annuì.

«Se esiste un inferno per gli animali, quando verrà la sua ora Bally sarà nominato arcidiavolo.»

«Diavolo e basta» lo corresse Madelene. «L'arcidiavolo è mio padre.»

L'uomo allungò il braccio. Madelene credette che volesse stringerle la mano, invece lui le diede il suo biglietto da visita.

«Mi chiamo Smailes» disse. «Abbiamo ripescato il signor Bally dal Tamigi e lo abbiamo arrestato, ma non abbiamo prove. Presto dovremo lasciarlo libero. Abbiamo preso in considerazione l'idea di ottenere un mandato e pretendere una spiegazione.»

«Mi dia ventiquattr'ore» disse Madelene.

«Cosa otterremo in cambio?»

«Le prove che inchioderanno Bally.»

Smailes si allontanò con il cane.

«Da dove veniva la barca?» chiese Madelene.

«Dalla Danimarca. Come lei.»

«Lei sa molte cose. E pensare che non è nemmeno entrato in casa mia.»

«Ho portato a spasso il cane nel quartiere.»

Madelene guardò Samson.

«È sempre stato anche il mio metodo» mormorò.

Smailes era quasi troppo lontano per essere udito quando si girò un'ultima volta.

«Ventiquattr'ore» disse senza gridare. «Non un minuto di più.»

12

La clinica veterinaria Holland Park invitava alla resa senza condizioni. Oltre a essere la clinica privata per animali più cara e più moderna di Londra, era nota come "la clinica del sorriso" perché tutti i dipendenti sorridevano. L'affabile portiere sorrideva, l'affascinante infermiera dell'accettazione sorrideva, il premuroso portantino sorrideva, e l'assistente che sistemò Samson su un basso tavolo aveva stampato in faccia un sorriso cordiale e condiscendente.

«Vorrei parlare con Alexander Bowen» annunciò Madelene.

Il sorriso della donna si tinse di rammarico.

«Bisogna avere un appuntamento» disse.

Madelene prese un cartoncino bianco e una penna da una scrivania, scrisse in fretta qualche parola, lo avvolse in una banconota da cinquanta sterline e la diede al portantino.

«È stato un intervento difficile» disse. «Alex mi ha pregata di mandarlo a chiamare. Ci tiene a visitare Samson personalmente.»

Tre minuti dopo arrivò Alexander Bowen. Indossava un camice bianco e sorrideva.

Era un sorriso poco convinto. La sua professione, per quanto prestigiosa, non era esente da rischi, e la situazione che si preparava ad affrontare era ancora più incerta delle altre.

Sul cartoncino bianco Madelene aveva scritto: "Mille sterline come d'accordo. Lady Mortensen". Alexander Bowen conosceva a memoria l'almanacco nobiliare inglese. Si ricordava di tutti i suoi pazienti e di quasi tutti i relativi onorari, perciò era sicuro di non aver mai sentito nominare Lady Mortensen e di non aver mai visto la donna con gli occhiali da sole e il soprabito. Però sapeva anche che quel cane era il dobermann che non aveva osato sopprimere per paura del suo padrone, il tizio che lavorava per Bally.

Ciò che lo aveva spinto a uscire dal suo studio era stato l'accenno alle mille sterline. Rimase lì a guardare la donna, diviso fra timore e curiosità.

Dato che non aveva idea di come avrebbe dovuto comportarsi, scelse un atteggiamento che era d'effetto senza essere impegnativo. Si avvicinò subito al cane con aria sollecita.

«Come sta?» chiese.

«Meglio» disse Madelene.

Gli porse i grandi fogli tolti dal tubo di cartone e contemporaneamente fece scivolare sul tavolo dieci biglietti da cento sterline.

«Ecco le radiografie» disse.

Madelene era cresciuta in una casa dove le donne compravano gli uomini con il sesso, gli adulti corrompevano i bambini con i giocattoli, i bambini si conquistavano concessioni con i capricci o le moine, e tutta la famiglia si era servita del denaro per ottenere una posizione nei migliori ambienti e un posto nella storia della Danimarca. Fin dalla più tenera età era stata istruita nell'arte raffinata della corruzione. Se avesse scorto sul viso del medico anche solo un'ombra di risentimento, avrebbe potuto posare la mano sulle banconote rendendo invisibile quel piccolo errore. Lui però non sembrava affatto insospettito, anzi: il suo volto si rasserenò e si distese.

«Non sono radiografie» disse il veterinario. «Sono immagini di una risonanza magnetica. E non si tratta di un cane.»

«Il nostro scimpanzé» disse Madelene. «Devo averle scambiate.»

L'uomo scosse la testa.

«Guardi il lobo frontale» disse. «La sede delle funzioni cognitive superiori. È un essere umano, anche se, evidentemente, di una stazza notevole.»

Il suo dito scese lungo una colonna di numeri sul lato dell'immagine.

«Un volume di duemilasettecento centimetri cubici. Un vero gigante.»

Diede un'occhiata al materiale e prese un'immagine a colori brillanti, rosso rubino, oro, blu cobalto.

«Eccolo di nuovo. Un elettroencefalogramma sovrapposto a una PET. Non sono in molti in Europa a poterlo eseguire. Da dove viene questa roba?»

«Che cos'è una PET?» chiese Madelene.

«Una tomografia a emissione di positroni. Gli è stato iniettato un liquido radioattivo che consente di esaminare il flusso ematico cerebrale e di effettuare varie misurazioni.»

Madelene prese lentamente un'altra banconota e la posò sulla scrivania.

«Mi permetta di pagarle il disturbo» disse.

Lo sguardo del medico si annebbiò. Un'insidiosa ondata di distrazione, ricordi di gioventù e vanità lo stava trascinando con sé.

«Una PET» disse «ha un'eccellente risoluzione, fino a 5 millimetri, ma c'è pochissimo tempo, solo novanta secondi. È per questo che la si sovrappone a un encefalogramma, così si può vedere tutto ciò che accade nel cervello fino all'ultimo millesimo di secondo. È favolosa. Oltretutto qui hanno usato un'apparecchiatura portatile. Gli hanno messo un casco. È l'ultima novità, non credevo che potessero farlo anche altri.»

Indicò la colonna di cifre.

«Gli hanno fatto eseguire un percorso a ostacoli. Forse ha qualche problema a livello motorio? Test linguistici, test della vista, vari esercizi pratici. Localizzazione anatomica, molto dettagliata, trenta sezioni trasversali su tutti e quattro i piani.»

«Cosa cercavano?» chiese Madelene.

Gettò sul tavolo un'altra banconota. Il medico aveva uno sguardo distante, come chi è sotto ipnosi. Madelene capì di averlo narcotizzato. Ora doveva mantenere addormentata la sua diffidenza senza intaccare le sue facoltà mentali.

«Già, cosa cerchiamo?» disse lui. «Qualcuno conosce la risposta?»

«Di chi sta parlando?»

«Anch'io ho cercato.»

«Ha trovato ciò che cercava?»

Gli occhi del medico fissavano un punto lontano, visibile solo a lui.

«Nessuno trova mai niente.»

«Questi esami li ha fatti lei?»

Lui scosse la testa.

«Penso ai vecchi tempi, all'età d'oro. Appena dieci anni fa, quando ancora c'era il coraggio di sperare.»

Madelene gli toccò la manica del camice come per incoraggiarlo.

«Io ci penso» disse lui, «ma non ne parlo. È meglio così, vista la situazione.»

«Lo dica pure» sussurrò Madelene. «Tanto il cane non capirà una parola.»

Alexander Bowen provava un piacevole senso di confusione. Ciò che aveva intorno evocava l'idea di una clinica tutta sua, i risultati delle analisi creavano l'illusione che stesse intervenendo a un convegno scientifico, la donna che lo ascoltava poteva ricordare una riunione del consiglio direttivo, il denaro era destinato al suo avvocato. Era come se la situazione conciliasse nella maniera più piacevole i lati incompatibili della sua personalità.

«Massachusetts» disse. «Il problema della natura dell'intelligenza. Ricerca avanzata, senza concorrenza. Eravamo tanto avanti che gli altri non li vedevamo neanche più. Credevamo che ce l'avremmo fatta. Provi a immaginarlo: eravamo nel cervello, il più vicino possibile. Era... straordinariamente intimo, anche se erano solo scimmie. Eravamo sul punto di penetrare in un'intelligenza sconosciuta. Potrà capire la nostra delusione quando improvvisamente tutto svanì e si ridusse a niente. Rimane solo un terribile vuoto, mentre tutti sperano ancora. Eppure tu sai che è finita. *Horror vacui.*»

«Come in una storia d'amore» commentò Madelene.

Il medico la fissò.

«C'era anche lei?»

«So cosa si prova.»

«Lei mi ha capito» continuò il medico. «Come un matrimonio. È proprio così, ci si sente ingannati. Perché in realtà, anche se non lo ammetterei mai di fronte a nessuno, nemmeno a lei, se fossimo riusciti a cogliere l'essenza dell'anima, dell'intelletto, a decodificare il cervello, se avessimo potuto prendere una donna e farla entrare nel tunnel...»

«Che tunnel?»

«La risonanza magnetica genera un potente campo magnetico. Si mette una persona su una barella e la si spinge dentro un tunnel. Non si sente niente, la donna non avrebbe sentito niente. L'interno è riscaldato e c'è uno specchio. Possono ascoltare della musica rilassante, *Il cavaliere della rosa* o qualcosa di simile. E poi uno le avrebbe parlato nella cuffia dicendo: "Cosa pensi quando senti il nome 'Alexander'?". Avrebbe potuto stare fuori e vedere direttamente i suoi pensieri, sarebbero usciti come immagini computerizzate, come *pixels.* Avrebbe significato entrare in una donna più di quanto non sia mai riuscito a fare un uomo. Nel nucleo della psiche femminile. Non avrebbe avuto alcuna possibilità di mentire. Se c'era un altro, se lei aveva un altro o se solo ci avesse pensato, lo si sarebbe scoperto subito.»

Madelene gli porse un fazzoletto.

«Sta sudando» disse.

Il medico si asciugò la fronte.

«Così forse uno avrebbe potuto salvare il suo matrimonio» disse.

Madelene lo guardò con compassione.

«Temo che per questo non basti una risonanza magnetica» disse.

«È vero, ma si continua a sperare. Non è forse umano? Noi sperammo fino all'ultimo, ma alla fine si rivelò un'impresa impossibile. Ciò che si misura è il consumo di ossigeno e non c'è una formula per il rapporto fra consumo di ossigeno e attività cerebrale. Non ci sarà mai. Non c'è nessuna unità di misura oggettiva per l'intelligenza, nessuna possibilità di localizzare il pensiero. Perciò tornammo ai vecchi metodi. Avevano investito più di ottanta milioni di dollari solo per le attrezzature e gli sponsor volevano dei risultati, quindi tornammo agli aghi.»

«Che aghi?»

«Sa, come si è sempre fatto. Vengono immobilizzate le scimmie, voglio dire, poi si rimuove la calotta cranica in modo da esporre il cervello. E poi ci sono questi aghi, incredibilmente precisi. *Single Neuron Recording*. Ti permettono di catturare un singolo neurone, di vedere la frequenza delle sue pulsazioni e quando viene attraversato da un dato segnale. Naturalmente ci sono anche dei complessi di aghi. *Multiple Neuron Recording*. Non avremmo mai dovuto abbandonare quel metodo, anche se c'erano degli svantaggi. Per raggiungere un punto in profondità l'ago dev'essere spinto attraverso il tessuto superiore. È anche diventato più difficile trovare gli scimpanzé...»

Madelene taceva. Il medico percepì un inspiegabile cambiamento, ma non riuscì a definirlo, non riuscì a sentire cosa stava pensando di lui.

«Si doveva anche tener conto della limitata resistenza delle grandi scimmie. Duravano tre settimane al massimo. Poi si guastavano e poco per volta smettevano di funzionare.»

«Li usate ancora?» chiese Madelene «gli aghi, intendo dire.»

Nel torpore in cui era immerso il medico lampeggiò un segnale di allarme insistente.

Madelene lo afferrò per il risvolto del camice e lo spinse verso la parete.

«Continui» disse.

«Credo di aver risposto alle sue domande.»

Un tavolino basso con le ruote colpì Alexander Bowen dietro le ginocchia e lo fece cadere all'indietro. Madelene si chinò su di lui.

«Ne ho un'altra» disse.

Il medico la fissava senza vederla. Il risveglio dalla narcosi, come sempre, era assai sgradevole, eppure in quell'attimo c'era una misteriosa dolcezza proibita.

In un luogo e in un tempo molto lontani, quando era un ragazzo, nel Jersey, Alexander Bowen aveva amato sinceramente gli animali. Godeva della presenza di un gatto o di un cane, gli piaceva l'odore della stalla e lo spettacolo delle mucche al pascolo infondeva nel suo animo un senso di pace che non aveva bisogno di spiegazioni. Aveva deciso di fare il veterinario e si era iscritto all'università. Lì aveva imparato che gli animali sono macchine. Macchine complesse, dotate di un ingegnoso meccanismo biologico, ma pur sempre macchine. Di fronte a questa rivelazione la sua mente, per la prima volta, si era divisa. Accanto all'Alexander originario comparve un *alter ego* scientifico. Quando accarezzava un cane, l'altro, l'osservatore, pensava: il calore e l'affetto che provo in questo momento non sono che illusioni, fenomeni risultanti da milioni di processi, che presi uno per uno sono banali e perfettamente spiegabili. Quando concluse gli studi, il suo riduzionismo innato era diventato radicale. Nei trent'anni successivi aveva portato dentro di sé, come un fardello sempre più pesante, quel mostro in provetta, quell'homunculus interiore. Era tornato dagli Stati Uniti con un ottimo curriculum e con una grave depressione. Era cosciente del fatto che ogni azione, fisica o psichica, era il frutto di impulsi chimici ed elettrici, quindi deterministica. Tutto era preordinato (o disordinatamente casuale), perciò il libero arbitrio era un'illusione: qualunque cosa facesse della sua vita, l'enigma del suo destino si sarebbe risolto da solo, e così fu. Un grigio mattino si svegliò e comprese che se l'universo fisico è fatto solo di poche particelle elementari e di formule standardizzate per spiegare l'interazione delle forze, tanto valeva andare fino in fondo. Entrò in un mondo che è un po' – ma non molto – più semplice di quello della fisica, cioè il mondo del denaro, basato su poche unità monetarie di base e sulle quattro operazioni. C'era entrato e c'era rimasto.

Ora, sdraiato sul pavimento, per un attimo si trovò strappato da quel mondo. Sì sentì sollevato. Come tutti coloro che vivono in un universo esclusivamente scientifico o economico, Alexander Bowen sognava la liberazione. In quell'istante il volto di Madelene gli parlava di un'altra realtà.

«L'ultima domanda» disse lei. «Quanto costerebbe ottenere il permesso di aprirle il cranio per cercare la sede della compassione, ammesso che ci sia?»

Per un istante al veterinario sembrò di essere sdraiato sui prati di suo padre, nel Jersey, sotto il cielo azzurro.

«Sì» disse. «Mi parli ancora.»

Madelene lo lasciò andare e tirò fuori un biglietto dalla tasca del soprabito. L'insieme di risolutezza fatalista, di odio di sé e di malessere generato dall'astinenza avevano trasformato le sue azioni e le sue parole in un coltello affilato.

«Legga» disse. «Le prometto che poi le darò un calcio nello stomaco.»

Era il biglietto da visita dell'ispettore Smailes. Il medico lo lesse lentamente, con qualche difficoltà. Il desiderio, il dolore e la confusione scomparvero dal suo volto.

«È fuori che aspetta» disse Madelene.

Si tolse gli occhiali.

«Signora Burden» esclamò il medico.

Fino a quel momento aveva creduto che sarebbe stato in grado di trarsi d'impiccio, come sempre. Fra un attimo sarebbero arrivati di corsa due sorveglianti, avrebbero trascinato fuori quella pazza e avrebbero fatto in modo che pagasse una somma sostanziosa di risarcimento dei danni morali. In cambio la clinica non l'avrebbe denunciata, e lui sarebbe tornato alla riunione che aveva abbandonato un quarto d'ora prima. L'unico ricordo dell'accaduto sarebbe stato l'ematoma che si era appena procurato cadendo sul pavimento di linoleum. Invece capì che la situazione gli era sfuggita di mano.

Madelene indicò le immagini della risonanza magnetica.

«È la scimmia, vero?» disse.

«È un essere umano.»

«È qui che avete intenzione di scoperchiarle il cervello, adesso che Adam si è arreso?»

Il volto di Alexander Bowen era bianco quasi come le mattonelle delle pareti.

«La convenzione di Washington» disse Madelene. «Per lei significa il carcere e una multa colossale. Sarà radiato dall'albo.»

Il medico si inumidì le labbra.

«È un'operazione semplice. Si sono fatti molti progressi in dieci anni. Non sentirà niente. Sopravviverà e starà benissimo.»

«Lei esamina tutti gli animali di Bally?»

Il medico non rispose.

Madelene raccolse le banconote e le infilò nella tasca del soprabito.

«Continuo a esserle debitrice per Samson» disse.

Il cane saltò giù dal tavolo.

«Mi chiami se cambia idea» disse Madelene.

Il medico la guardò senza capire.

«Ci pensi su. Forse vorrà permettermi di aprirle la calotta cranica. Si tratta di un'operazione semplice. Dopo le sue funzioni saranno del tutto normali.»

Il furgone di Johnny era fermo accanto al marciapiede. Madelene e Samson salirono.

«Gli animali pensano?» chiese lei.

Erano a metà strada da South Hill Park quando Johnny rispose.

«Da ragazzo badavo ai pony da miniera» disse. «A Morton. Le gallerie si spingevano sotto l'Atlantico per dieci chilometri. Ci si arrivava con un treno diesel. Ma vicino al fronte di abbattimento del carbone c'era così poco spazio che potevano proseguire solo gli uomini e i cavalli. Nell'ultimo tratto nemmeno i pony. Si strisciava sulla pancia, con una lampada e una perforatrice idraulica. Dieci chilometri e un chilometro sotto il mare. Era impossibile non pensare ai supporti, a quanto erano sottili, ma in quei momenti ci si girava per guardare il cavallo. Loro percepiscono le vibrazioni molto prima degli uomini, sentono se l'aria scarseggia, se c'è un'infiltrazione d'acqua. Danno dei segnali, come gli uomini, ma in maniera più sfuggente. Se il cavallo era tranquillo non c'era da preoccuparsi.»

«Perché non te ne sei andato?»

«Dove?»

Con un gesto vago Madelene indicò la luce, gli alberi, il benessere che li circondava.

Johnny guardò i muri intorno alle case, i cancelli sorvegliati, la recinzione di Parliament Hill.

«Sarebbe stato meglio?» chiese.

Per la terza volta in meno di una settimana le idee di Madelene sulla libertà vennero rovesciate e cominciarono a sgretolarsi.

«Ci si abituava anche al calore, a lavorare sdraiati, all'aria soffocante, al non potersi muovere. La cosa peggiore era la solitudine. C'era un silenzio assoluto, terribile. All'improvviso ti sentivi abbandonato, come se fossi l'ultima persona rimasta sulla terra. Un chilometro sotto il mare. Allora ti voltavi, sollevavi la lampada e guardavi il cavallo. Aveva il muso nero come la tua faccia, gli occhi che rilucevano nell'ombra come i tuoi. Era uguale a te, però era calmissimo. Non perché fosse stupido, ma perché non aveva pensieri inutili. Non pensava né al passato né al futuro. Non pensava alla fine del turno e neanche alla terza guerra mondiale. Era nel presente. Guardandolo cominciavi a sentire le cose come lui e ti invadeva una grande calma. Qualche volta... eri quasi felice. Accadeva anche quando trasportavo gli animali. Di solito i pensieri si insinuano dappertutto. Ieri. Domani. Problemi, problemi. Ma quando trasportavo gli animali per Bally pensavo solo a guidare. Non c'era solitudine: dietro di me, sentivo i loro occhi che brillavano nel buio. Eleganti, forti, bizzarri. Bisognosi di protezione. Non potevo commettere errori. La mia mente era soltanto sul lavoro, e lì, per strada, ero...»

«Quasi felice» concluse Madelene.

Rimasero in silenzio.

Poi Madelene aprì lo sportello.

«Domani» disse. «Dobbiamo portarla fuori prima di domani, se vogliamo che le resti un cervello che non abbia pensieri inutili.»

Alzò lo sguardo verso Johnny e il cane.

«Voi due sarete qui stasera, vero?» disse. «Non è che deciderai improvvisamente di tornare a Morton?»

«Hanno chiuso la miniera nell'85. Morton era solo quello, la miniera. Non c'è un posto dove tornare.»

13

Per la prima volta in cinque giorni, quella sera Adam cenò in compagnia di Madelene. A un osservatore distratto sarebbe sembrato tenero e premuroso.

Madelene però non era un'osservatrice distratta. Lo guardava da vicino: non solo, lo vedeva anche dall'interno, dal punto di vista di una donna innamorata, e ciò che vedeva era la sua assenza. Pur essendo seduto a tavola, Adam non era lì con lei. La sua mente era rimasta in laboratorio con la scimmia.

Per Madelene non era una novità. La novità era che la situazione non le garbava affatto. Dopo pochi minuti non riuscì più a mangiare e a parlare. Non aprì bocca fino a quando salirono le scale e si fermarono fuori dalla stanza di lui. Suo marito fece per toccarla e lei allontanò la sua mano.

«No» disse.

Adam Burden rientrò nel proprio corpo.

Prima di conoscere Madelene, aveva avuto alcune relazioni che ora, in retrospettiva, non sapeva o non voleva distinguere l'una dall'altra. Gli sembrava che le ragazze – benché ventenni o trentenni – avessero tutte una voce infantile e camere piene di animali di peluche. Gli sembrava che pensassero a lui come a un grosso orsacchiotto e che, appena lui le aveva gratificate con ciò che era soltanto l'ombra del suo desiderio, fossero state prese da un panico entusiasta.

Con Madelene era stato diverso. La prima volta che le si era avvicinato, lei aveva assunto un'aria spossata, languida e minacciosa. Con gli occhi socchiusi, lo aveva osservato mentre la accerchiava; quando infine aveva scelto di rispondergli, gli si era data senza riserve. Adam non possedeva degli anticorpi che lo difendessero da un desiderio femminile che divampava improvvisamente e si esauriva senza lasciare tracce. Madelene aveva invaso le sue vene come un avvelenamento del sangue. Dopo la prima giornata trascorsa con lei era un uomo malato. Quando lo respinse per la prima volta, la malattia divenne incurabile.

Ora, in corridoio, sul volto di Adam comparve l'odio che induce la gente a commettere un omicidio, ma non trovò il modo di manifestarsi. L'emozione durò una frazione di secondo, poi si spense. La figura di Adam si indurì nel tentativo tormentoso di accettare la situazione.

Fu allora che Madelene, per la prima volta, pensò che forse lei era troppo per suo marito. Per sopravvivere a un'infezione di desiderio bisognava saper sopportare il rifiuto. In effetti, per ogni volta che Madelene gli diceva di sì, c'erano tre volte in cui gli diceva di no. Si rese conto che lui non era mai stato in grado di sopportarlo. Era un vincitore, un vincitore nato che in lei aveva trovato la sconfitta più cocente della propria vita: una sconfitta che per giunta non veniva subita una volta per tutte, bensì replicata continuamente, come un annientamento ciclico.

Per un attimo Adam rimase fermo. Poi si voltò, rigido e lento, ed entrò in camera sua.

Adam chiuse la porta, andò alla finestra, la aprì e commise il primo di una serie di omicidi, come faceva sempre in simili circostanze.

Nell'istante in cui aveva posato gli occhi su Madelene per la prima volta, la gelosia gli aveva offuscato la mente. Era convinto che quella donna non fosse pericolosa solo per lui, ma che rappresentasse una minaccia per l'umanità intera, che qualsiasi uomo avrebbe dato la vita per penetrarla. Di conseguenza decise di diventare non solo suo marito, ma anche la sua guardia del corpo e il suo eunuco; se gli fosse stato possibile introdursi nella sua anima sarebbe stato anche la polizia dei suoi pensieri.

Ora, in piedi davanti alla finestra, immaginò che la sua sorveglianza si fosse allentata, che lei fosse riuscita a trovare un amante e che lo avesse fatto entrare di nascosto nella sua stanza. Torturò lentamente la sua fantasia immaginando i loro gesti mentre si spogliavano e iniziavano i preliminari dell'amplesso; a questo punto lui entrava con la doppietta Purdy di suo padre e scaricava entrambe le canne, trecentocinquanta pallini a tre metri di distanza. Poi si lasciava andare alla disperazione davanti a ciò che rimaneva di Madelene.

Questo primo assassinio lo calmò un po', così ne commise un altro e un altro ancora, ricavandone ogni volta una specie di sollievo. In condizioni normali e obiettive si sarebbe descritto, con una certa fierezza, come una persona totalmente priva di fantasia, ma nella mezz'ora in cui rimase davanti alla finestra come un boia solitario le sue fantasie divennero talmente vivide che sarebbe stato arduo distinguerle dalla realtà. Allorché scorse Madelene che camminava in silenzio sul prato, con passi leggeri come una fanciulla degli elfi, in un primo momento credette di vedere il proprio palcoscenico interiore. Ma quando lei aprì la porticina della recinzione e un uomo sgusciò in giardino, Adam si rese conto che quella fantasia non era come le altre.

La luna era nell'ultimo quarto e il cielo parzialmente nuvoloso, quindi vide solo le loro figure che si muovevano. Inoltre, nello stato in cui si trovava, forse persino la luce del giorno sarebbe stata insufficiente. Non vide chiaramente Johnny, non vide la sedia a rotelle pieghevole che aveva con sé. Ciò che vide fu l'ombra di uno gnomo massiccio e gobbo.

Nelle fantasie di un attimo prima gli amanti di Madelene erano principi o semidei; la sua infedeltà, diretta verso l'alto, diventava così un'ascesa sociale anche per lui. Quello che intravide nella luce dispettosa era un uomo che sembrava uscito dalle fogne di Londra.

Lo fissò, incapace di muoversi. Ci volle un quarto d'ora perché riuscisse a pensare, mezz'ora perché prendesse una decisione. Sarebbe andato nella stanza di Madelene, avrebbe aperto la porta con un calcio e avrebbe ucciso l'uomo. Poi, appena Madelene si fosse inginocchiata davanti a lui gridando, avrebbe pensato al da farsi.

Stava per voltarsi quando si consumò l'ultimo atto della tragedia della serata.

Per primo arrivò il gobbo, seguito da Madelene e un altro uomo, strettamente abbracciati.

Adam non aveva mai visto la scimmia camminare su due zampe, e ovviamente non l'aveva neanche mai vista con un soprabito lungo e un cappello floscio, perciò non aveva la minima idea dell'effetto umanizzante che potevano avere su un animale gli abiti e il portamento eretto. Eppure, se fosse stato in grado di ragionare, avrebbe pensato a Erasmus. Invece aveva perduto ogni contatto con la realtà quotidiana. Si aggirava in un luogo dove la scimmia nemmeno esisteva, nei domini malvagi della gelosia. I suoi occhi vedevano soltanto sua moglie e i suoi due amanti, due esseri che irradiavano una totale mancanza di finezza, e nella sua mente sfilarono le immagini delle numerose perversioni sessuali rese possibili da quella terza persona.

Disgustato, si ritrasse dalla finestra, perciò non vide Erasmus, Madelene e Johnny che uscivano dalla porticina nella recinzione, non vide più nient'altro che se stesso. Scoprì che l'Adam Burden che credeva di conoscere era stato sollevato dall'incarico. Sopra la sua testa, attraverso il suo corpo, nella notte, rimbombavano schiere di elefanti imbizzarriti e maiali stregati. Non riusciva a muoversi. Solo all'alba, quando l'urlo che aveva dentro lasciò il posto a una sorta di ottundimento, si trascinò fino al telefono.

14

La Società Danese di Londra è a Knightsbridge, affacciata su Hyde Park. Madelene arrivò alle undici del mattino. Non era sola: stava spingendo una sedia a rotelle con un'anziana signora avvolta in un grande plaid e protetta dal sole da un cappello nero con la veletta.

Il fatto che Madelene si trovasse proprio lì era la conseguenza di ciò che era accaduto quel mattino presto. Dopo aver trascorso la notte nel furgone di Johnny, in un parcheggio di Hemel Hempstead Madelene aveva appreso dalla radio di essere una persona scomparsa.

Quella notte nessuno dei quattro passeggeri del furgone aveva chiuso occhio. Senza parlare, senza muoversi – solo Johnny si era alzato due volte per preparare del tè – avevano sentito scivolare via la notte, come se loro fossero l'equipaggio di una nave che stava solcando l'oceano, sicuri che all'alba avrebbero avvistato la terra. Al sorgere del sole Johnny, come tutte le mattine, aveva acceso la sua ricevente sulla frequenza della polizia. Nell'istante in cui aveva sentito il nome di Madelene si era raggomitolato in un angolo del letto, come una preda che sente avvicinarsi i battitori.

Madelene invece non mostrò alcun segno di sorpresa o di inquietudine. Stava rasando il volto di Erasmus, e ascoltò tranquillamente la voce che leggeva la sua descrizione. Quel mattino era piena di fiducia.

Non confidava in qualche forma di giustizia ufficiale, dato che non ne aveva mai verificato l'esistenza, ma in qualcosa di meglio. Aveva riposto tutte le sue speranze nella legge della giungla. Gli ambienti in cui era cresciuta, la famiglia, le scuole e il matrimonio, erano tutti basati su un ordine sociale che lungi dall'essere una mischia caotica e crudele – come non lo era la legge biologica della giungla – si reggeva su una complicata gerarchia che manteneva gli individui al loro posto riducendo al minimo i conflitti esteriori. La legge era parte integrante di quella struttura, e la convenzione di Washington era parte integrante di quella legge. Il piano di Madelene era molto semplice: far certificare a un veterinario che la scimmia rientrava nella convenzione. Avrebbe portato la certificazione all'ispettore Smailes, la legge sarebbe stata rispettata e l'ordine sarebbe stato ristabilito.

Non aveva idea di quale sarebbe stato il suo destino, ma non si faceva illusioni. La sua vita era stata un'esistenza di nicchia, altamente specializzata dal punto di vista biologico, adattata all'ozio del matrimonio e a un ruolo decorativo. Come per tutti gli specialisti, fra gli animali come fra gli uomini, una simile condizione era estremamente sensibile ai cambiamenti.

Quel mattino la sua fiducia riguardava i suoi compagni. Per sé non sperava nulla. Ascoltò il messaggio radiofonico fino in fondo, impassibile. Poi prese il telefono.

L'odontoiatra veterinario non disse nemmeno "pronto". Si limitò a grugnire. Già da questo, Madelene capì che qualcosa non andava.

«Ho qui la scimmia» disse lei.

«Lo sa che la stanno cercando?»

«Lei è l'unico che può farlo...»

«A Londra ci sono venti veterinari che possono farlo, quasi altrettanto bene.»

«Al mattatoio tutti dicono che lei è una persona coraggiosa.»

All'altro capo del filo si fece silenzio. Quando il medico rispose, la sua voce era così debole che Madelene per un attimo credette di parlare con qualcun altro.

«C'è in gioco il mio lavoro.»

Madelene era stata educata a non insistere di fronte a un rifiuto. Solo qualche settimana prima si sarebbe congedata cortesemente e avrebbe accettato la sconfitta. Si sarebbe rannicchiata accanto a Johnny in attesa dell'inevitabile catastrofe. O meglio, un paio di settimane prima quella conversazione non sarebbe mai avvenuta. Però la Madelene che ora stringeva il telefono aveva solo un ricordo vago di quel recente passato, quindi l'idea di arrendersi non la sfiorò nemmeno.

«In ogni caso le manca solo un anno alla pensione» disse.

Il silenzio del veterinario era il silenzio dell'indecisione. Madelene si rese conto che sarebbe bastata una piccola spinta.

«Non dimentichi la sua reputazione di scienziato» disse.

«Che cosa c'entra?»

«Quando si verrà a sapere che lei si è rifiutato di aiutarmi, anche dopo aver visto il diagramma della dentatura. Non so come la penseranno all'Istituto, ma al mattatoio se ne parlerà per anni.»

«Lei non lavora al mattatoio. Lei è la moglie di Burden.»

Madelene tacque. Sapeva di essere riuscita ad aprire una breccia, di aver raggiunto l'obiettivo.

«Mi dica una cosa in confidenza, signora Burden» continuò il medico, «lei non ha mai paura?»

«Sempre.»

«Sa che suo marito ha denunciato la sua scomparsa?»

«È un malinteso. Succede nelle migliori famiglie. Per favore, mi chiami Madelene.»

«Grazie» disse il medico. «Io mi chiamo Firkin. Dove devo venire?»

In passato Londra le era sembrata sterile e vuota, come un deserto. Ora che aveva perduto le sue abitudini e i suoi diritti, ora che non aveva più un posto nella vita quotidiana della città, le appariva piena di opportunità caotiche. Chiuse gli occhi e volse la faccia verso l'alto, aprì la sua mente all'ispirazione che aspetta solo di farsi cogliere e dopo un attimo sentì un odore di acqua.

«Sa dov'è la Società Danese?»

15

Per i danesi che vivono all'estero, l'idea che la Danimarca cambi in loro assenza è insopportabile. Al nostro ritorno vogliamo trovare il paese non solo com'era quando lo abbiamo lasciato, ma come sarebbe dovuto essere. La Società Danese di Londra era nata per soddisfare questo desiderio. All'inizio del secolo, quando fu fondata da diplomatici e uomini d'affari, era già la quintessenza del sentimentalismo nostalgico, più di quanto non fosse mai stata la Danimarca. Da allora, a conferma della legge secondo la quale nelle associazioni patriottiche di ogni tipo il tempo scorre sempre all'indietro, le cose erano andate di male in peggio.

Madelene c'era stata una sola volta, quando Adam l'aveva pregata di iscriverli entrambi. Quell'unica visita, fin dall'attimo in cui era entrata, anzi, ancora prima, appena aveva visto l'edificio, era stata un incubo. Ciò che l'aveva spaventata era il fascino irresistibile che quel luogo esercitava su di lei. Amava i leoni dello stemma sulla porta. Amava le mucche pezzate che pascolavano al tramonto, opera del pittore di animali Philipsen. Amava l'elefante nell'insegna dell'ordine al collo di Caroline Mathilde, la moglie inglese del monarca assoluto Cristiano VII. Amava i gabbiani che decoravano il servizio da tavola della biblioteca e i rami di susino stilizzati sui piatti del ristorante. Amava gli orsi bianchi di porcellana sulla mensola del camino, il poster con il vigile che ferma il traffico per permettere a mamma anatra e ai brutti anatroccoli di attraversare la strada, e le gigantografie di una coppia monogama di cicogne. Amava i colbacchi di pelle d'orso indossati dalla guardia reale che sfila davanti alla statua equestre sulla piazza del palazzo di Amalienborg, amava le immagini dei fagiani di monte sulla brughiera d'erica che ormai era solo un ricordo. Davanti alla raffigurazione della Danimarca come idillio sociale e zoologico, un idillio che, lei lo sapeva, non era mai esistito, si era sentita irrimediabilmente perduta.

Se avesse avuto la minima possibilità di riuscirci, durante quella visita Madelene si sarebbe arrampicata sul pannello che mostrava le farfalle danesi più note e avrebbe preso posto fra le meno appariscenti, magari accanto alla cavolaia o alla piccola farfalla tartaruga. Si sarebbe trafitta il petto con uno spillo e prima della resa definitiva, con il suo migliore corsivo avrebbe scritto sulla targhetta: "Madelene Burden, nata Mortensen. Diffusa ovunque e assai comune".

Purtroppo sapeva che sarebbe stato inutile, dato che ci aveva già provato molto tempo prima. Aveva cercato di essere una brava figlia, un'allieva brillante, una ragazza meravigliosa, ma invano. Era come se fosse nata non per svolazzare elegantemente, ma per causare guai. Il suo primo ricordo cosciente era il rumore, al contempo pesante e acuto, di ceramiche che andavano in mille pezzi, seguito dalla parola "maldestra", pronunciata in tono freddo da una voce adulta che forse era di sua madre, forse della regina o forse di Dio.

Eppure non aveva mai smesso di sperare. Anche se aveva piegato la testa e aveva lasciato in punta di piedi la sua famiglia e il suo paese rifugiandosi nel matrimonio, in qualche modo sentiva che forse, a dispetto di tutto, un giorno lo strappo sarebbe stato ricucito. Ora, mentre spingeva la sedia a rotelle verso le scale della Società e il portone si apriva e due uomini andavano verso di lei con aria sollecita, le sembrò che improvvisamente il suo passato le tendesse la mano per offrirle un'altra possibilità.

Gli uomini che la accolsero erano il portiere e il direttore della Società. Quest'ultimo le strinse la mano e rivolse alla donna sulla sedia a rotelle uno sguardo che, senza chiedere nulla, aspettava una spiegazione.

«Mia nonna» annunciò Madelene. «La signora Mortensen.»

Il direttore tentò di sbirciare sotto la tesa del cappello, ma tutto ciò che riuscì a distinguere dietro la veletta furono i contorni di un volto grande e scuro.

«Siamo onorati» disse.

I due uomini afferrarono ciascuno un bracciolo della sedia a rotelle e fecero per sollevarla.

Non accadde nulla.

Continuando a sorridere, impassibile, il direttore controllò se per caso la sedia si era incastrata in una fessura del selciato, o se era un modello elettrico, appesantito dal motore e dalle batterie. Invece si trattava di una struttura leggera, pieghevole. I due uomini la alzarono faticosamente di dieci centimetri e poi furono costretti a posarla di nuovo a terra.

Trovare un commento adatto alla circostanza non era facile, quindi Madelene non disse niente. Ma fra gli impulsi che la assalirono, il più forte fu la tentazione di fare quello che aveva fatto tante altre volte, cioè fuggire. Ciononostante, non si mosse. Non poteva abbandonare la sedia a rotelle. Inoltre nelle ultime due settimane aveva dovuto affrontare più di una situazione sgradevole e stava cominciando a scoprire che, se si ha la pazienza di aspettare, in genere succede qualcosa.

In quell'istante li raggiunse una terza persona: Sir Toby, il fratello del defunto suocero di Madelene.

Madelene accettò il suo baciamano senza battere ciglio. Ma dato che quell'uomo era il consulente del governo britannico per le questioni veterinarie, dentro di lei, ancora debole e distante, suonò un campanello d'allarme.

I tre uomini afferrarono la sedia e la portarono su per i gradini, fino all'ascensore. Le porte si chiusero.

Gli uomini avevano il fiato corto. Madelene sentì che era necessaria una spiegazione.

«Bulimia nervosa» sussurrò. «Ne soffre da quando è morto suo marito. Ormai pesa centocinquanta chili.»

I tre uomini guardarono affascinati e impietositi la figura velata. Solo il direttore era ancora in preda a una vaga inquietudine. Ogni mestiere tende a sviluppare una capacità mnemonica settoriale e lui, dopo aver diretto per quarant'anni la Società Danese, aveva perfezionato una memoria da maggiordomo nazionalista dove conservava una scheda su ogni danese con cui era entrato in contatto in Inghilterra. L'impazienza di inserire l'anziana signora in quello schedario in quel momento era più forte del suo debito d'ossigeno, perciò si chinò verso Madelene.

«Cos'ha ai piedi?» ansimò.

Madelene li guardò. I piedi della scimmia erano scivolati fuori dal plaid. Benché fossero coperti da un paio di calzini di lana di Johnny, nel piccolo ascensore, sul poggiapiedi della sedia a rotelle, apparivano assurdamente grandi.

«Ritenzione» spiegò, «ritenzione idrica.»

Per adattare il cappello della signora Clapham alla testa di Erasmus, Madelene aveva dovuto tagliarlo. Ora il copricapo si era spostato e dalla cupola spuntava il cranio della scimmia, bruno, rasato ed enorme.

«È gonfia di liquido» disse Madelene. «Anche la testa.»

L'ascensore si fermò, la porta si aprì e Madelene spinse la sedia a rotelle. All'altro capo del corridoio c'era Susan, e stava camminando verso di lei.

A Madelene non sembrò affatto strano incontrare la sua amica proprio lì. Sapeva di essere entrata in una sorta di alambicco, non un recipiente di pyrex come quello in cui mescolava il suo alcol, bensì un alambicco chiuso da laboratorio, una storta che conteneva gran parte degli elementi essenziali della sua vita. Sapeva anche di aver acceso una fiamma sotto questo contenitore e di aver aggiunto al miscuglio la scimmia: il suo sogno era che ora, dopo tanto, ne avrebbe ricavato, se non l'oro, almeno una qualche forma di equilibrio.

Ovviamente Susan faceva parte di questa lega. Madelene la salutò con un sorriso caloroso, ma dentro di lei il campanello d'allarme suonò più forte.

Susan credette di capire la situazione con un'occhiata. Tuttavia, anche se era assai più perspicace dei tre uomini nell'ascensore, come accade sempre quando ci si imbatte in qualcosa di incomprensibile, vide prima di tutto se stessa.

«Madelene...!» esclamò.

«Non è come credi» disse Madelene.

Susan si leccò le labbra. Poi assunse un'espressione preoccupata.

«È in corso una riunione dell'Ente per la protezione degli animali» disse. «Quando ci riuniamo a pranzo veniamo sempre qui, per via dei dolci. Adam arriverà fra un momento.»

Madelene si appoggiò alla sedia a rotelle. Susan la prese per un braccio.

«Lasciate che vi aiuti» disse. «Ho un appartamentino.»

Madelene scosse la testa. Alle spalle di Susan si aprì una porta e il dottor Firkin mise fuori la testa. Madelene fece avanzare la sedia a rotelle.

Susan le strinse il braccio.

«In ogni caso cercherò di trattenerlo in cortile» disse. «Mi raccomando, divertitevi!»

Il dottor Firkin aveva paura. Oltre a una giacca di lana con le spalle larghe, indossava un cappottone e si era calcato in testa un cappello floscio; quando si tolse cappello e cappotto fu evidente che aveva freddo nonostante la temperatura estiva. Fissava il pavimento e non alzò gli occhi neanche mentre Madelene spingeva la sedia a rotelle nella stanza. Solo quando lei si fermò e tolse il plaid, il cappello, la veletta, i guanti e i calzini, il medico sollevò la testa e guardò la figura sulla sedia a rotelle. Lentamente, senza mai staccare gli occhi dal volto della scimmia, si avvicinò, sfiorò la pelliccia del braccio, misurò la lunghezza dell'avambraccio con il palmo aperto, guardò più volte la mano, le girò intorno ed esaminò le orecchie da tutte le angolazioni, fece scivolare le dita sul cranio rasato, osservò a lungo la superficie della pelle, separò con circospezione le labbra per scoprire i denti. Alla fine si inginocchiò e le prese un piede fra le mani, lo sollevò e guardò a lungo la pianta, e per tutto il tempo parlò sottovoce, borbottando in tono rassicurante. Poi si alzò e tornò con passo lento e pesante verso il suo cappotto.

«Le avete dato dei sedativi?» chiese.

Madelene fece un cenno di diniego.

«Mi dispiace» disse, «non c'è niente che io possa fare.»

Evitava di guardare Madelene negli occhi.

«Non è una specie conosciuta, quindi dev'essere un incrocio. Era una pratica comune negli anni Venti e Trenta, ma ora sono rari, oltre che severamente proibiti. Esistono centocinquanta specie di scimmie, centottanta se contiamo anche le proscimmie. Non sono in grado di stabilire quali specie abbiano dato origine a questo esemplare. Le consiglio di consegnarlo alla facoltà di medicina veterinaria, che preparerà una descrizione e manderà dei campioni di tessuto al laboratorio genetico dell'Istituto di biologia della popolazione.»

Madelene e la scimmia rimasero immobili. Il medico alzò lentamente il volto e guardò Madelene. Poi parlò con un filo di voce.

«Non c'è niente che corrisponda» disse. «Il corpo ricorda vagamente lo scimpanzé nano, ma è troppo alto e troppo pesante, e la pelle del volto è troppo chiara. Il cranio è grande come quello di un gorilla, ma i gorilla hanno una cresta sagittale sulla sommità della testa che serve da sostegno per i muscoli della masticazione, invece questo è liscio. Il pelame è una pelliccia estiva con residui di pelliccia invernale, ma non conosciamo nessun primate che viva in climi temperati. Le mani e i piedi hanno una presa di precisione, come nell'uomo, ma la muscolatura prensile è come nel gibbone. Se fosse tutto qui avrei accettato, avrei firmato e denunciato Burden, mi sarei detto, bene, andiamo pure in malora, basta che ci andiamo con stile. Però c'è dell'altro.»

Si infilò il cappotto.

«Le scimmie imparano a fare le cose più straordinarie, se sono allevate e addestrate dall'uomo. È ovvio che ci sono dei danni, hanno un comportamento anomalo, non sono più in grado di accoppiarsi, però possono essere addomesticate. Ammettendo che questa sia cresciuta fra gli uomini, potremmo spiegare la sua docilità. Se non siamo troppo pignoli riguardo ai dettagli scientifici, forse potremmo giustificare il suo aspetto ipotizzando che sia il risultato di un incrocio. Ma non possiamo certo giustificare quello sguardo. Nemmeno la scimmia da circo più sottomessa riesce a sopportare uno sguardo diretto. È un segnale di sfida fondamentale. Noi non ci distinguiamo dagli animali per il linguaggio o per l'intelligenza, ma perché siamo capaci di guardarci negli occhi.»

Si mise il cappello.

«È una faccenda troppo grossa per me. È stata messa in moto da suo marito e dalla sorella.»

Madelene taceva.

«Vorrei andare in pensione» disse il medico. «Lei sa cosa significa vivere a settant'anni in Inghilterra senza pensione?»

«E la polizia veterinaria?» disse Madelene.

«Gli animali selvatici devono essere consegnati allo zoo di Londra, cioè a Burden. Viene stilato un rapporto che il Ministero dell'interno firma dopo che è stato approvato dal Comitato di procedura. Dunque di nuovo da suo marito e dalla sorella.»

Chinò la testa.

«Mi dispiace» mormorò. «È per questo che preferivo la

compagnia degli animali. Avevo sempre paura, quasi come loro.»

«Devo ricordarmi di dirlo a Erasmus» commentò Madelene. «Lo consolerà quando lo taglieranno a pezzi.»

Il medico si voltò, aprì la porta e scomparve.

Madelene andò alla finestra. Scorse Adam in strada, accanto a un'automobile bianca da cui scesero l'ispettore Smailes e tre uomini. Da altre quattro auto scesero senza troppa fretta un'altra ventina di uomini, con abiti estivi chiari e leggeri. Più in là parcheggiò un camion chiuso sulle cui fiancate erano dipinte le lettere RSPCA, un veicolo da trasporto dell'Ente per la prevenzione della crudeltà sugli animali. Era una scena normale, immersa nella luce del sole. Eppure era inequivocabilmente la fase finale di una battuta di caccia.

Gli uomini si sparpagliarono intorno all'edificio. Madelene si voltò. La scimmia e la sedia a rotelle erano sparite. Uscì in corridoio. La scimmia era lì e guardava fuori da una finestra. Nel giardino interno che confinava con Hyde Park, il consiglio direttivo dell'Ente protezione animali era riunito intorno a un tavolo carico di dolci e torte. Madelene si fermò stupita.

Quel rinfresco faceva pensare a una nascita. Profumava di latte, grondava di panna e crema pasticciera marmorizzata alla fragola. Era assolutamente perfetto, tanto che nessuno avrebbe potuto immaginare che nelle ultime otto ore era stato annullato e resuscitato.

Il tutto era stato organizzato perché Adam aveva deciso di comunicare al consiglio direttivo che era entrato in possesso di un esemplare zoologico straordinario. Aveva bisogno del loro appoggio, dato che non voleva informare né l'opinione pubblica né il Comitato di procedura prima di qualche settimana.

Il rinfresco era stato disdetto quando Adam, alle quattro del mattino, aveva telefonato a sua sorella per dirle che Madelene e la scimmia erano scomparse. Era stato prenotato di nuovo poche ore dopo, appena lui aveva richiamato per avvisarla che l'ispettore Smailes aveva già localizzato il furgone.

Venti minuti più tardi le riferì che il veicolo era stato circondato e il conducente arrestato, ma che non c'era traccia di Madelene e della scimmia.

Negli ultimi dieci giorni Adam era dimagrito di altrettanti chili, e si sentiva dalla voce. Oltre ad aver perso sua moglie e la scimmia, gli toccava vedere il traguardo più importante della sua carriera farsi più lontano, forse irraggiungibile. Ma nello sconforto c'era una spossatezza più profonda: per tre giorni e tre notti pressoché insonni si era trovato di fronte, per la prima volta in vita sua, a un fenomeno zoologico che non si lasciava esplorare.

«Parlerà con la stampa» aveva detto Adam alla sorella. «Ci denuncerà alla polizia. L'autista è quello che lavorava per Bally. Siamo rovinati. Credimi, ho pensato al suicidio.»

«I giornali non sanno niente delle scimmie» aveva replicato Andrea, «però conoscono benissimo la legge sulla diffamazione. Prima di pubblicare una sola riga consulteranno gli esperti, cioè l'Istituto. Verranno da te, fratellino. Tu sottoporrai la scimmia a una perizia e constaterai che è uno scimpanzé di una specie rara ma già conosciuta.»

«Sarò messo a confronto con Madelene.»

«Quindi tu, a malincuore ma costretto dalle circostanze, confesserai che è un'alcolizzata. Finirai comunque sulle prime pagine, ma i titoli saranno: "La moglie ubriaca del direttore dello zoo rapisce un esemplare raro di scimpanzé".»

«Per me sarà la fine.»

«Nient'affatto. Oltre all'appoggio del mondo scientifico e politico avrai la solidarietà della gente.»

Andrea Burden tacque per un istante.

«Quello che succederà al tuo matrimonio è un altro paio di maniche» aggiunse tranquillamente.

Adam chiuse gli occhi e prese una decisione che non fu determinata né da motivi personali né dalle emozioni. Montò un'immaginaria bilancia da laboratorio. Su un piatto mise Madelene, il suo alcolismo, i suoi enigmi, il senso di esaltazione, ma anche di tristezza che gli dava il suo fascino. Sull'altro piatto mise il proprio futuro, le proprie illimitate possibilità, professionali ed erotiche.

Non fu lui a eliminare Madelene: fu la legge di gravità.

«Poi, la sera» disse, «tu e Bowen andate al telegiornale e sostenete il mio punto di vista.»

Così quel trionfo di dolci aveva avuto l'opportunità di vivere. Vedendolo, Madelene rammentò che non mangiava nulla da più di sedici ore.

Anche Erasmus era digiuno da molto tempo. Si era messo in movimento e scendeva le scale, danzando come un ballerino, con la sedia a rotelle sotto il braccio. Dapprima Madelene credette che avesse intuito cosa stava accadendo e volesse fare un ultimo, disperato tentativo di conquistare la libertà. Invece lui si fermò in fondo alle scale, si avvolse nel plaid, si calcò il cappello sulla testa, si accomodò sulla sedia a rotelle, calò la veletta e oltrepassò la soglia, puntando verso il gruppo di persone.

Poiché la riunione non era ancora iniziata, gli ospiti fecero ala al passaggio dell'anziana signora, sia pure con un certo stupore. Tutti tacquero finché Sir Toby non ruppe il silenzio. Era imparentato con la nuova arrivata, aveva preso l'ascensore con lei, sentiva ancora le conseguenze dello sforzo a cui aveva sottoposto la sua schiena.

«La signora Mortensen» disse, «la nonna della signora Burden.»

Tutti si inchinarono cortesemente verso quel volto velato. Sir Toby cominciò a presentare uno per uno i dodici membri del consiglio facendo il giro del tavolo.

Quando lui fu a metà dell'opera, la signora si mosse. Un braccio spuntò dal plaid, un braccio assurdamente lungo in una manica da vestaglia, simile a una gru con una benna coperta da un guanto da lavoro. Con cautela e precisione la mano si infilò sotto un'intera torta al cioccolato, la sollevò e la fece sparire sotto il velo.

Sir Toby, poiché era al corrente del profondo dolore e

del grave problema della povera vedova, portò a termine le presentazioni senza scomporsi. L'altra mano dell'anziana signora comparve, rimase un attimo ferma a mezz'aria e poi afferrò in rapida successione tre piccoli bricchi pieni di panna.

Madelene scese le scale. Attraversò il giardino con passo lento e dignitoso. Ignorò gli ospiti e si limitò a fare un cenno a Susan, che notò l'espressione di consapevolezza impotente dipinta sul viso dell'amica. Madelene si avvicinò alla sedia a rotelle, la girò e la spinse per qualche metro, fino all'alto muro che dava su Hyde Park. Voleva stare da sola ancora per un momento, vicino a Erasmus.

Posò le mani sulle sue spalle. Poi chiuse gli occhi e misurò le dimensioni della sua sconfitta.

Aveva creduto che le leggi avrebbero protetto la scimmia, ma si era sbagliata. Si era aspettata che le convenzioni sociali le avrebbero dato almeno un po' di tempo, ma si era sbagliata anche in questo. Aveva riposto tutta la sua fiducia nella propria trionfante sensazione di essere sulla pista giusta, e quella sensazione si era rivelata ingannevole. Fece un bilancio dell'universo e, fin dove arrivava la sua esperienza, non scorse nessun segno dell'esistenza di una giustizia superiore. Qualcosa la spingeva a riconoscere che il mondo è una macchina di cui uomini e animali non sono che i componenti, o al massimo minuscoli strumenti senza vita; o, peggio ancora, oggetti inanimati che hanno l'apparenza della vita, piccoli *perpetua mobilia* della morte.

La porta si aprì e Adam, l'ispettore Smailes, i due veterinari del RSPCA e gli uomini vestiti di bianco irruppero nel giardino. Si divisero in due gruppi, girando intorno al tavolo.

Madelene chinò la testa.

«Mi dispiace di non essere riuscita a fare di meglio» mormorò.

A pochi metri dalla sedia a rotelle gli uomini si fermarono per un istante. Uno dei veterinari tolse la sicura al fucile, l'altro srotolò una rete. Madelene si girò e guardò il muro. Sulla superficie gialla il sole e le ombre creavano un effetto spietato, come se fosse il muro di un'esecuzione, anzi, un muro metafisico, che escludeva definitivamente ogni speranza di dare un senso alla vita.

La scimmia si alzò. Si tolse il cappello, il plaid, la vestaglia. Stava in piedi davanti agli uomini nella luce del sole, alta, grottesca, con le gambe corte e le braccia che toccavano terra. La panna le aveva disegnato una smorfia da clown sul volto rasato.

Istintivamente gli uomini arretrarono. Erasmus mise un braccio intorno alla vita di Madelene.

«Andiamo» disse.

Saltò come un gatto, da fermo, si girò in aria e, portando con sé Madelene, si arrampicò lungo la parete verticale.

Rimase in bilico un istante sulla sommità del muro. Quando scomparve, a quelli che lo fissavano dal giardino sembrò che spiccasse un balzo con Madelene verso il cielo azzurro.

PARTE TERZA

1

Londra è una città ansiosa. La sua Borsa e le sue banche sono il cuore finanziario del mondo, i suoi mass media sono gli occhi e le orecchie del mondo di lingua inglese, le sue biblioteche, i musei e gli archivi custodiscono la più ampia memoria storica d'Europa. Oltre a essere sede del governo, ospita la Camera dei Lord e la famiglia reale, perciò è il più grande deposito mondiale di materiale genetico nobile. Grazie alla sua Università e ai suoi legami con Oxford e Cambridge, ha la responsabilità della maggior concentrazione di intelligenza del mondo, del più grande cervello del globo. Il risultato è che la città è ipocondriaca, ossessionata dalla sua salute, e quindi possiede uno dei sistemi immunitari più articolati e più paranoici del pianeta. Pochi minuti dopo che la scimmia e Madelene erano scomparsi, questo apparato di sorveglianza, a un tempo gigantesco e timoroso, si mise in moto.

Appena Erasmus saltò giù dal muro, Andrea Burden girò i tacchi e si eclissò. Gli ospiti rimasti in giardino quasi non notarono la sua assenza, anche se per loro quei pochi minuti furono una piccola eternità, perché mentre fissavano la sommità del muro ebbero l'impressione di contemplare l'infinito. Ma per Andrea fu il tempo necessario e sufficiente per raggiungere un telefono e comporre un numero che le permise di comunicare con chi dava gli ordini, scavalcando i semplici esecutori.

L'uomo con cui parlò prese nota dei dettagli.
«Dobbiamo tentare di prenderlo vivo?» chiese.
Andrea Burden impiegò meno di un secondo a soppesare una serie di complesse considerazioni.
«Non c'è motivo di correre rischi» disse. «Gli esperti ritengono che sia pericoloso.»
L'ispettore Smailes e gli uomini vestiti di bianco se n'erano già andati. Andrea tornò in giardino, sussurrò qualcosa ad Adam, invitò i membri del consiglio direttivo ad accomodarsi ed espose il primo resoconto, più o meno pubblico e parzialmente veritiero, sulla scimmia Erasmus.
Cinque minuti dopo quella telefonata Hyde Park era isolato. Cinque minuti più tardi il primo elicottero partiva dall'eliporto di Scotland Yard a Thornhill Road e sorvolava la zona. Dopo cinque minuti ancora arrivarono le prime pattuglie con i cani. Dopo altri cinque minuti erano state piazzate le prime postazioni di sorveglianza, a intervalli di cinquanta metri, lungo tutto il perimetro del parco.
Nessuno di coloro che erano al corrente dell'operazione o che vi partecipavano dubitava che gli scomparsi sarebbero stati rintracciati entro un'ora. In determinate condizioni, una persona può anche rimanere nascosta a Londra. Ma non una scimmia antropomorfa che tiene prigioniera una donna e che è già stata localizzata.

Madelene e la scimmia osservavano il resto del mondo dalla chioma di un tiglio nei pressi del monumento a Speke, a Long Water, nell'area settentrionale di Hyde Park. Per il momento erano invisibili, perché la scimmia aveva piegato rami e foglie per costruire una piccola cupola che li proteggeva. Eppure Madelene non pensò nemmeno per un attimo che per loro ci fosse qualche speranza. C'erano poliziotti ovunque, la pattuglia con i cani più vicina era a meno di trenta metri, in ogni direzione scorgeva uomini armati di ricetrasmittenti, telecamere, binocoli e fucili con il mirino a cannocchiale. Non sapeva della telefonata di Andrea Burden, ma indovinò che ciò a cui quella gente si stava preparando – almeno per quanto riguardava la scimmia – non era una cattura bensì un'esecuzione.

Eppure l'emozione che la pervase non fu la paura. Ciò che provava – in quello stato di assoluta disperazione – era soprattutto la curiosità che non smette mai di crescere negli esseri viventi, come i capelli e le unghie dopo la morte. Vedeva le cose e le persone che la circondavano con una nuova lucidità, senza chiedersi da dove venissero o quale sarebbe stato il loro destino: le vedeva con la chiarezza del primo bicchiere, con l'ipersensibilità di chi è in preda a postumi diabolici e tuttavia miracolosamente indolori.

Guardò Erasmus. Stava seguendo i movimenti degli uomini, attento e immobile, tranne quando si spostava per chiudere una fessura nella cupola di foglie. Madelene notò che assomigliava a un ragazzino.

All'improvviso si sentì a casa. Riconobbe quell'universo verde. Erano i nascondigli della sua infanzia sugli alberi della sua infanzia, con i compagni di gioco del suo passato. In realtà erano qualcosa di più, perché nella sua infanzia non c'erano stati alberi veri. Le bambinaie le avevano impedito di arrampicarsi per paura che cadesse e di essere licenziate, sua madre l'aveva implorata di lasciar perdere a causa delle sue vertigini, così violente che valevano anche per gli altri, e suo padre gliel'aveva proibito perché provava un vago malessere al pensiero che la figlia, in compagnia di qualche ragazzo, fosse lontana dalla sua vista e tanto vicina al cielo. Quindi il rifugio che formava una volta sopra la sua testa non era un'esperienza già vissuta. Era come un sogno che finalmente si realizzava. Lei e la scimmia erano i banditi e sotto di loro, oltre alle guardie, c'era una concentrazione di tutte le bande di ragazzi di strade e quartieri sconosciuti con cui Madelene non aveva mai combattuto. Ora li seguiva con gli occhi, tremando per la tensione, ma del tutto serena.

Naturalmente sapeva, come lo sapeva la scimmia, che

quelli non erano bambini in carne e ossa, ma qualcosa di meglio, la morte stessa. Senza rendersene conto, sorrisero entrambi. Al contrario di quanto credono gli adulti, la gioia dei bambini che giocano non deriva dal fatto che non hanno coscienza della morte, perché tutte le creature la possiedono. Loro sono felici poiché sanno per istinto ciò che gli adulti hanno dimenticato, ovvero che la morte è un avversario forte, ma non invincibile. La scimmia e Madelene ridevano in silenzio, sorreggendosi a vicenda, perché sapevano che l'indomani sarebbero stati ancora vivi.

Al tramonto, la sorveglianza lungo il perimetro del parco fu raddoppiata, e quando scese l'oscurità furono montati, a intervalli di cento metri, dei proiettori che illuminavano i prati come uno stadio. Ai cancelli, i corpi speciali dei pompieri, coadiuvati dalla squadra antiterrorismo, attendevano l'alba e si preparavano a effettuare una sistematica ispezione delle chiome degli alberi.

Era uno spiegamento di forze ragguardevole anche per Londra, dovuto al fatto – ma solo pochi ne erano consapevoli, e fra loro Andrea Burden – che ci si stava mobilitando contro un nemico dalle caratteristiche ben precise.

Quando superano certe dimensioni, tutti gli organismi sviluppano una serie di tratti autodistruttivi. Nel gigantesco micelio londinese di unità della polizia, dell'esercito e dei servizi segreti, i conflitti di competenza, il commercio di segreti e gli intrighi burocratici si erano trasformati da un pezzo in malattie tumorali in fase avanzata. Ovviamente ciò che un tumore desidera non è una pulizia interna né la propria estinzione, ma un buon nemico da attaccare. La scimmia Erasmus era un nemico addirittura perfetto, quasi un dono del cielo, come la guerra nelle Falkland, solo in dimensioni ridotte: era un drago, un piccolo King Kong che sembrava fatto apposta per distogliere l'opinione pubblica dai problemi irrisolvibili come il degrado e l'impoverimento della metropoli, le tensioni razziali e la criminalità organizzata. Inoltre non aveva nessuna connotazione politica, e per di più aveva rapito una principessa. Hyde Park era stato illuminato come un'arena affinché il San Giorgio del Sistema potesse entrarvi a cavallo.

Un'ora dopo il crepuscolo la scimmia mise un braccio intorno alla vita di Madelene, aprì lo schermo di foglie in un punto in cui si trovava in ombra e saltò, quasi orizzontalmente, in quello che a Madelene sembrò un vuoto nero.

Il volo durò abbastanza perché lei percepisse il sibilo della fresca aria notturna, il calore del corpo della scimmia, il suo equilibrio dopo il balzo e il suo lento prepararsi all'atterraggio. Scese su un ramo a otto metri di distanza con il tonfo attutito di un gufo che atterra nel sottobosco e cominciò a correre.

Quando si era allontanata dalla Società Danese puntando verso il centro del parco, si era spinta in avanti facendo forza sulle lunghe braccia. Ora invece avanzava senza spostamenti verticali del baricentro, usando i piedi e la mano libera, e dove gli alberi erano troppo distanti saltava.

Non furono catturati dalla luce nemmeno una volta. Raggiunsero il muro del parco come attraverso un tunnel di ombra. Pochi metri sopra una postazione di sorveglianza la scimmia si fermò. Ciò che stava aspettando avvenne mezzo minuto dopo. I pochi secondi di disattenzione delle due sentinelle non furono il risultato della loro negligenza o di qualche altro motivo particolare: in realtà è nella natura della coscienza umana accendersi e spegnersi. Nell'attimo di interruzione in cui gli uomini si spostarono e si scambiarono qualche parola, la scimmia si mosse.

Il salto li catapultò in una luce intensa, come se dalle quinte fossero usciti su un palcoscenico. Madelene chiuse gli occhi in attesa dello sparo o del grido che li avrebbe traditi, ma non accadde nulla. Gli unici rumori erano il traffico e il fischio del vento sui cavi dell'illuminazione stradale, sui quali la scimmia si spostava. Madelene aprì gli occhi e vide che l'animale stava correndo. Si muoveva sicuro, parallelo alla strada, ma alto sopra di essa, lungo cavi, impalcature e sporgenze. Per il suo apparato motorio esisteva un sentiero, invisibile agli occhi umani, che attraversava la città all'altezza del terzo piano.

Madelene vedeva le automobili, vedeva la gente sui marciapiedi, le persone in auto, le vedeva distintamente. Vedeva la schiena degli uomini che presidiavano il parco. Vedeva le autoscale e il loro equipaggio che aspettava l'alba, e subito sotto di sé, su una tettoia bassa, vide due tiratori scelti della polizia, vide i tratti dei loro volti, i loro occhi, i loro binocoli notturni. Ma quegli uomini non videro lei e neppure la scimmia, nonostante fossero in piena luce.

La scimmia salì aggrappandosi a grondaie, balconi e scale antincendio esterne, fino a un rischioso sistema di aste di bandiera, cornicioni e balaustre, e ancora più su, fino al più basso livello ininterrotto dei tetti londinesi.

Passarono davanti a finestre dietro le quali si scorgevano famiglie riunite intorno alla televisione. Corsero sopra verande dove la gente stava ritirando i panni stesi. Superarono uomini e donne in ascensori e trombe delle scale, persone che dai terrazzini guardavano verso di loro senza vederli.

Nessuno li notò. Il loro viaggio non era solo uno spostamento nello spazio, era anche un percorso attraverso la coscienza della civiltà. Per la prima volta, Madelene intuì che quell'attenzione non era onnipresente. Vide che i passanti registravano solo ciò che avveniva a livello della strada. Capì che coloro che la cercavano avevano dimenticato se stessi e tutto il resto, salvo il luogo dove ritenevano si trovasse la loro preda. Vide che le persone sedute davanti alla televisione erano sorde e cieche a ciò che restava fuori da quel rettangolo di tremolante irrealtà, che chi stava lavorando non faceva caso a nulla se non alla propria occupazione.

La scimmia corse sopra un lucernario sotto cui giocavano dei bambini, superarono a un metro di distanza un gruppo di persone che cenavano sulla terrazza di un edificio, passarono davanti a una giovane coppia che contemplava le stelle e guardò dritto verso di loro, ma nessuno si accorse della loro presenza. Madelene, che li aveva quasi sfiorati, comprese perché. Era perché non si aspettavano di vederli. Investiti dalla massa di stimoli e di informazioni generati da Londra, gli abitanti avevano bandito dai propri pensieri l'idea che potesse esistere qualcosa di prodigioso.

Fino ad allora Madelene si era raffigurata la metropoli come quest'ultima amava immaginare se stessa, il centro nervoso di una insonne, iperattiva vitalità. Ora scorgeva un'immagine più vera. Fissando quei volti privi di sospetto vide che la città aveva la testa fra le nuvole, che nonostante i suoi sette milioni di abitanti, i suoi telefoni, il suo ininterrotto flusso di energia, la sua febbrile attività, i suoi fiumi di sostanze nutritive e di scarto, la sua mente era altrove. Vide che era sospesa in un'assenza permanente, interrotta solo a tratti.

La scimmia si muoveva in quel gigantesco sogno a occhi aperti metropolitano come un acrobata sopra la testa di un pubblico sbalordito. Al contrario di un uomo, che nell'attimo in cui frena perde equilibrio, Erasmus era capace, anche in corsa, anche nel bel mezzo di una rotazione, di irrigidirsi in un'immobilità da statua. Quando una figura usciva improvvisamente da una porta, quando un viso dietro un vetro si voltava nella loro direzione, assumeva di colpo la staticità di un oggetto. C'era sempre una via di fuga da queste situazioni, una sporgenza dietro cui nascondersi o un cavo elettrico da cui calarsi, come se l'animale creasse la realtà attraverso la quale si muoveva. Assorto e concentrato, disegnava una coreografia dove la città era un fondale, e allo stesso tempo, senza preavviso, era in grado di diventare un tutt'uno con un muro grigio, con un pozzo di ventilazione, con l'ombra di un comignolo.

Nessuna illusione è perfetta, e non lo era nemmeno quella della scimmia. A volte un pezzo di grondaia si staccava dal muro e precipitava rumorosamente nell'abisso.

A volte una brezza imprevedibile portava il suo odore di gomma bruciata fino a una tavola imbandita. A volte una donna in una cucina scostava all'improvviso una tenda e fissava quel doppio corpo vulnerabile, esposto, illuminato, che penzolava da tre corde da bucato tese a venticinque metri di altezza su un cortile.

Eppure nessuno badò a loro, nessuno li vide, li fiutò o li sentì. Fino a quel momento Madelene non aveva conosciuto altre forme di incoscienza che il sonno. Ora capì che anche chi è sveglio può dormire. Vivevano addormentati, il loro olfatto dormiva, il loro udito, la loro vista e il loro tatto dormivano, al pari della loro fantasia. Dormiva persino la loro immaginazione, che avrebbe potuto essere un canale aperto all'ignoto.

Proprio in quell'ora la città si acquietò. Chiuse gli occhi, le luci si spensero, le strade si svuotarono, abbandonò l'ultimo simulacro di attenzione. I televisori si spensero, il traffico si fermò, e anche intorno a Hyde Park, laggiù, alle spalle di Erasmus e Madelene, le guardie sprofondarono in se stesse. In quell'ora Londra aveva qualcosa di commovente, come se rinunciando a ogni presunzione mostrasse la sua vera natura: nonostante tutto non era una forma di vita superiore, perché nessun organismo si blocca in una simile stasi. Non era nemmeno una foresta o una giungla urbana, perché nessuna giungla, di notte, cade in un torpore del genere. La città si rivelò per ciò che era: una macchina. Una macchina consumata, malridotta, difettosa, piena di angoli ciechi e punti morti, attraversata dalle piste dimenticate percorse dalla donna e dalla scimmia.

2

La scimmia posò Madelene su un tetto piatto, alto sopra la città, poi si lasciò cadere oltre la grondaia, come un falcone in picchiata. Sembrò precipitare, sparì, e dopo un attimo fu di ritorno con una cassa di banane e arance. Si mise a mangiare, veloce e metodica come un uccello di passo che sosta e si riposa sapendo che lo attende il tratto più lungo.

A Madelene venne in mente che l'animale non conosceva ancora il suo nome. Si posò una mano sul petto.

«Madelene» disse.

«Madelene» ripeté la scimmia.

La sua voce era cupa, più cupa di quella di qualsiasi essere umano, ma la pronuncia era chiara, senza accento, perfetta.

La sensazione dell'assenza di regole le diede alla testa come un'iniezione di alcol. Madelene fece un passo indietro. Già prima che quel movimento fosse iniziato, la scimmia lo aveva previsto, si era alzata e aveva proteso un braccio, però Madelene non stava per cadere. Stava per sollevarsi in aria. Appena un'ora prima aveva atteso la sua esecuzione, e prima ancora era un'alcolizzata suicidaria intrappolata in una spirale discendente. Era uscita da quella tomba, si era rialzata e stava continuando a salire.

«Non ho idea di quando voi... voglio dire gli animali... cioè le scimmie, diventate adulti» balbettò. «Ma mi sono chiesta spesso quando lo diventino gli esseri umani. Adesso lo so.»

Da quando conosceva la scimmia, le aveva sentito dire in tutto quattro parole, ma non le passò neanche per la testa che non la capisse. Sentiva che ciò che doveva dire aveva un significato universale, comprensibile per ogni essere vivente.

«Per quanto mi riguarda, ho creduto molte volte di non essere più una bambina. L'ho creduto quando ho sposato Adam. Alla festa per il diploma. E con i primi ragazzi. Ora però ho capito che mi sbagliavo.»

«Sbagliavo» ripeté la scimmia, con la bocca piena.

«Si diventa adulti» disse Madelene «solo nel momento in cui si è liberi.»

«Liberi» le fece eco la scimmia, sbucciando un'arancia.

I suoi occhi, al disopra delle mascelle che lavoravano senza sosta, erano posati su di lei. Madelene sentì il sollievo di parlare ed essere ascoltata, lo sentì come una corrente ascensionale. Aprì le ali e si librò in aria.

«È accaduto anche qualcos'altro» disse. «Ora credo di sapere chi sono. Sono una specie di principessa.»

Era un passaggio di grado inaspettato che prese alla sprovvista perfino lei. Per un breve attimo minaccioso rischiò di trasformarsi da uccello in pallone. Poi sentì sul braccio la mano della scimmia che dolcemente, ma con decisione, la ancorava al tetto.

«Non ha a che fare con la regalità» aggiunse, «ma con l'essere prescelti per un compito importante.»

La scimmia si allontanò di qualche passo e scavalcò un muretto. «Defecazione» disse in tono esplicativo.

Evacuò con la pesantezza vegetariana di un cavallo, simile a un terremoto in un mucchio di terriccio. Poi tornò al suo fianco, le cinse la vita con un braccio, prese la rincorsa e saltò nella notte.

Erano due giorni che Madelene non beveva, e sebbene il suo fegato non avesse nemmeno cominciato a espellere i residui di alcol dal suo corpo, in qualche modo era più sobria di quanto non fosse mai stata negli ultimi due anni. Tuttavia, per certi versi, quella notte era più ebbra che mai.

Appoggiò la testa alla spalla della scimmia. Come uno di quegli uccelli che viaggiano di notte, un germano reale o un usignolo, guardò le stelle per orientarsi. Ciò che vedeva non erano soltanto dei puntini luminosi: quelle che vedeva scintillare in cielo erano i modelli di femminilità che l'avevano guidata fino a quel momento, le personalità sofisticate che ardevano e si consumavano subito, Billie Holiday, la Lola di Marlene Dietrich nell'*Angelo azzurro*, Judy Garland, Janis Joplin, Julie Christie, le supernove dell'alcolismo femminile. Ma ora queste stelle fisse impallidirono, sostituite da un'immensa fiducia nelle proprie possibilità.

In quella situazione Londra sembrava persino bella. A Madelene i grattacieli che sfiorava sembravano cattedrali di lava solidificata immerse nel sonno. Non provava alcuna irritazione nei confronti della gente addormentata, solo un sentimento di compassione benevola al pensiero che non potevano vedere lei. Madelene, una semidea nel chiarore della luna, a cavallo di una scimmia, diretta verso un destino straordinario. Era come se l'Onnipotente avesse preso le sembianze di uno scopritore di talenti che quella notte finalmente si era accorto della principessa Madelene. Avevano concluso un accordo, una sorta di contratto, il cui primo paragrafo stabiliva che Madelene non avrebbe dovuto essere mai più infelice.

La realtà la colpì senza preavviso. Si era resa conto che non erano in alto come prima e che stavano attraversando giardini e parchi, ma nell'oscurità, dalle chiome degli alberi e dai tetti di tegole, non riconobbe il paesaggio finché la scimmia non si lasciò scivolare giù dal colmo di un tetto e la posò sul balcone della sua camera a Mombasa Manor.

Sulle prime Madelene fu incapace di muoversi. La scimmia si era già raddrizzata, pronta ad andarsene, di lì a un attimo sarebbe scomparsa e l'avrebbe abbandonata, come hanno sempre fatto gli uomini con le donne, solo che questo era cento volte peggio, perché l'animale era solo una scimmia o, cosa ancora più orribile, una scimmia parlante, quindi nemmeno un animale vero e proprio.

Madelene arrossì, ma non per l'imbarazzo. Per odio. Le erano state necessarie tutta una vita piena di privazioni più due settimane di radicali cambiamenti, più le ultime ore di fuga drammatica, per giungere a provare quella fugace, magnanima empatia nei confronti degli abitanti di Londra. Ora le bastò un secondo per trasformarsi in un demone dal viso di donna.

Si avvicinò alla scimmia e sorrise. La paralisi era scomparsa, Madelene sembrava di nuovo se stessa. Ma non era più se stessa. Ogni umanità l'aveva abbandonata. Anche se la scimmia non lo sapeva, quella che aveva davanti era una sorridente crudeltà femminile allo stato puro.

Madelene le posò le mani sulle spalle.

«Aspettami qui» disse, «sii gentile.»

La scimmia la scrutò con uno sguardo indagatore.

«Gentile» ripeté.

Madelene si voltò ed entrò in casa. Attraversò le sue stanze senza guardarsi intorno, senza lasciarsi toccare dai ricordi del tempo che vi aveva trascorso. Uscì in corridoio, scese le scale e attraversò le sale della casa come non aveva mai fatto, rapidamente, senza provare timore, senza provare nulla. Salì un'altra scala, percorse il corridoio ed entrò nella camera di suo marito, per la prima volta senza bussare.

Adam era sdraiato sul lato sinistro del letto, supino, con il telefono sul comodino proprio accanto alla testa, in modo da poter rispondere alla chiamata che ormai doveva arrivare da un momento all'altro con la notizia che la scimmia Erasmus era stata eliminata e sua moglie presa in consegna. Nell'istante in cui Madelene varcò la soglia lui stava facendo un brutto sogno.

Dodici ore prima, in silenzio, dentro di sé, si era congedato da Madelene. L'aveva rimossa dalla propria mente, e si era messo a dormire con la sensazione che si sarebbe ripreso velocemente dall'intervento, anzi, che in realtà era già guarito. Eppure nel sonno l'immagine di lei gli aveva fatto visita, lo aveva inseguito, lo aveva raggiunto e si era gettata su di lui, come i dolori fantasma di un arto amputato. Aveva sognato di trovarsela davanti e di stendere la mano senza riuscire a toccarla.

Era uno di quegli incubi da cui si implora di essere svegliati e, quando la porta della stanza si aprì, la prima cosa che provò fu un senso di gratitudine. Poi, alla luce della luna, riconobbe Madelene. Gridò di terrore, si sedette sul letto, comprendendo che l'incubo aveva acquisito un livello di realtà più alto e più spietato, e si acquattò contro la parete.

Madelene accese la luce.

«È fuori sul balcone» disse. «Devi fare qualcosa.»

Adam vide il movimento delle sue labbra ma non udì le parole. In piedi davanti a lui, determinata e disperata, la donna irradiava un'aura che attraversò la sua sonnolenza e le sue ferme decisioni e si insinuò sotto la coperta e i pantaloni del pigiama, spingendo tutto il suo essere a protendersi verso di lei – la donna che in quell'istante odiava – per trattenerla.

Madelene fece un passo indietro.

«Sarà meglio che porti un'arma» disse.

Adam tirò fuori le gambe dal letto, prese un fucile dall'armadio e la seguì, annebbiato, in vestaglia, pigiama, ciabatte di gomma e con un'erezione che si rifiutava di abbandonarlo.

La scimmia era ancora lì, nella posizione e nel punto in cui Madelene l'aveva lasciata, e quando entrarono nella stanza ne scorsero il profilo attraverso la portafinestra. Adam si era tolto le ciabatte: si muovevano in perfetto silenzio e tutta la casa li assecondava, i cardini non cigolarono e le assi del pavimento non scricchiolarono. Eppure la scimmia percepì la loro presenza, si raddrizzò e tentò di guardare nel buio. Madelene spinse avanti Adam. Uscirono sul balcone.

Adam Burden non era un tipo dubbioso, era un uomo d'azione. Eppure, in altre circostanze, forse quella situazione avrebbe intaccato la sua sicurezza, perché aveva a che fare con tutti i conflitti e i valori su cui si reggeva la sua vita. La sua carriera, il suo matrimonio, la sua casa, il suo passato e il suo futuro, oltre a una serie di incalcolabili fattori giuridici e politici. Tuttavia Adam non ne era consapevole. Per lui, appena aveva visto Madelene davanti al suo letto, la situazione era diventata semplicissima. Il problema era uno solo: non perdere quella donna. In quel momento non gli importava niente della scimmia, del mondo, in un certo senso non gli importava neppure di se stesso. C'era una sola persona che significava qualcosa, ed era Madelene.

Quando sbucarono dal buio, la scimmia lanciò un'occhiata ad Adam e al fucile. Poi i suoi occhi non abbandonarono più Madelene.

«Perché?» chiese.

Adam fissò la sua bocca, il punto da cui era uscita la parola. Per un istante l'amante lasciò il posto allo scienziato. Poi scosse la testa.

«È uno scherzo» disse.

Madelene non stava ascoltando suo marito.

«Non voglio rimanere qui» rispose.

Sull'ampia fronte rasata dell'animale si formò una ruga profonda. Stava cercando dei termini nell'inservibile glossario tecnico carpito ai suoi guardiani, nel vano tentativo di articolare concetti talmente complicati che pochissimi esseri umani riescono a esprimerli.

Si arrese e fece un gesto che comprendeva tutta la casa. Poi indicò Adam con la testa e fissò Madelene con aria interrogativa.

«Mi ha tradita» dichiarò lei.

Adam si inumidì le labbra.

«È stato un equivoco» disse. «Sistemeremo tutto.»

La scimmia guardò verso il parco e verso Hampstead Heath, che, Madelene lo sapeva, sarebbe stata la sua via di fuga.

«Sparale alle gambe» disse.

Adam abbassò il fucile e prese la mira. La scimmia lo ignorò. Su quel volto, il volto che molto lentamente stava imparando a conoscere, Madelene vide qualcosa di nuovo, qualcosa di impensabile per un animale, che si raccolse come un'ombra negli angoli dei suoi occhi. Non era paura, non era ignoranza del pericolo imminente. Era tristezza, forse disperazione.

Madelene si spostò sulla traiettoria del fucile.

«Aspetta un momento» disse.

Adam fissò lei, poi la scimmia, poi di nuovo lei.

Madelene le si avvicinò.

«Mi è venuta in mente una cosa» disse.

«Togliti di lì» esclamò Adam.

Madelene non lo sentì.

«Tu sai bene per cosa sono stata prescelta» disse.

Erasmus la guardava attento. Entrambi avevano dimenticato tutto il resto, perciò non videro che Adam alzava il fucile. Non mirava più alle gambe della scimmia. Mirava alla testa.

«Venire con te» disse Madelene. «Ecco cosa dovevo fare. Osservare il tuo comportamento. Come se fosse un esperimento zoologico.»

Lo disse con molta calma, ma nella sua voce c'era quel tono che talvolta, molto di rado, si ritrova nella voce di una donna quando qualcosa per lei è di vitale importanza e cerca di afferrarlo senza mai forzare: una specie di musica, la musica delle sfere, un segnale a ultrasuoni diretto verso il sistema nervoso centrale di un uomo, che colpì sia la scimmia sia Adam. Per un brevissimo istante rimasero entrambi fermi, vibrando come due diapason.

Nell'attimo successivo un'ondata di gelosia assassina attraversò il corpo di Adam e raggiunse il suo indice. Premette il grilletto.

Era troppo tardi. Il proiettile incandescente volò nel mondo senza trovare il suo bersaglio, fischiò su Hampstead Heath e sopra Vale of Health cominciò a svolazzare, a ruotare e a scendere, per poi cadere fiaccamente a terra. Un attimo prima che Adam sparasse, la scimmia aveva sollevato Madelene ed era saltata giù dal balcone.

3

Viaggiarono per sette giorni.

La prima notte raggiunsero i confini della contea, poi si mossero solo di giorno, all'inizio attraverso parchi e quartieri residenziali, poi lungo canali e frangivento, in seguito lungo argini e in mezzo a frutteti e boschi. Nessun essere umano li vide, e anche gli animali selvatici che incontravano, i fagiani, le volpi, i tassi e i cervi, non avevano il tempo di registrare la loro presenza che già loro si erano allontanati, senza lasciarsi dietro nient'altro che il sentore sconcertante di scimmia antropomorfa con un po' di profumo.

Le uniche creature che riuscivano a osservarli abbastanza a lungo da intuire la loro direzione erano i rapaci che li sovrastavano. Comparivano all'improvviso, si avvicinavano e si libravano nell'aria, immobili. Madelene li salutava con la mano, come quando due motociclisti o due suore si incrociano e si fanno un cenno per dire che, a differenza di tutti gli altri, loro sono liberi.

Se avesse potuto volare via con gli uccelli, se li avesse seguiti, Madelene avrebbe visto che ogni individuo era parte di un disegno, che era uno dei milioni di uccelli che nello stesso momento, in tutta l'Europa, sorvolavano lo stesso parallelo, tutti con lo stesso scopo: accoppiarsi, nidificare e allevare dei piccoli. In questo disegno superiore ogni uccello, unico e libero, era una pedina anonima. Madelene però non sapeva volare, e in quel momento i suoi pensieri quasi non lasciavano la terra. Era troppo presa dalla novità di poter fare, per la prima volta in vita sua, esattamente ciò che voleva. Non guardava mai a lungo gli uccelli e non si rese conto che se si allontanavano subito non era perché non vedevano in lei e nella scimmia una preda, né perché rinunciavano a comprenderli. Era perché gli uccelli avevano visto che quell'essere a un tempo peloso e glabro e dotato di due teste non era né a caccia né in fuga. Puntava verso una precisa località geografica e psicologica; migrava, come loro.

Poteva sembrare che fosse Erasmus a scegliere il loro itinerario, e anche lui, forse, ne era convinto. In realtà, come spesso accade, era Madelene, la donna, a tracciare la rotta con un minimo di perseveranza intuitiva, quasi passiva ma ostinata.

La prima notte, nella luce incerta dell'alba, mentre lei aspettava fuori, la scimmia era penetrata abilmente in un grande magazzino e si era procurata due materassini gonfiabili, due stuoie, due grandi trapunte di piuma d'oca, due parure di lenzuola e un grosso zaino per portare il tutto nella maniera più comoda. La prima volta che Erasmus preparò i letti, su un'alta quercia vicino al giardino botanico di St. Alban, Madelene notò che nell'oscurità del grande magazzino aveva avuto la freddezza di cercare al tatto le lenzuola di un cotone morbido, dalla fibra lunga. Si rese conto che oltre a essere una grande scimmia antropomorfa era anche uno scroccone impenitente, e da allora cominciò a guidarlo in una direzione precisa.

Agli incroci, quando indovinava a distanza i caratteri di un cartello, prendeva una decisione impercettibile. Quando lasciavano il riparo di un bosco e dovevano scegliere una strada, lei dava un suggerimento quasi invisibile, basato su un debole senso dell'orientamento. Confrontava – praticamente senza rendersene conto – i nomi dei paesini che superavano con un frammento di mappa interiore.

Scoprì che Erasmus mangiava ogni giorno dai dieci ai dodici chili di frutta fresca, possibilmente integrati da noci e uvetta, o magari da un po' di miele, meglio ancora da tre litri di panna. Era preferibile che il cibo fosse facilmente accessibile, a portata di mano, per esempio in un magazzino o in un camion parcheggiato. Inoltre non gli piaceva l'acqua fredda. Come Madelene, aveva un bisogno profondo, forse neurologico, genetico, di fare un bagno caldo ogni giorno.

Quando comprese questo, Madelene comprese anche che sarebbero stati costretti a restare vicini alle zone abitate. Durante la prima notte di viaggio le era sembrato che l'Inghilterra fosse ai loro piedi. Ora fece un altro passo verso la comprensione della libertà. Si rese conto che dovevano rimanere in equilibrio su una fune, una corda tesa fra la distruttività della civiltà tecnologica e l'esasperante carenza di comodità di madre natura. Capì che fin dall'inizio avevano avuto solo una meta, un luogo dove rifugiarsi e farsi servire il cibo, un luogo che dava spazio alla loro innata nostalgia per la libertà come alla loro innata pigrizia. Lei aveva trascorso diciotto mesi in mezzo a un torrente di informazioni zoologiche. Sapeva che in Inghilterra esisteva un solo posto del genere.

Il sesto giorno, quando giunsero nei dintorni di Chatteris, fece la scelta cruciale. Se fossero andati verso est, come avrebbero fatto qualsiasi *homo ferus* o qualsiasi vero animale selvatico, sarebbero finiti nel luogo più sperduto, più deserto, più isolato d'Inghilterra: gli impenetrabili acquitrini dei Bedford Levels. Invece Madelene guidò entrambi verso nord, verso la St. Francis Forest, la riserva naturale privata dello zoo di Londra, il più grande centro di riproduzione e di ricerca d'Europa.

Durante il viaggio, Madelene aveva dato a Erasmus lezioni di inglese e di danese. Lui aveva imparato in fretta, non come un bambino, perché i bambini imparano spinti da un disperato bisogno di esprimersi, ma come per gioco, senza sforzo. Il settimo giorno viaggiarono in silenzio, senza lezioni di lingua, senza osservazioni del comportamento, senza salutare gli uccelli. Nel tardo pomeriggio scavalcarono un alto muro, simile a tanti altri, eppure diverso in maniera significativa. Si fermarono al limitare di un bosco, di fronte a una piana erbosa. La bussola interiore di Madelene girava impazzita, senza direzione. Erano arrivati.

Sulla piana una roccia grigia si muoveva lentamente verso di loro.

«Quello lì» chiese la scimmia «arrampica alberi?»

Madelene scosse la testa.

«Mangia uomini?»

Madelene era cresciuta in una grande città, e per un attimo fu in dubbio. Poi scosse di nuovo la testa.

«È un elefante» disse.

Appena si fece buio accesero un fuoco sulla forcella di un albero e lo videro ardere e trasformarsi in braci calde come accade quando il legno è secco e ammucchiato sopra cinque o sei tavolette di combustibile. Poi si sdraiarono l'uno accanto all'altra sui due materassini gonfiabili appoggiati su uno strato resistente e comodo di rami di abete. Era arrivata la sera, il loro momento pedagogico.

Senza che se ne fossero resi conto, il loro studio delle lingue, come il loro viaggio, aveva seguito un percorso preciso. Partendo dai pronomi personali, si erano addentrati nella foresta dei sostantivi, per proseguire verso aree linguistiche sempre più astratte. Madelene si accorse che mancava qualcosa, qualcosa di importante a cui erano giunti con un movimento circolare. Mancava il corpo, l'anatomia del corpo umano.

Sfiorò con i polpastrelli la pianta del piede di Erasmus.

«Piede» disse.

L'animale sobbalzò e risero entrambi. Era una risata leggera, quasi senza suono, come quando la gente ridacchia in chiesa. L'ultimo imbarazzo prima del momento della verità.

Madelene fece scivolare la mano verso il ginocchio della scimmia.

«Polpaccio» disse.

Erasmus taceva. Lei posò la mano aperta sul suo torace e la spostò verso il basso. Lui non si mosse, ma subito sotto l'ombelico le venne incontro il suo sesso. Madelene lo circondò con le dita. Era bianco, a prima vista quasi irreale. Era liscio come il ghiaccio o come l'aria fresca su una guancia, ma sotto quella morbidezza elusiva c'era la durezza del granito.

Madelene alzò gli occhi. Posò l'altra mano sul volto di Erasmus ed ebbe la stessa sensazione. La pelle era chiara, sottile, trasparente. Toccandola, percepiva l'alternarsi di emozioni microscopiche, le ramificazioni dei capillari. E sotto quella fragilità c'era qualcos'altro – il pulsare del sangue, la solida perentorietà dell'eccitazione.

Madelene indicò il membro.

«Cazzo» disse lei.

Erasmus allungò un braccio, posò il dorso della mano sulla sua gamba e la spinse lentamente sotto il suo vestito. Madelene sentì il calore della sua mano, ma lui non la toccò. Le rivolse uno sguardo interrogativo.

«Fica» sussurrò lei.

Senza staccare gli occhi dal viso di Erasmus, si alzò il vestito per scoprirsi i seni. La scimmia si chinò, piegò la testa come in un saluto rituale e prese fra i denti un capezzolo che subito si indurì.

Si guardarono negli occhi come nessuna creatura ha mai fatto. Lui afferrò le sue mutandine, con la delicatezza di quelle mani che sapevano distinguere il cotone satinato da quello mercerizzato anche al buio, e gliele sfilò. Madelene scivolò all'indietro, sempre al rallentatore, e la scimmia la imitò.

Si baciarono molto fugacemente. La qualità rumorosa e consueta di un bacio nel loro caso sarebbe stata soltanto una digressione. Madelene era molto morbida, molto calda e pronta a stringerlo fra le gambe. Invece, proprio in quell'istante Erasmus esitò. Per un attimo Madelene credette che ci fosse stato un malinteso.

«Coraggio» disse.

Non accadde nulla. Si sollevò sui gomiti, impaziente, e guardò la scimmia.

Nella luce fioca delle braci e nelle ombre dense, la sua espressione era difficile da interpretare. Eppure Madelene non ebbe alcun dubbio. Ciò che vide nei suoi occhi non era solo desiderio, non era solo l'animale selvatico, non era solo ingenuità. Era anche qualcos'altro, l'astuto sadismo del monello di strada. Non stava indugiando a causa di un equivoco. Lo faceva apposta, per tenerla in sospeso.

Lei tentò di tirarsi indietro, naturalmente. Aspettò che il disgusto invadesse il suo corpo. Invece arrivò un desiderio più forte, un bisogno indifferibile, al di là di ogni questione di orgoglio.

«Ti prego» disse.

Erasmus entrò in lei con una sorta di violenza attenta, per la dorata via di mezzo fra il dolore e la voluttà. Lei gli morse il lobo dell'orecchio, delicatamente ma a fondo, finché sentì il sapore ferroso del sangue sulla punta della lingua, e le sue narici si riempirono di odore, di una savana, un continente di odore, odore di animale, di uomo, di stelle, di cenere ardente, di materassi gonfiabili e gomma bruciata.

4

La St. Francis Forest era stata realizzata dal primo conte di Bedford, nel sedicesimo secolo, con l'intento di ricreare il Paradiso terrestre. Il conte era un uomo pio, quindi aveva dato al parco il nome del patrono degli animali e l'aveva progettato seguendo alla lettera le poche e vaghe indicazioni offerte dal racconto della Creazione e dal ventottesimo canto del *Purgatorio* nella *Divina Commedia*, con la dettagliata descrizione del giardino fuori dal quale Virgilio lascia Dante e dove quest'ultimo incontra Beatrice. Come tutti i grandi giardini d'Europa, si rifaceva all'idea che niente, e tanto meno la natura, è buono così com'è. Ciò che avevano in mente il conte e i suoi successori non era una semplice regolazione del paesaggio; avevano voluto costruire una macchina, una macchina botanica che sbalordisse il visitatore e lo avvicinasse a Dio. Avevano voluto creare un giardino che fosse una droga, un allucinogeno paesaggistico.

Com'è ovvio, era un'idea assurda, per non dire blasfema: infatti, se si ritiene che l'opera di Dio sia così bisognosa di miglioramenti, è logico che questo Dio non può essere onnipotente, può essere al massimo un geniale – ma non infallibile – architetto di giardini. Com'era prevedibile, il progetto fallì. Volendo attenersi alla Bibbia, secondo la quale l'atmosfera del Paradiso è così nobilitante che il leone e l'agnello pascolano l'uno accanto all'altro, il conte aveva introdotto nel parco vari animali feroci. Proprio quando sembrava che il suo progetto stesse per essere coronato dal successo, dopo che per trentun giorni aveva nutrito con patate arrosto quattordici leoni, e si apprestava a dichiarare di aver addomesticato e convertito al vegetarianismo quelle fiere, loro tradirono la sua fiducia e lo divorarono. Nel corso dei quattro secoli successivi il giardino cambiò molte volte proprietario e subì ampie ristrutturazioni, come accadde nel Settecento sotto la supervisione di Capability Brown, il celebre architetto di giardini. Quando la Reale Accademia di Zoologia lo acquistò, all'inizio degli anni Settanta, le collinette lussureggianti, i laghi e i ruscelli, i boschetti, la flora esotica, i giardini rocciosi e i roseti fragranti, era l'epitome perfetta di ciò che la gente si aspetta di trovare in paradiso.

A quell'epoca aveva una fama così sinistra che da duecento anni i proprietari non riuscivano a procurarsi manodopera locale. Era stato colpito da una serie interminabile di inondazioni e periodi di siccità, fulmini, incendi, casi di moria dell'olmo e di attacchi di larve, parassiti e funghi, e anche i proprietari erano stati tormentati da una successione infinita di catastrofi naturali umane, al punto che la terra stessa sembrava che fosse contro di loro. Era come se il terreno fosse un'enorme creatura, una balena sepolta che, quando gli uomini la graffiavano sulla schiena, si dimenava per scuoterseli di dosso. Nello stesso modo in cui ci sono bambini molto difficili da educare, e aree della psiche umana molto difficili da controllare, così la St. Francis Forest era ingovernabile, come se vi regnasse un'inspiegabile anarchia geografica e biologica. L'ultimo proprietario, poco dopo la Seconda guerra mondiale, riuscì a vedere il parco terminato, e per qualche momento credette di aver avuto la meglio. Non volle arrendersi né quando sua moglie scappò con il giardiniere, né quando sua figlia fuggì con il figlio del giardiniere. Solo quando la cagnetta che era stata di sua moglie ebbe dei cuccioli bastardi con il cane del giardiniere, egli riconobbe che quella che aveva conquistato non era una vittoria duratura, ma solo la breve immobilità del pendolo all'estremo dell'oscillazione, e che ora lo attendeva il declino. Il giorno dopo mise in vendita il parco.

La St. Francis Forest divenne finalmente un successo come riserva naturale. Fu il primo posto, fuori dall'Africa, dalla taiga russa e dall'Australia, dove si riprodussero i gorilla di montagna, la tigre siberiana e il bubuk. Per alcune specie in pericolo, nel corso degli anni Settanta e Ottanta poté vantare risultati migliori di qualsiasi altro giardino o parco zoologico. Questi risultati furono resi pubblici, e la gente si fece l'idea che nella St. Francis Forest gli animali selvatici avessero trovato un Eden, persino più accogliente dei luoghi da cui provenivano, e che vivessero un'esistenza tranquilla e sicura. Questo era anche ciò che aveva dichiarato Adam Burden, all'epoca della nomina a direttore dell'Istituto per la ricerca sul comportamento animale, sotto la cui giurisdizione rientrava la St. Francis Forest, per giustificare il fatto che il parco era un'area protetta. L'ingresso era proibito agli estranei, aveva spiegato Adam, sia agli esponenti delle associazioni animaliste, sia ai ricercatori privi del loro avallo, e tanto più ai giornalisti o ai rappresentanti di un pubblico ampio, proprio per non disturbare la particolare atmosfera di buonumore zoologico del parco.

In realtà questa, oltre che una interpretazione eufemistica dei fatti, era una menzogna, anche se necessaria. La St. Francis Forest era uno dei primi centri sperimentali attrezzati in modo da mettere in pratica il moderno concetto che più gli animali vengono lasciati a se stessi, meglio stanno. Le interferenze e gli interventi erano ridotti al minimo; di conseguenza si creò una sorta di equilibrio che lungi dall'essere un'armonia celeste, si fondava sulla brutalità propria del regno animale.

Adam sapeva che in un giardino zoologico la gente vuole vedere teneri tigrotti, simpatici orsi brontoloni, foche chiacchierone, babbuini comunicativi, elefanti amanti dei bambini e vuole avere sempre la sensazione che tutto sia sotto controllo. Ciò che si sarebbero trovati davanti agli occhi nella St. Francis Forest era la volubile crudeltà nei confronti dei piccoli, dei vecchi, dei malati, dei diversi. Avrebbero visto picchi rossi che rapivano dal nido i pulcini di cincia, formichieri che succhiavano le viscere dei piccoli di marà, leoni che servivano cuccioli di ghepardo ai propri figli, zebre che difendevano il loro territorio massacrando piccole antilopi, scoiattoli che devastavano nidi di astore, lucci che divoravano gli anatroccoli di un fiume. Avrebbero visto quello che solo gli zoologi comprendevano: ciò che dava vitalità agli animali e li faceva prosperare, crescere e riprodursi era il contrario dell'ozio e della protezione. Erano le giornate riempite dalla lotta per la pura sopravvivenza.

Madelene ed Erasmus si trovavano nel primo parco naturale d'Europa che aveva davvero finito per somigliare al suo ideale. Non un paradiso confortevole, ma la riserva dove dovevano essersi aggirati Adamo ed Eva, con gli spettacoli incantevoli, inquietanti, orribili e catastrofici che gli animali mettono in scena quando sono costretti ad arrangiarsi.

Loro due videro tutto questo e compresero anche qualcos'altro, qualcosa che nessuno dei biologi, dei giardinieri o dei proprietari aveva mai compreso. Colsero l'essenza del luogo, la sua anima topografica.

Fu Madelene a scoprirla, la prima mattina. Si svegliò. Erasmus non c'era: lei si sedette e lo vide, accoccolato sulla riva del fiume, che beveva come faceva sempre, infilando tutta la mano nell'acqua e poi leccando dal dorso l'acqua assorbita dallo strato di pelo. Sotto il sole, le sue natiche glabre somigliavano alle due metà di un grosso melone. In quel momento Madelene comprese dove erano approdati. Erano arrivati nell'Eden pornografico.

5

Rimasero nella St. Francis Forest per sette settimane, e durante quel periodo il luogo pose loro tre interrogativi. Il primo si presentò già la prima mattina, subito dopo il risveglio di Madelene. Stava attraversando il prato per raggiungere la scimmia, era nuda, camminava lentamente e aveva l'impressione di splendere. Il suo volto splendeva, i suoi seni, il suo sesso, i palmi delle sue mani. Ecco, Erasmus si sarebbe voltato e sarebbe rimasto abbagliato.

La scimmia le dava le spalle. Quando fra loro ci furono cinque passi si girò.

«Buongiornodormibene?» disse.

Madelene si fermò. Il viso della scimmia era amichevole, riposato e fiero di aver ricordato la formula corretta per salutare. Ma non c'era segno della gratitudine che lei si era aspettata, a cui aveva diritto. Il giorno e la notte precedenti erano svaniti senza lasciare traccia.

In quel momento ebbe paura.

Madelene viveva d'amore, lo aveva sempre fatto. Per meglio dire, viveva di dipendenza. Le poche volte in cui aveva corso un rischio, i pochi passi che aveva fatto da sola in trent'anni, fino a tre settimane prima, erano stati possibili perché sapeva di avere sotto di sé una rete di sicurezza, cioè la convinzione che gli uomini che l'amavano si sarebbero spenti e sarebbero morti se lei li avesse abbandonati. Questa certezza costituiva gli aminoacidi essenziali della sua personalità. Sul viso della scimmia che la stava guardando non c'era nessun timore. Avrebbe dovuto esserci almeno un debolissimo accenno di umiltà e di terrore. Invece Erasmus non aveva paura.

Fu allora che il giardino le pose il primo interrogativo, distintamente, come se venisse letto da un narratore: chi è stato a decidere nelle relazioni sentimentali della tua vita? E già mentre lo sentiva pronunciare, prima ancora che fosse terminato, Madelene seppe di non avere intenzione di rimanere lì abbastanza a lungo per sentire la risposta.

Nei tre giorni successivi trattò Erasmus con un certo distacco. Resero più comodo il nido fra gli alberi, trovarono uno dei punti in cui veniva distribuito il cibo, dove ogni giorno veniva depositata della frutta, e scoprirono quando nessuno lo sorvegliava. Per tutto il tempo Madelene ostentò una tranquilla gentilezza. In apparenza era un'allegra e soddisfatta ragazza estiva.

Ma nel suo cuore era arrivato l'inverno. Osservava la scimmia in un modo diverso. Se ne serviva per orientarsi nel parco, per comprendere dove si trovava il punto più vicino del muro esterno, per valutare il rischio di spostarsi a piedi, se ne serviva per raccogliere provviste. Preparava la sua evasione, il suo tentativo di fuga dal Paradiso.

Il terzo giorno fu più caldo dei precedenti. Nella radura che scendeva al fiume fiorirono tre enormi rododendri, e la scimmia e Madelene si sdraiarono a riposare sotto la loro ombra. I cespugli navigavano in un mare d'erba, come montagne verdi e violette. A causa del freddo nelle ultime tre notti Madelene non aveva quasi dormito. Il sonno la vinse.

Venne svegliata dalla scimmia. La stava leccando qua e là, salendo dalle ginocchia lungo le cosce, e la sua lingua aveva la stessa morbidezza superficiale e la stessa insistenza del suo membro. Madelene era stordita, il sonno l'aveva disarmata, e quando si riprese era troppo tardi. Il desiderio si avvicinò lentamente, come una nave sulla distesa erbosa, e quando lei si rese conto di essere a bordo, e che non c'era alcuna possibilità di tornare indietro, sperimentò un'improvvisa lucidità. Nel lampo di un *satori* erotico vide che anche le ultime vestigia della sua libertà di movimento erano state un'illusione. Era stata guidata verso quel luogo, verso la lingua che scivolava sul suo corpo. Anche la scimmia era stata condotta fin lì, poiché la sua bocca, pur esprimendo una richiesta, conteneva anche una preghiera, la implorava di abbandonarsi. Senza parlare, Erasmus la supplicava, perché anche lui era una vittima.

L'ultima cosa che Madelene udì prima di cedere fu la risposta al primo interrogativo del giardino. Fu lei stessa a rispondere: chiunque abbia deciso, non è stato lui, e nemmeno io.

A Erasmus e Madelene accadde ciò che accade a tutti coloro che di propria volontà o per un apparente caso attraversano il Paradiso: l'amore li prese in consegna e fece di loro quel che voleva. Tuttavia, al contrario di tanti altri, loro non si ribellarono. Non avevano avuto il tempo di prepararsi, di crearsi speranze o pregiudizi, e quando vennero colpiti non avevano nessun posto dove andare, nessuno a cui chiedere aiuto. Si arresero, abbandonandosi alla fondamentale incertezza della situazione.

Mentre erano nel parco, Erasmus non fece promesse a Madelene. Sulle prime lei volle convincersi – un po' con rabbia, un po' con paura – che l'animale non era in grado di comprendere ed esprimere le piccole raffinatezze con cui gli amanti si rassicurano, ininterrottamente, dicendosi che loro e il loro amore sono vivi e in buona salute, che sono sempre uniti da un caldo cordone ombelicale. Ma dopo pochi giorni si rese conto che il motivo non era l'incapacità di Erasmus. Era perché quell'idea non lo sfiorava nemmeno. Anzi, neanche lei ne aveva più bisogno. Le fantasie a cui era ricorsa per tranquillizzarsi impallidirono, si accorse di aver rifiutato le proprie promesse prima ancora di formularle. Per la prima volta in vita sua avanzava su una fune senza guardare in basso. Per la prima volta cominciò a perdere interesse per il futuro.

Si stavano dirigendo verso una variante dell'eternità. Una notte, mentre sedeva a cavalcioni di Erasmus, Madelene scoprì che non erano soli. C'erano due uomini, uno era dentro di lei, l'altro la accarezzava. A occhi chiusi percepì che l'altro era la Morte. Piegò la testa all'indietro, guardò il cielo, rinunciò a opporsi e si rese conto che quando il tempo cessa di esistere, il momento presente che nasce ha sempre il suo lato oscuro, anche in Paradiso.

6

La loro vita nel parco ruotava intorno a tre attività: procurarsi il cibo, dormire e dedicarsi all'amore e alle lezioni di lingua. La barriera che li divideva scomparve impercettibilmente. Quando Madelene affrontò l'argomento di un certo tipo di linguaggio vi fu una svolta significativa. Lo aveva dentro di sé e disse:

«Non muoverti, descrivi cosa ti sto facendo, cosa faccio ora? E ora? Spiegalo!»

Oppure spostava le mani di Erasmus e diceva:

«No, guardami negli occhi, non fare niente, ma raccontami cosa ti piacerebbe fare.»

Allora Erasmus parlava senza pensare, il linguaggio irrompeva in lui, e accanto a loro, all'ombra dei rododendri, c'erano gli spiriti dei celebri linguisti danesi, Diderichsen, Hjelmslev, i glossematici e tutto il Circolo di Copenaghen.

Spesso dimenticavano di mangiare e perciò provavano la vera fame, la debolezza del digiuno, un'esperienza inseparabile dalla loro intimità. Quando non si toccavano da una notte, da diversi giorni, da una settimana, Madelene fremeva di desiderio. Comprese di non essere mai stata veramente affamata. Ogni volta che la belva dentro di lei aveva ringhiato, lei le aveva gettato un pasto, mezzo chilo di cioccolatini, una carezza, un cocktail, un bicchiere di alcol puro, non per fame, ma per acquietarla, per soffocare la paura e quei suoni spiacevoli.

Ora conobbe la privazione. Le capitava di guardare Erasmus che camminava sul prato, a volte in piedi, a volte a quattro zampe, e le sembrava che non fosse solo lei a sentirne la mancanza, che anche l'erba si protendesse verso di lui, che l'aria volesse toccarlo, che l'acqua volesse cavalcarlo.

A poco a poco persero interesse per il momento liberatorio dei loro amplessi. Volevano restare vigili. In una notte di famelica, limpida insonnia, Madelene sorprese Erasmus. Si era appisolata. Spalancò gli occhi e vide che lui la guardava, convinto che dormisse. La sua circospezione e la sua forza fisica erano scomparse, come la sua indifferenza. La contemplava assorto, con un'espressione di intensa felicità. Si accorse di essere osservato, ma non si mosse, non poteva. Ciò che provava lo teneva inchiodato.

«Meraviglioso» mormorò.

E dopo un istante, sottovoce, in tono stupito, disperato, parlando più che altro a se stesso, posandosi la mano sul petto, formulò la legge dell'esperienza secondo la quale non esiste luce senza tenebre.

«Male» disse. «Nel cuore.»

Quella notte, più tardi, Madelene si svegliò e vide l'ordine che reggeva il mondo.

La scimmia dormiva un po' più in là, con il corpo su un ramo e le braccia che penzolavano nel vuoto. Madelene scorse le stelle fra le chiome degli alberi, e capì che il moto dell'universo non era che un atto sessuale perpetuo, mai consumato, fra il cielo e la terra. Poi si rimise a dormire.

Alla fine di quella notte il giardino pose loro il secondo interrogativo. Fu come un dolore acuto che destò Madelene di colpo.

«Non è abbastanza» disse lei.

La scimmia passava sempre direttamente dal sonno profondo alla lucidità, senza attraversare la fase del risveglio. Si alzò a sedere e la guardò.

Madelene stava cercando le parole per descrivere ciò che era soltanto una sensazione: per la prima volta nella sua esistenza adulta viveva senza l'aiuto di un anestetico. Come in sogno, aveva intravisto il nucleo vuoto dell'ebbrezza dei sensi e dell'estasi. Avrebbe voluto spiegare che proprio mentre conosceva il desiderio più violento e il piacere più profondo della sua vita, aveva scoperto all'improvviso che non ci si può mai saziare.

La scimmia afferrò subito ciò che voleva dire.

«Mai abbastanza» disse.

In quell'istante il giardino pose il secondo interrogativo, e fu Madelene a metterlo in parole. Era l'interrogativo sul percorso dell'amore.

«Cosa ci accadrà? Dove ci porterà tutto questo?»

Fu Erasmus a rispondere, più tardi, durante la giornata.

Sedevano con la schiena appoggiata a un albero e guardavano il punto in cui la corrente del fiume circondava un isolotto lungo e stretto.

«Come si dice quando c'è l'acqua tutto intorno?» chiese la scimmia.

«Isola» disse Madelene. «Un'isola.»

«Erasmus viene da un'isola» dichiarò la scimmia.

Un alito freddo soffiò su Madelene. Era il tempo, l'ammonimento che esisteva qualcos'altro oltre a loro due, che l'universo continuava al di là del muro del giardino.

«È molto grande?»

«Dalla cima degli alberi più alti si può vedere l'acqua da un lato e dall'altro e dietro, ma non davanti.»

«C'è frutta?»

La scimmia annuì.

«Sugli alberi?»

La scimmia rifletté.

«È più facile nei negozi» disse infine.

«Ci vivono delle persone come me?»

La scimmia le prese la mano.

«Molte» disse. «Ma non come te.»

Era il primo complimento che le faceva Erasmus, e in altre circostanze sarebbe stato difficile accettarlo. Però in quel momento e in quel luogo Madelene chiuse gli occhi per assaporarne la dolcezza. Quando li riaprì, il volto di Erasmus era proprio davanti al suo. Le posò una mano sul ventre.

«Non può arrivare un bambino?» disse.

Madelene non aveva mai provato interesse per i bambini. Quando li vedeva, per strada o nei parchi giochi, le sembravano creature inermi, e le facevano pena, perché stavano percorrendo il tetro cammino che anche lei, un tempo, aveva miracolosamente superato. Appena uscivano dal suo campo visivo se ne dimenticava.

Per Adam era diverso. I bambini non erano l'oggetto della sua indifferenza o della sua pietà. Lui li detestava.

Madelene aveva letto nei libri che due che si amano possono diventare una persona sola. Ma a lei con Adam non era mai successo, anzi, si era scissa in due persone, una che guardava il mondo come aveva sempre fatto, l'altra che aveva imparato a guardarlo dal punto di vista di Adam. Quest'altra Madelene aveva osservato i bambini attraverso gli occhi di suo marito.

Vedeva che i bambini ridestavano la natura animale delle persone. Vedeva – sempre con gli occhi di Adam – che anche i bambini sono animali, cuccioli maldestri, esigenti, arroganti, mossi solo dall'istinto.

Avevano il potere di trasformare anche i loro genitori in animali. Madelene si accorgeva che i genitori erano spossati come animali, indifferenti ai propri bisogni, privi d'interessi, come se i bambini avessero succhiato tutta la loro energia umana. Sembravano creature asessuate, specialmente le madri, stremate, prosciugate, inaridite.

Adam voleva viaggiare, voleva fare carriera, voleva fare l'amore, voleva avere un bell'aspetto. Voleva essere attraente e lo era, risplendeva di energia. In certi momenti Madelene, più che a un leone, l'avrebbe paragonato alle cabine elettriche che vedeva da piccola a Vedbæk: alto, dritto, carico di volt e ampere, con sulla schiena un cartello dove c'erano un teschio e le parole "Pericolo di morte".

Anche lei era stata così. Adam se lo aspettava e lei si era adattata. Era stata il riflesso della sua elettricità.

I bambini erano una minaccia. Non avevano nulla da offrire a lei e ad Adam, sarebbero entrati in scena con un'ingordigia che li avrebbe scaricati e svuotati. Di comune accordo, avevano spento l'interruttore della questione dei figli.

Appena Erasmus le posò la mano sul ventre, quell'oscurità venne squarciata da una luce bianca, accecante. Madelene vide che la frase della scimmia era anche una risposta, una possibile risposta alla domanda di dove può portare l'attrazione magnetica fra due persone quando è abbastanza forte.

Il terzo, l'ultimo, interrogativo, era quello che tormenta chiunque trovi improvvisamente la felicità: quanto durerà?

Per molto tempo sembrò che questo interrogativo si allontanasse fino a svanire. Nulla lasciava supporre che l'idillio non fosse una certezza, che non sarebbe durato per sempre.

Di mattina la rugiada rifrangeva la luce come un rivestimento di madreperla. Ogni foglia accoglieva la sua goccia come un'ostrica aperta, i tronchi erano umidi e lisci. Tenendosi per mano, Erasmus e Madelene calpestavano l'erba scendendo al fiume e avevano l'impressione di camminare in un'acqua bassa e fresca dove i mughetti navigavano come ninfee e le olmarie in fiore sembravano colonne di liquido. Sulla riva incontravano gli altri animali del parco e in quel momento, in quel mondo subacqueo, ogni naturale ostilità era sospesa. Le antilopi nere si abbeveravano accanto agli elefanti, a un ghepardo, insieme a un capibara, a una gru, a un gruppo di lemuri rossi. Persino le scimmie erano silenziose, e in quegli attimi nel parco regnava ciò che tanti avevano sognato, ma pochi avevano visto: la pace e l'armonia del racconto biblico.

Mentre Erasmus e Madelene si lavavano, all'improvviso si diffondeva la luce. La rugiada evaporava. Poi arrivavano il caldo, i rumori, gli odori, e le pulsazioni del giardino acceleravano rapidamente.

A mezzogiorno c'era una breve tregua, una pausa necessaria in un luogo pervaso da un'energia così intensa. Anche Madelene ed Erasmus riposavano, sul loro albero, sui materassini gonfiabili, e quando si svegliavano spesso rimanevano lì, in silenzio, davanti allo spettacolo della vita. I lemuri rossi che saettavano come piccole comete attraverso le chiome degli alberi. Gli uccelli del paradiso che somigliavano a una facezia divina, tre boa di piume annodati e gettati in aria. L'immobilità del ghepardo, la sua infinita pazienza, la sua prodigiosa accelerazione. L'operosità instancabile delle femmine di gorilla. L'indulgenza dei maschi con i giovani. La diffidenza timorosa del topo campagnolo che faceva pensare a Madelene che se non altro quella creatura era sicuramente più spaventata di quanto non fosse mai stata lei. Vedevano la vipera che passava da un'inerzia simile alla morte a movimenti fin troppo veloci per i loro occhi. Un giorno comparve un'aquila reale, prima altissima, rettangolare, simile a una porta volante, poi vicinissima, e questa volta Madelene non agitò la mano per salutarla, questa volta pensò solo: noi siamo come lei.

La sera mangiavano presto. All'imbrunire la scimmia accendeva un fuoco, nella forcella di un albero, un piccolo fuoco, come se avesse preso una manciata di fiamme dal sole che scendeva all'orizzonte, non per tramontare – perché nelle ultime notti era sembrato che persino il sole fosse troppo euforico per tramontare – bensì per ritirarsi dietro la membrana azzurro scuro del cielo a cui si sarebbe appoggiato durante la lunga notte chiara per far filtrare sulla terra un alone di luminosità rossastra.

In quella vita il tempo non esisteva, oppure era soltanto

un episodio sporadico, subito dimenticato, quindi non esisteva nemmeno la questione di quanto potesse durare. Madelene ed Erasmus non ci pensavano più.

La verità li colse di sorpresa come un predatore, verso mezzogiorno, all'ombra, durante una delle loro lezioni.

Ormai avevano rinunciato a seguire un metodo. Madelene non cercava più di ricordare i brandelli di grammatica che aveva imparato. Viaggiavano nel linguaggio grazie all'istinto; lei sceglieva un luogo ignoto per la scimmia e ve la conduceva. Quel giorno erano approdati al periodo ipotetico.

«Se potessi volerei» disse Erasmus.

«Se potessi volerei con te» rispose Madelene.

«Se potessimo» replicò la scimmia, «rimarremmo qui per sempre.»

Madelene sentì che la terra stava cedendo e che era troppo tardi per tornare indietro.

«Se volessimo» chiese, «non potremmo?»

La scimmia scosse la testa.

«Ci sono tutti gli altri» dichiarò.

Tacquero. Increduli, ascoltarono l'eco di ciò che avevano detto.

Fra loro c'era meno di un metro. Quello spazio si popolò di esseri viventi, di scimmie uguali a Erasmus. Come in un miraggio condiviso, videro un'assemblea di scimmie, una società di scimmie, una nazione. Madelene sapeva che Erasmus era sconvolto quanto lei, che se non aveva mai parlato del futuro era perché, come lei, lo aveva dimenticato. Eppure da qualche parte c'erano centinaia di scimmie identiche a lui, forse migliaia. Con ogni probabilità la loro esistenza era minacciata e lui doveva aiutarli servendosi della sua capacità di comprensione. Per Madelene era diverso, lei aveva abbandonato la civiltà lasciandosi alle spalle tutto. Non c'era nessuno con cui avesse diviso qualcosa che temesse di perdere.

Appena questo pensiero le attraversò la mente, lo spazio che li separava divenne molto affollato. Accanto alle scimmie immaginarie arrivò un gruppo di persone. Davanti a tutti Adam e i genitori di Madelene, poi Susan e i suoi figli, e dietro di loro altri conoscenti, familiari, compagne di scuola dimenticate, e infine figure senza volto, gente che aveva significato qualcosa per lei. La guardavano, come bambini che hanno fatto una domanda a un adulto e attendono una risposta.

«È vero» disse Madelene. «Gli altri. Li avevamo quasi dimenticati.»

Ciò che scoprirono in quel momento, contemporaneamente, era una legge naturale che assume sempre la forma di un monito con cui si sono confrontati tutti gli eremiti e gli asceti di ogni religione e di ogni epoca, al pari di qualsiasi coppia di amanti: il Paradiso privato non esiste e non potrà mai esistere.

Madelene chiuse gli occhi e fece un respiro profondo.

«Che nome vi date?» chiese. «Non vi chiamate "scimmie", immagino.»

Erasmus rifletté, cercò inutilmente un terreno comune fra due mondi linguistici inconciliabili, ma poi trovò un compromesso accettabile.

«"Gente"» disse. «Ci chiamiamo "gente".»

«E noi? Come ci chiamate?»

«Animali. Vi chiamiamo così.»

Madelene aprì gli occhi.

«Ti manca la tua gente?» chiese.

La scimmia non rispose direttamente.

«Le principesse» disse, «che cos'erano?»

Madelene aveva vissuto per sette settimane nel flusso del presente. La sua memoria ricominciò a funzionare con una certa riluttanza.

«Erano persone speciali» spiegò. «Persone che dovevano fare qualcosa.»

«Io devo fare qualcosa» disse Erasmus. «È per questo che sono venuto.»

Intorno a loro il giardino ronzava, caldo e sonnolento.

Tutto era come sempre. Ma niente sarebbe stato più uguale a prima.

«Per gli animali che sono qui noi siamo creature strane» disse la scimmia. «Hanno paura e scappano. Scappano per diventare invisibili. È un buon sistema, dovremmo impararlo tutti. Ma c'è anche un altro modo: se si capisce cosa si sta avvicinando non c'è bisogno di scappare. Si può rimanere fermi, anche a pochissima distanza, eppure essere invisibili. Perché si sa dove bisogna stare. Così viviamo noi.»

«Non vi vede nessuno?»

«Forse la nostra presenza è percepita come qualcosa che manca o come qualcosa che non ci sarebbe dovuto essere. Ma non ci vedete. Anche se capita, non ci vedete lo stesso.»

Madelene si sbarazzò degli ultimi resti di prudenza.

«Era una buona vita?» chiese. «Eri felice? Gli altri sono felici?»

La scimmia annuì.

«Eppure sei qui» disse Madelene. «Forse è stato un errore.»

La scimmia si alzò con un gesto di inequivocabile fierezza. Davanti agli occhi di Madelene balenò l'immagine di un vecchio gorilla che minaccia i rivali.

«Erasmus si è lasciato catturare» disse la scimmia.

«E io?» disse Madelene. «Dovevo solo aiutarti, era a questo che servivo?»

Era un colpo basso, di quelli difficili da parare, specialmente in una lingua che non è la propria. Ma Erasmus aveva imparato molto, e nelle lezioni aveva portato qualcosa della propria destrezza fisica.

«Quando scendiamo al fiume per bere» disse, «qualche volta, abbastanza spesso, arriva il sole, anche se non è affatto per quello che siamo andati lì. Quando si cerca qualcosa di piccolo, talvolta si trova qualcosa di grande.»

Madelene chiuse gli occhi e assaporò, come se fossero

stati una pesca matura, i rapidi progressi dell'eloquenza del suo amante.

«Anche se siamo soddisfatti» continuò la scimmia, «anche se era, se è ancora una buona vita per noi, anche se siamo assolutamente, assolutamente soddisfatti, c'eravate, ci siete sempre... voi.»

Si guardarono, consapevoli di aver trovato la risposta all'ultimo interrogativo del giardino. Non dissero altro. Erano giunti agli estremi confini del linguaggio, e nell'ultima parte del loro percorso, il punto più lontano, non c'erano parole. Erano su un promontorio, un'*ultima Thule* linguistica, e ciò che intravedevano era la vaga risposta alla loro domanda: perché due persone o un gruppo di scimmie non possono isolarsi nel loro Paradiso?

Vedevano che questo interrogativo fa parte di uno più grande, molto più grande: perché tutto non poteva continuare a essere come all'inizio, perché la condizione paradisiaca non è una condizione stabile?

La risposta che si trova dipende dal punto da cui si pone la domanda, e Madelene ed Erasmus erano a venticinque metri da terra, nel Paradiso terrestre, e si tenevano per mano su due materassini gonfiabili. La risposta che trovarono insieme era che è l'amore a mettere in moto il mondo. Videro – credettero di vedere – che sopra o sotto di loro c'era un dio, forse l'Onnipotente, che teneva per mano qualcosa o qualcuno, forse una scimmia, un dio che era felice e proprio per questo non poteva in nessun modo bastare a se stesso.

PARTE QUARTA

1

Se in quella notte di luglio qualcuno fosse sceso in volo su Londra, avvicinandosi tanto da poter distinguere i lineamenti dei singoli individui, avrebbe avuto l'impressione che la città si fosse scordata di Erasmus e Madelene, che avesse ripreso la sua vita come se nulla fosse accaduto.

A South Hill Park, davanti allo specchio della sua camera, Adam Burden sta provando qualcosa, uno spettacolo che assomiglia a un gioco di prestigio per cui è necessario esercitarsi e avere un'idea chiara della posizione degli spettatori nonché di ciò che possono o non possono vedere. Adam sembra quello di una volta, è sicuro di sé come un attore consumato.

A Mayfair, Andrea Burden si sta provando un cappello, anche lei davanti allo specchio, con l'aria di chi non ha preoccupazioni di sorta, sprizzando vitalità da tutti i pori.

Dall'altra parte della città, a Millwall Dock, nell'angolo buio di un pub nascosto in una stradina secondaria, Johnny fissa il fondo del suo bicchiere di birra. Quello che vede non è tanto il riflesso deprimente della sua immagine. Sembra piuttosto che contempli il Mare della Futilità che da molti anni gli lambisce i piedi, su cui si è rassegnato a navigare senza più sperare di vedere terra.

Un po' più in là, sull'Isle of Dogs, l'uomo che fino a non molto tempo fa si chiamava Bally guarda il Tamigi e una barca che fino a non molto tempo fa si chiamava *Arca*, e l'espressione del suo volto è serena e impenetrabile, come lo è da anni.

Sulla riva opposta del fiume, nel quartier generale della polizia veterinaria al St. Thomas Hospital, l'ispettore Smailes si alza dalla sedia e va verso la finestra. Ciò che fissa, con un atteggiamento che somiglia a una stanca abitudine, è il proprio viso riflesso dal vetro.

In un altro ufficio, molto più grande, alla clinica veterinaria Holland Park, Alexander Bowen, inquieto come al solito, sta stringendo il ricevitore di un telefono. Ha fatto un numero ma, come spesso accade quando si chiama qualcuno, non ottiene risposta. Nel luogo che vuole raggiungere non c'è nessuno che possa rispondere, tranne Firkin, l'odontoiatra veterinario, che cammina su e giù attraverso laboratori e uffici, ignorando il telefono che squilla. È rimasto all'Istituto molto oltre l'orario di lavoro, ma normalmente non ci sarebbe da stupirsi nemmeno di questo.

A una distanza così ravvicinata, è come se Madelene ed Erasmus non fossero mai esistiti.

Ma se ci si allontana un po', soltanto un po', il quadro cambia.

Adam Burden ha ottenuto la nomina a direttore del Nuovo Giardino Zoologico di Regent's Park. È stato eletto all'unanimità. La sua reputazione di scienziato e il suo curriculum sono ineccepibili, ha l'appoggio di Andrea e di tutte le associazioni del settore, il sostegno degli investitori, l'approvazione dal ministero dell'Agricoltura e della Reale Accademia di Zoologia. Inoltre, la terribile disgrazia accaduta a sua moglie gli ha procurato la simpatia dell'opinione pubblica e dei media. Alla fine di luglio – fra una settimana – assumerà ufficialmente l'incarico.

Quello che sta preparando è il discorso inaugurale che terrà nell'auditorium del nuovo complesso, alla presenza dei rappresentanti del governo, della principessa Anna, patronessa dell'Accademia, e di molti membri della famiglia reale.

Adam parlerà di Erasmus.

Sarà uno degli eventi scientifici più importanti del ventesimo secolo, la comunicazione, del tutto inaspettata, della scoperta di un mammifero finora sconosciuto, una scimmia antropomorfa dotata, a quanto pare, di una grande intelligenza. Il discorso sarà integrato da diapositive, disegni, dai risultati degli esami strumentali, da una descrizione anatomica di Erasmus, da un'analisi fisico-chimica della sua alimentazione e del suo metabolismo, da un resoconto sul suo comportamento e da una documentazione genetica elaborata dall'Istituto per la Biologia della popolazione. La documentazione genetica sarà presentata da Alexander Bowen, però non gli è ancora stata consegnata, il che spiega la sua impazienza. Il laboratorio genetico fa parte dell'Istituto di Ricerca sul comportamento animale, dove lavora anche Firkin: quindi Firkin è venuto a sapere della richiesta, ed è per questo che vaga per i laboratori nel cuore della notte.

Firkin sta pensando alla scimmia e a Madelene. Da quando sono scomparsi, ha tentato inutilmente di scacciare la loro immagine. Non ci è riuscito nemmeno l'ispettore Smailes, ed è il malessere legato al loro ricordo, alla sensazione di qualcosa di irrisolto, che lo spinge a cercare il riflesso del proprio viso.

Adam e Andrea vogliono che dopo l'esposizione scientifica il pubblico ascolti una testimonianza sulla cattura della scimmia. Sarà l'uomo conosciuto come Bally a fornirla, ed è per questo che ha ottenuto la restituzione della barca e della libertà. Tuttavia l'altra testimonianza, quella di Johnny, che riguarda la vera identità di Bally e il modo in cui la scimmia è arrivata a Londra, non dovrà assolutamente trapelare. Johnny ha ricevuto delle minacce e una somma di denaro come incentivo a non immischiarsi e a tenere la bocca chiusa. Ora Johnny si sta bevendo quei soldi; ha cominciato il giorno in cui Madelene ed Erasmus sono scomparsi, e al contrario dei più, che ci mettono anche vent'anni per uccidersi con questo metodo, Johnny ha dimostrato di possedere un vero talento per l'alcolismo, grazie al quale sembra che nel suo caso il processo sarà molto più rapido.

Il discorso di Adam non è solo un'occasione scientifica unica, la più importante della sua carriera. Sarà un momento decisivo anche per Andrea, perché dovrà fornire al nuovo zoo le prime credenziali ufficiali, suggerendo l'idea che questa struttura e le sue risorse tecniche hanno reso possibile la sensazionale scoperta.

Il discorso si concluderà con l'annuncio che lo zoo comprenderà un recinto molto ampio riservato alle scimmie come Erasmus, un'isola delle scimmie. Infine Adam darà un nome alla nuova scimmia, senza prenderlo – come si usa – dallo scopritore o da qualche caratteristica dell'animale, o dalla zona dove è stato trovato. Sarà il nome del luogo in cui sarà esposta in futuro, della patria dei pionieri che l'hanno stanata dal suo nascondiglio, della sede delle istituzioni che ne hanno definito la specie. Erasmus si chiamerà *Homina londiniensis*.

Da un simile punto di osservazione, è evidente che per tutte queste persone le ultime sette settimane hanno ruotato attorno a Erasmus e Madelene.

Sarebbe più esatto dire che hanno ruotato attorno a ciò che desiderano ricordare di loro, a ciò che hanno avuto il coraggio di ricordare. Ci sono circostanze, specialmente relative all'attimo in cui la scimmia e Madelene erano sparite oltre il muro, che queste persone vorrebbero dimenticare, circostanze che, se venissero alla luce, rovinerebbero l'impressione di sensazionale credibilità che è lo scopo del discorso.

La donna e la scimmia se ne sono andate. Ora si tratta di sfruttare ciò che rimane.

Però Madelene ed Erasmus non se ne sono andati. Sono più vicini di quanto si possa immaginare, al limitare di un bosco su un'altura nei pressi di Edgware, a nord di Londra. Da lì la città offre un'altra immagine di sé. Il suo profilo di cemento è una cupola simile al cranio di uno gnomo deforme che sta strisciando fuori dalla pietra sotto la quale è rimasto duemila anni, per cercare una farfalla a cui strappare le ali.

Siedono accoccolati su un ramo uno accanto all'altra, vicinissimi. La scimmia è nuda e tutto ciò che Madelene indossa sono due pezzi di stoffa intorno alla vita e intorno al petto. Potrebbero sembrare due scimmie che si sono perdute; anche Madelene somiglia a una scimmia. Ormai è raro che Erasmus la porti, se la cava da sola, anche a venticinque metri da terra. Siede stringendo il ramo con le dita dei piedi, come se stessero diventando prensili. Il volto di Erasmus è rasato – Madelene vuole così, vuole vederlo e toccarlo direttamente – ma sulla sua testa cresce una fine peluria bianca. La testa di Madelene è uguale, i capelli sono stati schiariti dal sole e sono tagliati cortissimi per facilitare la caccia ai pidocchi. Mentre guarda la città, Madelene ne cattura uno e lo schiaccia fra le unghie dei pollici.

L'aria è fresca, quasi fredda. Madelene rabbrividisce. Sembrano molto fragili, seduti sul ramo, lei ed Erasmus, così indifesi. In questa notte di luglio sembrano il commando omicida più malconcio e più improbabile che abbia mai assaltato Londra.

2

C'era un'altra persona che aveva pensato molto a Madelene e a Erasmus, forse più di chiunque altro, cioè Susan. Quel giorno, per la prima volta dopo sette settimane, aveva allontanato il loro ricordo. Si era costretta a scuotersi dall'apatia che l'aveva colta quando erano scomparsi e aveva convinto suo marito e i bambini a uscire per un'ora e mezza, il tempo necessario per una visita del suo amante.

Susan aveva una predilezione per i convegni amorosi brevi. Si addicevano allo stile di vita londinese. Le dava un'ansia stimolante sapere che benché la scena richiedesse la massima cura e un totale abbandono in ogni sua fase, la faccenda doveva concludersi in novanta minuti senza lasciare tracce.

Si era spogliata. Entrò sotto la doccia. Aprì l'acqua calda.

«Vieni?» gridò.

In salotto, Donny LaBrillo si tolse la giacca, si sbottonò la camicia bianca facendola scivolare sulle spalle e osservò la propria immagine riflessa in una lacca giapponese.

Donny apparteneva a una nuova generazione di pugili. Era più bello, più snello e più intelligente di quanto Henry Cooper avesse mai sognato di essere all'apice della sua carriera. Dopo diciassette vittorie in altrettanti combattimenti da professionista nei pesi leggeri, somigliava a un angelo che non ha mai infilato i guantoni.

L'ambiente gli piaceva. Una donna di gran classe. L'appartamento era elegante e il giardino sembrava un parco. L'idea di giocare fuori casa era stuzzicante. Lo stallone LaBrillo tra i fiori di un altro uomo.

Si guardò intorno. Ammirò l'antiquariato esotico, i soprammobili laccati, gli elefanti di porcellana azzurra sul davanzale, la bambola a grandezza naturale sul divano, le maschere oblunghe alla parete.

I suoi occhi si posarono di nuovo sul divano. Non era una bambola. Era un uomo. Un uomo con la faccia deformata e una coperta sulle spalle. Sembrava un pugile suonato a un toga-party.

«Che diamine...?» esclamò Donny.

Erasmus si alzò lentamente. Quel tizio era la prima persona, a parte Madelene, con cui doveva comunicare. Era indispensabile non commettere errori di grammatica e di comportamento.

«È stato un piacere» disse, scandendo le sillabe. «Prego, l'accompagno alla porta.»

LaBrillo lo fissò stupito.

«Ho un appuntamento qui» protestò.

«Ne sono felice» disse Erasmus.

Scortò gentilmente il pugile fino all'ingresso e aprì la porta.

«Grazie per la compagnia» disse.

LaBrillo fece un piccolo passo laterale e abbassò leggermente una spalla. Poi colpì Erasmus sul diaframma, sotto lo sterno, all'altezza del plesso solare, dove lo strato muscolare è molto sottile.

Non fu come sbattere contro una parete di cemento, perché il corpo nascosto dalla coperta possedeva una certa elasticità superficiale. Fu come dare un pugno a una parete imbottita.

LaBrillo si raddrizzò e fissò il suo avversario a bocca aperta. Con quel destro aveva vinto degli incontri per knock-out. Colpito in quel modo, un uomo normale, non allenato, avrebbe avuto un arresto cardiaco.

La scimmia non batté ciglio e spinse LaBrillo oltre la soglia.
«Arrivederci e tante cose» disse. «Torni presto.»
Chiuse la porta.
LaBrillo afferrò la ringhiera in cerca di un punto fermo. Rimase per un po' davanti alla porta chiusa, poi si voltò e cominciò a scendere lentamente le scale, a torso nudo. Era la sua prima sconfitta da professionista.

Erasmus e Madelene si sedettero uno di fronte all'altra in salotto. La scimmia prese la giacca del pugile e la indossò. Le maniche erano troppo corte. Tolse dalla tasca interna un paio di occhiali da sole e se li appoggiò sul naso. Madelene tese la mano per stringere quella della scimmia, che allungò il braccio senza chinarsi. Madelene si mise in grembo la mano di Erasmus. Il viso di lui passò gradualmente dal giallo chiaro al color cacao. Stava arrossendo.
«Donny» gridò Susan dal bagno. «Fai il verso del maiale.»
La porta del bagno si aprì. Susan li guardò allibita.
«Donny è andato via» disse Madelene. «Aveva nostalgia di sua madre.»

Erano più di quindici anni che Susan faceva esperimenti con il mercurio del sesso frettoloso. Ormai aveva i riflessi di un esperto di esplosivi. Senza perdere la sua compostezza si coprì con un telo da bagno, abbracciò Madelene, strinse la mano a Erasmus e si sedette sul divano.
In realtà era terrorizzata.
La spaventava la loro povertà. L'esperienza inedita di trovarsi di fronte a due persone che non possedevano nulla – nemmeno un vestito – e che dovevano fare affidamento solo su se stessi.
«Siamo stati... fuori città» disse Madelene. «Non sappiamo niente.»
Le avversità inaspettate dividono gli uomini in due categorie: quelli che vengono travolti dal panico e quelli che agiscono con la massima efficienza rimandando la paura

a un altro momento. Susan fece un resoconto preciso di ciò che sapeva di Adam, di Andrea e del nuovo zoo, senza tralasciare nulla.

Mentre parlava percepì una corrente calda. Guardò il termosifone e il camino, che però erano spenti. Il calore proveniva da un punto sopra il tavolino del salotto, e dopo un po' Susan ne identificò l'origine. Era il calore emanato da due che si amano. Sembrava che Madelene e la scimmia si fossero portati dietro un'invisibile sauna portatile.

Susan trovò conforto in quel tepore e cominciò a sospettare che forse quei due non erano del tutto perduti.

Quando smise di parlare ci fu un breve silenzio. Poi fece la prima domanda.

«Non potremmo aiutarvi a fuggire, magari fuori dal paese?» chiese.

Madelene scosse la testa.

«Ci sono gli altri» spiegò. «Le scimmie come Erasmus. Se il mondo sapesse della loro esistenza, verrebbero perseguitati con ogni mezzo. Cacciatori di trofei. Giornalisti e fotografi. I trafficanti di animali. Orde di scienziati. La semplice conoscenza, come la intende Adam, distrugge il suo oggetto o lo cambia.»

Si alzò.

«Dobbiamo trovare Johnny, l'uomo del furgone.»

Susan guardava l'amica con attenzione. All'ostinazione da ruminante che aveva notato non molto tempo prima, si era aggiunta la visione panoramica di un rapace. Diede un'occhiata all'orologio.

«Vi servono dei vestiti e dei soldi» disse.

«Sarebbe troppo chiedere il permesso di fare una doccia calda e di prendere in prestito una striglia?» chiese la scimmia.

Susan li fece uscire dalla porta di servizio.

Erasmus aveva delle ciabatte di gomma e indossava i pantaloni di una tenuta da karate, una maglietta a cui avevano staccato le maniche – che però era coperta dalla giacca del pugile – il tutto completato dagli occhiali da sole e un cappello floscio con la tesa e il cocuzzolo tagliati.

L'impressione generale, anche se tutt'altro che armonica, perlomeno non era allarmante. Per un attimo la scimmia rimase sul pianerottolo, appoggiata sulle nocche delle mani; poi si mise in posizione eretta e sistemò gli occhiali. Erasmus era entrato nel mondo degli uomini.

Madelene e Susan si guardarono. Madelene si era fatta prestare dei sandali, una gonna lunga, una camicetta e un cardigan. Era la stessa di una volta, e al contempo era una persona che Susan non aveva mai visto: una donna che possedeva una sauna.

Susan osservò Erasmus, i suoi passi cauti, la consapevolezza nei suoi movimenti.

«Nessuna di noi due si è mai appropriata di qualcosa che apparteneva all'altra» disse. «Ma un giorno magari potresti prestarmelo...»

Voleva essere una battuta, e anche Madelene sorrise. Si chinò per darle un bacio sulla guancia.

Non era solo una battuta, e quel bacio non era solo un segno di affetto. Nell'attimo in cui si piegò appoggiò la tempia su quella di Susan. Dieci pidocchi assetati di sangue e tenaci, che lei ed Erasmus avevano preso dai lemuri rossi, e venticinque uova appiccicose e resistenti migrarono dalla steppa di Madelene alla foresta lussureggiante di Susan.

«Ne riparleremo» disse Madelene.

3

L'ippodromo di Kempton Park ha il merito di essere rimasto nello stesso posto e di non aver subito cambiamenti per venticinque anni, ma nel frattempo tutto ciò che racchiudeva si è lasciato andare: i cavalli, i fantini, persino gli spettatori. E quella mattina questo valeva soprattutto per Johnny.

Dopo che era stato rilasciato, le minacce e le duemila sterline di Andrea Burden lo avevano fatto sentire come se gli avesse dato un paio di scarpe di piombo dorate e lo avesse gettato in mare. Dopo sette settimane, si stava adagiando sul fondo.

Accanto a lui c'era Samson. Johnny lo guardò con occhi lacrimosi ma pieni d'amore. Aveva il mantello lucido, le unghie tagliate, gli occhi limpidi, il muso umido fresco. Stava dritto come sanno fare solo i dobermann, con l'aria di essere sempre in posa per una foto da calendario. Quando Johnny – molto presto – sarebbe passato a miglior vita, il furgone sarebbe stato venduto e il ricavato avrebbe assicurato a Samson un'esistenza tranquilla. In quel momento il cane era il ritratto della contentezza spensierata e della baldanza che Johnny non aveva mai conosciuto.

A un tratto accadde qualcosa. Il pelo sul dorso di Samson si rizzò e divenne simile alle setole di una spazzola dura. Il cane abbassò le orecchie e scoprì i denti, si rovesciò sulla schiena, guaì debolmente e sollevò le zampe in aria.

Johnny si chinò. Samson non era malato, non aveva le convulsioni, non si era gettato a terra perché si sentiva male. Quello era un segnale di sottomissione incondizionata.

Johnny si guardò intorno. L'unico essere vivente nelle vicinanze era un uomo fermo qualche metro più in là. Era appoggiato alla ringhiera e osservava i cavalli.

«Che ne pensa?» disse Johnny.

L'uomo si voltò lentamente.

«Come?» disse.

Udendo la sua voce Samson si immobilizzò.

«Chi vincerà?» chiese Johnny.

«Il cavallo con la gualdrappa rossa» rispose l'uomo.

Johnny tentò di mettere a fuoco quel viso. Kempton Park è una delle mete preferite dei balordi di Londra. Il viso che aveva davanti era largo e ingenuo. La faccia di un balordo. Talvolta gli idioti portavano fortuna. Johnny fece cenno a un bookmaker e puntò le sue ultime cento sterline sul cavallo con la gualdrappa rossa.

Qualche settimana prima, Johnny aveva venduto il suo binocolo perché gli tremavano le mani. Seguì la corsa a occhio nudo. Il cavallo batté di un'intera lunghezza il favorito.

Johnny incassò la vincita. Fissò quel tale.

«Come facevi a saperlo?» chiese.

L'uomo si tolse gli occhiali da sole.

«Ho fiutato gli ormoni» disse.

Quel viso aveva qualcosa di inquietante, qualcosa di familiare. Johnny si girò per allontanarsi.

L'altro lo seguì. Johnny allungò il passo. L'uomo non lo mollava. Johnny si fermò, si voltò e gli gettò metà delle banconote.

L'uomo scosse la testa.

A Johnny si rizzarono i peli sulla nuca. Non pensava al diavolo da quando era bambino. Ora sette settimane di intossicazione alcolica avevano offuscato il presente e l'avevano ricacciato nella sua infanzia. Il diavolo era venuto a prenderlo.

Infilò l'intera mazzetta nella tasca della giacca dell'uomo. Lui si avvicinò e Johnny respirò il puzzo delle fiamme infernali. Un braccio lo circondò e lo sollevò. Johnny chiuse gli occhi.

«Prendimi» disse. «Ma risparmia il cane.»

La notte di due mesi prima in cui aveva ospitato Erasmus e Madelene nel furgone era il più bel ricordo di Johnny. Nel fango che per tanti anni era stata la sua vita aveva trovato una pietra preziosa, il culmine scintillante della sua esistenza.

Sapeva che quella gioia era troppo intensa per durare. Umilmente, aveva staccato il momento dall'amo e l'aveva ributtato in acqua senza sperare in un altro colpo di fortuna. Ora l'esperienza si ripeteva, più violenta di prima. Nel furgone, intorno al tavolo sotto il quale era strisciato Samson, Johnny stava parlando con Madelene e la scimmia.

«Volevamo chiederti se possiamo restare qui per un po'» disse Madelene.

Felice e confuso, Johnny allungò la mano verso il lavello dove aveva impilato i bicchieri sporchi per far posto ai suoi ospiti. Madelene posò la mano sulla sua.

«Ci chiedevamo anche se avresti potuto farci da autista» disse. «Quindi smetterai di bere.»

Guardò Erasmus.

«Dobbiamo parlare con Bowen. Se ci riconosce chiamerà la polizia. Bisogna convincerlo a uscire dall'ospedale.»

«Forse posso riuscirci io» disse Erasmus.

Madelene mise il telefono di Johnny sul tavolo, fece il numero e porse il ricevitore a Erasmus. Quando Erasmus, udendo una voce femminile che annunciava: «Clinica veterinaria Holland Park», allontanò il ricevitore dall'orecchio e guardò dietro il telefono per vedere da dove proveniva la voce, Madelene rammentò che quella era la sua prima conversazione telefonica.

Prese il ricevitore e glielo premette dolcemente contro l'orecchio.

«Le sarei molto grato se potesse permettermi di parlare con il dottor Alexander Bowen» disse Erasmus.

«In questo momento è impegnato. Chi lo desidera?»

«Se lei volesse essere così gentile da avvisarlo che si tratta di una grossa scimmia scomparsa.»

Il veterinario impiegò cinque secondi a liberarsi dal suo impegno.

«Ricorda il signore nel cui giardino andò a prendere quella grande scimmia?» disse Erasmus. «È tornata.»

Bowen rimase in silenzio per qualche secondo.

«In che condizioni è?»

Erasmus si guardò le gambe.

«Buone» rispose. «Cosa dobbiamo fare?»

«Rimanga dov'è» disse il medico. «Vengo subito.»

La comunicazione si interruppe. Istintivamente la scimmia spostò il ricevitore per vedere dov'era finito il medico. Madelene gli porse il cappello e gli occhiali da sole. Fece una carezza a Johnny.

«Andiamo» disse.

A Dulwich Madelene ed Erasmus scesero dal furgone e percorsero cinquanta metri sotto il sole, fino alla casa dove Andrea Burden, due mesi prima, aveva visto Erasmus per la prima volta. Suonarono il campanello. Una cameriera aprì la porta.

«Mio zio non si sente bene» dichiarò Madelene. «Le dispiace se entriamo e ci sediamo un attimo?»

L'ampio ingresso aveva un pavimento di marmo bianco e nero e mobili bianchi laccati. La ragazza portò due sedie.

«Ho molta sete» disse la scimmia.

Cercava nel suo vocabolario ancora incompleto.

«Per favore, potrei avere un secchio d'acqua?» chiese.

L'uomo che si avvicinò tre mesi prima avrebbe spaventato a morte Madelene. Ora invece, dal suo nuovo punto di vista sulla società e sulla gente, lo classificò con noncuranza come una torta a strati: una base di irritazione per essere stato disturbato, uno strato di paura di eventuali ladri travestiti, uno strato di insicurezza all'idea della vicinanza fisica con degli sconosciuti, il tutto guarnito da una glassa di elegante cortesia.

«Ci scusi per il disturbo» disse Madelene. «Abbiamo chiamato un'ambulanza. Arriverà da un momento all'altro.»

L'uomo si rilassò e si rivolse alla scimmia.

«Come si sente?» chiese.

«Bene, grazie» rispose Erasmus. «Lei come sta?»

In quel momento quanto mai inopportuno Madelene apprese qualcosa di nuovo sull'uomo che amava. Era incapace – fisicamente e psichicamente – di mentire.

L'uomo batté le palpebre.

«Sono contento che lei stia meglio» disse.

«Sono contento che lei sia contento» disse Erasmus.

L'uomo cominciò a dondolarsi sui talloni. La cameriera arrivò con il secchio. Erasmus lo accostò alla bocca e bevve dieci litri d'acqua.

L'uomo smise di dondolarsi. Guardava la scimmia.

Si udì suonare il campanello. Nessuno si mosse. La porta si aprì e Alexander Bowen entrò. Indossava il camice bianco e aveva una piccola borsa di cuoio.

Abbagliato dalla luce della strada, nella penombra dell'ingresso buio vide solo il padrone di casa e la cameriera.

«Dov'è?» chiese.

L'uomo indicò Erasmus. Il medico si avvicinò e si fermò.

«Ci fa davvero piacere rivederla» disse Madelene dall'oscurità.

Lei ed Erasmus scortarono il veterinario fino alla porta. Il padrone di casa fece un paio di passi esitanti, sopraffatto da uno sconvolgente déjà vu.

Sulla soglia la scimmia si tolse il cappello e accennò un inchino in direzione della cameriera. L'uomo fissò la peluria bianca che gli ricopriva il cranio.

«Molte grazie per l'ospitalità e l'assistenza» disse Erasmus. «A lei e a suo marito.»

4

L'ambulanza era parcheggiata venti metri più in là. Salirono dietro. Sul sedile, dall'altra parte del vetro divisorio, c'erano due portantini. Madelene fece scorrere il vetro, ma fu Priscilla a dare l'ordine.

«Girate l'angolo e fermatevi» intimò.

Il medico stava ancora guardando Erasmus.

«Allora è vero» disse. «Sa parlare.»

L'ambulanza girò l'angolo e si fermò. Il medico continuava a fissare Erasmus.

«Farete soldi a palate» disse a Madelene. «Spero che abbia un buon agente. E un buon consulente fiscale.»

Ridacchiò nervosamente.

«La prima dichiarazione dei redditi sarà una barzelletta. Non ci sono leggi sui guadagni delle scimmie» disse.

Madelene passò una banconota oltre il divisorio.

«Avete una giornata di libertà» disse. «Prendete un taxi per tornare a casa e comprate dei fiori per le vostre signore.»

I due uomini scesero. Madelene chiuse le tendine grigie dell'ambulanza. Aprì la valigetta che il medico aveva portato con sé. Sul velluto azzurro c'erano una pistola ad aria compressa, una siringa e due fiale di vetro. Una conteneva un liquido verde come le foglie primaverili.

«Pentobarbital» disse Madelene. «Adam diceva che va dritto al sistema nervoso centrale. Si muore in due secondi.»

Nell'ambulanza si fece silenzio.

«Potrei gridare per chiedere aiuto» disse il medico.

Madelene non rispose.

«Suppongo che siano i risultati delle analisi che vi interessano» continuò Bowen. «Vengono dal laboratorio di genetica dell'Istituto di Biologia della Popolazione. Sono i migliori. Sono stati loro a reincrociare il cavallo di Przewalski. Si chiamano sequenze del Dna. Mettono gli pseudogeni uno accanto all'altro, e così sono in grado di vedere quante differenze fenotipiche neutrali ci sono. Le differenze rappresentano un orologio molecolare che ci dice quale distanza c'è fra due specie, quanto tempo fa si sono separate. Con questo metodo hanno stabilito quanto siamo vicini agli scimpanzé: sei milioni di anni, con una tolleranza di un milione di anni.»

Bowen tacque. Era la pausa tattica del mediatore.

«Cosa ci guadagno a raccontarvelo?» disse.

Fu la scimmia a rispondere.

«La cosa migliore che possiamo fare per lei» disse senza enfasi «è lasciarla vivere.»

Madelene notò pensierosa questa nuova espressione del candore del suo amante. Non aveva formulato una minaccia: una minaccia fa parte di un gioco, e la scimmia non aveva l'astuzia dello stratega. Aveva solo comunicato un pericoloso dato di fatto.

Il veterinario era bianco come un lenzuolo. Guardò Madelene, la scimmia, e valutò la propria situazione. Poi si arrese.

«Quando vidi questo animale – mi scusi, voglio dire lei – pensai che fosse una nuova specie di scimpanzé, lo credevamo tutti, Burden e anche sua sorella. Una nuova specie di scimpanzé, straordinaria, proveniente da una zona temperata. Partivamo da questo presupposto. Era questo che dicemmo ai tassonomisti molecolari. Che era una specie di scimpanzé. Naturalmente non ebbero nessuna immagine, solo i campioni cellulari. Hanno sequenziato trentamila geni. Ad Andrea Burden dev'essere costato una fortuna. Eppure ci siamo sbagliati. Quell'animale non era vicino allo scimpanzé. Era vicino, terribilmente vicino a noi, tanto da non riuscire a distinguere la differenza. Lei, almeno da un punto di vista genetico, non è una scimmia. È piuttosto un essere umano.»

Madelene si guardò intorno. Guardò la luce grigia sui lettini fissi, le bombole di ossigeno, i cassetti degli strumenti, le sacche e i tubi per le trasfusioni. Guardò ciò che aveva detto il medico, guardò lui e l'aria trionfante con cui li osservava. Aprì la bocca per dire qualcosa di cattivo, ma la scimmia la precedette.

«Le siamo molto grati» disse tranquillamente. «Ci permettiamo di pregarla di farci ancora un piccolo favore, ovvero di portarci dal signor Bally.»

«Non ho con me la patente» protestò il medico. «Non mi siedo al volante da dieci anni. E non ho mai sentito nominare quel tale.»

Madelene e Priscilla sollevarono con cautela la fiala verde.

«Dovrà farlo» disse. «Altrimenti sarò costretta a chiederle di ingoiare questa.»

5

In quel particolare momento, l'uomo che fino a poco tempo prima si chiamava Bally era soddisfatto. Le Autorità Portuali lo avevano ripescato dal Tamigi, era stato identificato e quindi tenuto in isolamento per tre settimane, dopodiché aveva ricevuto la visita di Andrea Burden. Era stato rilasciato e gli era stata restituita l'*Arca*, che da sola, senza contare le attrezzature veterinarie valeva mezzo milione di sterline. Di lì a tre giorni, dopo aver fornito la sua testimonianza in cambio dell'immunità, sarebbe salpato verso un obiettivo che per la prima volta in tanti anni non era esclusivamente economico, e che lo riempiva di un desiderio speranzoso sconosciuto. Bally aveva deciso di catturare una scimmia come quella che gli era scappata. Non voleva venderla: voleva solo stare seduto ancora una volta di fronte a lei nello spazio angusto del pozzetto, incontrare di nuovo una creatura come Erasmus.

Negli ultimi mesi spesso aveva rivissuto col pensiero gli ultimi minuti che aveva trascorso con la scimmia. La sua mente stava indugiando proprio su quel ricordo, mentre lui se ne stava appoggiato al boma che lo aveva gettato fuori bordo, quando un'ambulanza della clinica veterinaria Holland Park arrivò sulla banchina e si fermò.

Una donna che indossava un camice azzurro scese e si diresse verso la barca.

Senza muovere il resto del corpo, Bally infilò la mano

nel portello e staccò da due ganci un fucile da caccia con la canna tagliata subito dopo l'impugnatura. La donna non aveva un aspetto minaccioso, ma Bally non la aspettava, ed era stato il suo approccio cauto e disinvolto a tutto quanto è inatteso che aveva fatto di lui un principe nel regno insidioso abitato da chi si guadagnava da vivere violando la convenzione di Washington.

«Signor Bally, c'è qui il dottor Bowen» disse la donna.

Bally annuì cortesemente. Poi salì sulla banchina e la seguì, tenendo il fucile lungo il fianco come un lucido ombrello chiuso.

Un uomo, anch'egli con un camice azzurro, aprì la portiera posteriore dell'ambulanza. Bally guardò verso il posto di guida, e riconobbe Alexander Bowen. Piegò la testa per entrare.

«Mi scusi» disse Erasmus indicando l'arma. «Sarebbe troppo chiederle di lasciarlo fuori?»

Bally guardò Erasmus. Percepì il pericolo, ma non riuscì a identificarne l'origine.

Si chinò con un sorriso affabile e appoggiò il fucile alle bombole dell'ambulanza. Poi sferrò un calcio a Erasmus.

Non sono molti gli uomini che possono vantarsi di aver atterrato con un calcio sulle zampe un giovane rinoceronte infuriato di settecento chili, ma Bally era uno di loro. Colpì la scimmia sull'esterno del ginocchio destro, la gamba cedette ed Erasmus cadde senza emettere alcun suono.

Bally mirò alla testa della scimmia.

Il primo calcio era stato eccellente, ma Bally aveva usato la gamba sinistra, il suo lato debole. Il secondo calcio, dato con la destra, staccò il paraurti dalla carrozzeria del veicolo, ma non sfiorò nemmeno Erasmus, perché Erasmus, cosa che Bally non riuscì a spiegarsi, si era spostato di mezzo metro.

Senza perdere di vista la scimmia, Bally allungò un braccio verso il fucile, ma non fece in tempo a usarlo. Non fece nemmeno in tempo ad alzarlo. Nel momento in cui Bally ritrovò l'equilibrio, Erasmus si mosse.

Gli diede una manata che se fosse venuta da un uomo sarebbe stata uno schiaffetto. Ma non veniva da un uomo. Colpì Bally con la forza di un martello pneumatico, con un rumore che sembrava uno sparo, e lo scagliò contro la portiera dell'ambulanza.

Bally perse momentaneamente conoscenza, e sarebbe caduto se la scimmia, veloce come il lampo, non lo avesse preso per il collo e tenuto in piedi.

Quella stretta gli impedì di respirare, e la sensazione di soffocamento lo fece rinvenire. Spalancò gli occhi e fissò il volto della scimmia, sempre più vicino. Quando Erasmus fu a pochi centimetri dalla giugulare di Bally, aprì la bocca. Bally sentì il suo fiato, il calore della gola, vide il luccichio dei canini conici lunghi cinque centimetri.

«Erasmus!» gridò Madelene.

Erasmus lasciò la presa. Bally crollò a terra.

Alexander Bowen si era rannicchiato sul sedile.

«Vi riterrò responsabili» disse. «Mi risarcirete qualsiasi danno arrecato al veicolo o alle attrezzature.»

La scimmia adagiò Bally sul lettino. Madelene afferrò il telefono dell'ambulanza.

6

Mezz'ora dopo qualcuno bussò alla portiera dell'ambulanza. Erasmus aprì e Johnny salì tirandosi dietro un Samson impaurito. Diede un'occhiata a Bally e si sedette.

Passò un quarto d'ora senza che nessuno parlasse. Bussarono di nuovo. Erasmus fece entrare Firkin, l'odontoiatra veterinario. Cinque minuti dopo bussarono ancora.

«C'è un limite al numero di passeggeri che possono essere trasportati da questo veicolo» disse il dottor Bowen. «Se mi fanno una multa...»

Erasmus aprì. Era Susan.

«Ho dovuto portare anche i bambini» disse.

In uno spazio ristretto, tutte le relazioni si rafforzano e si chiariscono. Nell'ambulanza c'erano dieci individui: sei adulti, due bambini, un cane e una scimmia. Erano lì perché vi erano costretti, o perché Madelene li aveva convocati senza dare spiegazioni. La guardavano, storditi come passeggeri di una nave troppo piccola che segue una rotta incerta su un mare agitato.

«Dopodomani» esordì Madelene, «Adam sarà nominato direttore del nuovo zoo di Londra. Durante la cerimonia terrà un discorso e racconterà tutto ciò che sa di Erasmus. Io sono stata sua moglie. Ho imparato che quando si vuole sapere troppo e troppo in fretta si finisce per annientare l'oggetto del proprio interesse. Ho pensato che forse noi potremmo convincerlo a non dire niente.»

Aveva parlato con voce sommessa, ma loro l'avevano ascoltata con attenzione. I bambini avevano dimenticato il cane, il cane aveva dimenticato la scimmia, Bally aveva dimenticato i suoi lividi, Johnny aveva dimenticato la sua crisi di astinenza.

«Possiamo telefonargli. Ora. Ognuno di noi gli dirà qualcosa, molto brevemente. Così capirà che ci siamo alleati, che abbiamo unito le nostre forze e le nostre conoscenze, e che se non desisterà colerà a picco.»

Alzò il ricevitore.

La segretaria di Adam Burden aveva avuto due mesi per dimenticare e riprendersi, eppure, quando riconobbe quella voce bassa, rauca e penetrante, si rese conto che sicuramente era migliorata, ma niente affatto guarita.

«È fuori città» disse. «Nessuno sa dove sia andato. È partito con la sorella per preparare l'inaugurazione. Non posso aiutarla, mi dispiace.»

Madelene rimase immobile, con il ricevitore premuto sull'orecchio. Non cercò di indagare, sapeva che la segretaria non stava mentendo.

«Cosa farà dopodomani, prima della cerimonia?»

«Andrà direttamente allo zoo. Ci saranno dei controlli all'ingresso e sono stati mandati solo duecento inviti personali. Ma posso fissarle un appuntamento per dopo...»

La voce della segretaria era incrinata dal pianto.

«Dopo sarà troppo tardi.»

Madelene riattaccò.

Gli altri la guardavano. Lei percepì la loro incertezza. A un tratto le sembrò una follia aver riposto tutte le sue speranze in un simile equipaggio. In fondo non erano che bambini, cani, ciarlatani, contrabbandieri e alcolizzati. Una banda di perdenti, e lei, che aveva riunito quei relitti umani, non era da meno. Si sedette.

La scimmia le posò una mano sulla coscia. Una mano asciutta, calda e molto ferma. Lei si rilassò, e gli altri con lei.

La calma della scimmia li avvolse. Come il levarsi di un vento propizio, improvvisamente la loro attesa si rivelò fertile.

Fu Susan che alla fine parlò.

«Ma certo!» esclamò. «Frank e io siamo invitati, è ovvio. Possiamo portare con noi anche un'altra coppia.»

Madelene fissò l'amica.

«Tu andrai al mio posto con Johnny e questo signore pieno di lividi» disse Susan. «Quando Adam ti vedrà... lo conosco, conosco gli uomini, Adam è molto prudente, se gli regali una mela non la morderebbe prima di averla fatta analizzare. Quando ti vedrà...»

Tutti voltarono la testa verso Madelene. Adam Burden era sempre stato un enigma per tutti. Madelene era stata sposata con quell'enigma. Ora volevano che lei lo risolvesse.

Lei guardava nel vuoto.

«Credo che Adam non abbia mai nutrito un vero interesse nei confronti degli animali» disse. «Forse per lui erano dei puntelli. Appena scorgerà me, Johnny e Bally fra gli spettatori, comprenderà che può solo lottare per rimanere a galla.»

Tutti ascoltavano in silenzio, assorti, come l'equipaggio di un vascello che abbandona le calme equatoriali. L'ambulanza cominciava a beccheggiare. Si era alzato il vento.

Madelene accompagnò la sua amica e i bambini fino all'automobile.

«Cosa cercava Adam in realtà?» chiese Susan.

«A volte penso che si trattasse di me.»

«E ora?»

Madelene guardò davanti a sé con l'espressione di lucidità conquistata a caro prezzo che è prerogativa di chi ha puntato la sua esistenza su un'altra persona, ha perduto tutto e ha scoperto che c'è vita anche al di là del grande fallimento.

«Sarà sempre stato troppo occupato per porsi questa domanda» disse.

Susan fece salire i bambini in auto.

«Cosa dirai se tuo marito vorrà sapere dove sono stati?» chiese Madelene.

Susan si grattò la testa. Dal giorno prima le prudeva il cuoio capelluto.

«Sai una cosa?» ribatté. «Il loro padre sarà sempre troppo occupato per fargli questa domanda.»

Erasmus accompagnò Bally alla barca, lo aiutò a scendere nel pozzetto e lo seguì.

«Quando parlerà il signor Burden?» disse la scimmia.

«Dopodomani, venerdì.»

«Quante volte bisogna dormire prima che sia venerdì?»

«Due» rispose Bally.

«Forse lei sa dove parlerà?»

Bally evitava lo sguardo di Erasmus. Sapeva che faceva sul serio. Prese l'elenco telefonico dallo scaffale, trascrisse il numero e l'indirizzo dello zoo su un foglietto e lo porse alla scimmia.

Erasmus rimase immobile.

«In quel libro si può anche vedere dove abitano le persone?»

Bally annuì.

«Potrebbe cercare qualcuno per me?»

Con deliberata lentezza disse a Bally il primo nome.

Solo quando sul foglio ci furono dodici indirizzi con i relativi numeri di telefono la scimmia lo prese, lo piegò senza guardarlo, e lo mise in tasca. Poi si alzò. Aveva ancora in mano il fucile con le canne tagliate. Lo sollevò all'altezza degli occhi.

«Nel posto da dove vengo» disse, «abbiamo l'abitudine di farci dei regali. Quando... ci si capisce.»

Strinse il fucile con le due mani. I muscoli dei polsi si tesero. Con una serie di schiocchi soffocati di viti che saltavano, legno che si spezzava e tiranti strappati, i due mozziconi cilindrici delle canne si curvarono fino a toccare il calcio. Erasmus posò l'arma sul sedile.

«Vorrei pregarla di non raccontare a nessuno che siamo

stati qui» disse. «E di fare in modo che venerdì, quando avremo dormito due volte, alla signora Burden non accada nulla.»

La scimmia risalì sull'ambulanza vuota. C'era solo Alexander Bowen.

«Qualcuno noterà la mia assenza» disse il veterinario. «Mi cercheranno.»

La scimmia si sedette.

«Nessuno si accorgerà della sua assenza» replicò. «Lei non ha amici.»

L'aria perennemente sospettosa del medico lasciò il posto a uno sguardo attonito. La sincerità chiaroveggente della scimmia era più efficace di qualsiasi minaccia.

«È vero» ammise. «Nemmeno uno. Non è terribile?»

«Forse può trovarlo.»

«È troppo tardi.»

La scimmia tolse dalla tasca il foglio che le aveva dato Bally, lo aprì e indicò l'ultima riga.

«Questo posto» disse. «Se lei mi verrà a prendere lì, con l'ambulanza, prima dell'alba, dopo che avremo dormito due volte, sarà un buon inizio per avere un amico.»

«Sarebbe un'azione illegale. Siete ricercati.»

Negli occhi della scimmia brillò lo sguardo malizioso che Madelene conosceva bene.

«Del resto» disse, «nel vostro mondo nessuno fa niente per niente.»

Accadde qualcosa di sconcertante. Il volto di Alexander Bowen si contrasse in una smorfia che forse era l'inizio, inibito e forzato, ma sincero, di un sorriso.

«Vedo che lei comincia a capire come vanno le cose da queste parti» disse.

7

La luna piena aveva sempre fatto uno strano effetto a Madelene. In passato le dava la voglia di vagare senza meta, di bere un litro di alcol puro, di avere tre amanti in una notte. Ora la rendeva limpidamente felice.

Era sdraiata sull'ampio letto nel furgone di Johnny, e ogni quarto d'ora la luce della luna la scuoteva dolcemente perché potesse assicurarsi che Erasmus era accanto a lei.

Quando si svegliò per la decima volta lui non c'era più.

Dall'altra parte della parete che la separava dalla cabina di guida sentiva il profondo respiro di Johnny e di Samson. Nemmeno il cane lo aveva sentito andare via.

Nei minuti che seguirono Madelene sperimentò una ricaduta, una vera e propria caduta fisica all'indietro in un'incertezza che aveva dimenticato. In rapida successione le si presentarono le emozioni che aveva creduto di essersi lasciata alle spalle: la gelosia corrosiva, l'ira accecante, l'amara sete di vendetta, la fragile autocommiserazione, la sanguinante vanità. Tutte le maschere dell'odio di sé arrivarono come a una nera festa di mezzanotte.

Appena furono davanti a lei, Madelene fece un discorso, un discorso breve ma definitivo.

«Lui pesa centocinquanta chili» disse. «Conto sul fatto che se mi ama potrà sopportare anche voi.»

Aveva parlato silenziosamente, con gli occhi chiusi. Li riaprì. Il furgone era vuoto. Gli ospiti erano svaniti. Dal tetto di vetro scendeva un cono azzurrino di chiarore lunare.

La luce fu oscurata dall'ombra di Erasmus.

Non si udì alcun suono, Madelene percepì soltanto un debole movimento del materasso e della coperta. Lui era lì.

Lei non aprì gli occhi. Non disse niente. Si limitò ad allungare una mano e far scivolare le dita sul fitto pelame. Nel profondo dell'anima, per la prima volta in vita sua, accettò il fatto che non si può comprendere completamente nemmeno la persona che si ama.

8

L'auditorium era troppo grande per le duecento persone che quel venerdì pomeriggio di fine luglio erano riunite per l'inaugurazione del nuovo zoo e per festeggiare il suo direttore. Il motivo era che gli ospiti erano stati selezionati con la massima cura. Nessuno era stato invitato per i suoi meriti individuali. Erano lì perché rappresentavano centinaia o migliaia di altri, o perché controllavano grandi capitali, importanti poteri politici o amministrativi, enormi ricchezze o un vasto sapere, o perché riassumevano in sé l'opinione dei più. Ciascuno di loro era il simbolo di un aspetto dell'atteggiamento della società nei confronti degli animali.

C'erano i rappresentanti del Comune di Londra e del governo, le dodici maggiori associazioni per la protezione degli animali, l'associazione dei giardini zoologici d'Inghilterra e d'Europa nonché degli zoosafari, le facoltà di scienze naturali delle università britanniche, gli investitori e gli sponsor, la polizia veterinaria, l'ente per il turismo, l'Istituto di architettura, l'associazione dei musei zoologici, l'Ordine dei veterinari, il Wwf. La famiglia reale era rappresentata dalla principessa Anna, patronessa dell'Accademia di zoologia.

I ventidue giornalisti accreditati e le tre reti televisive prescelte avrebbero trasmesso l'avvenimento alla nazione e a tutto il pianeta; quel pomeriggio, infatti, sarebbe stato un momento di celebrazione per il mondo intero.

La cerimonia era una commovente dimostrazione di unità di intenti. Un gruppo di cittadini facoltosi e di proprietari, un apparato statale e la popolazione di una metropoli – in una società per molti altri aspetti spietata – erano rinsaviti e avevano donato un'oasi di pace al mondo, a se stessi e agli animali selvatici. Un'occasione esaltante al pari di un avvenimento sportivo internazionale, ma privo dell'aggressività nazionalista delle manifestazioni agonistiche. Il mondo quel giorno gioiva, da Tristan da Cunha alle Spitsbergen aveva atteso con impazienza quella cerimonia come l'inizio del carnevale di Rio, quasi con la stessa emozione suscitata dal cinquantenario della vittoria o dalla caduta del Muro di Berlino.

Londra lo sapeva, sapeva che quel giorno era da sola sul podio, e perciò l'allegria era volutamente smorzata. Come una modella un po' frivola cosciente del fatto che nessuno le ruberà i riflettori, la città sfilava di fronte agli occhi del mondo con un quieto sorriso, indossando un abito di gusto squisito ma semplice, a beneficio delle specie animali in pericolo.

Quell'irresistibile ottimismo era penetrato anche nei luoghi dove si vive aspettandosi il peggio e aveva contagiato persino le squadre speciali della polizia metropolitana che erano responsabili della sorveglianza dell'auditorium. Madelene, Johnny e Bally, mostrando gli inviti e i documenti di identità procurati da Susan, riuscirono a superare senza difficoltà i due primi punti di controllo nei cordoni di sicurezza che la polizia aveva teso intorno a Regent's Park, Primrose Hill e Albert Terrace.

Johnny e Bally indossavano per la prima volta in vita loro un abito da cerimonia. Sembravano, e si sentivano, due pinguini esiliati ai tropici, e in effetti quel pomeriggio la temperatura era tropicale. Il sole ardeva in un cielo senza nuvole; accanto ai due uomini, col vestito prestatole da Susan, Madelene sembrava un pappagallo dell'Amazzonia, con il piumaggio lucido e sgargiante.

All'ingresso della sala c'erano due guardie e una donna che accoglieva gli ospiti, apparentemente per dare loro il benvenuto, ma in realtà per verificarne l'identità.

La donna era la segretaria di Adam.

Riconobbe Priscilla e ammutolì.

«Lui afferma di non conoscerla» disse. «Gliel'ho appena chiesto. Non l'ha mai sentita nominare.»

«Lo dicono tutti quelli che hanno avuto un'avventura» rispose Madelene. «Anche suo marito, immagino.»

La segretaria arretrava, passo dopo passo.

«Io vivo sola da anni» disse.

Si fermò e fece appello a tutto il suo coraggio.

«Lei non può più minacciare di andare da sua moglie» dichiarò.

Le due guardie si stavano avvicinando. Madelene si chinò in avanti.

«Mi guardi» disse.

La segretaria la guardò. Madelene si tolse gli occhiali da sole. La segretaria fu investita da un'ondata di calore, diversa dalla calura della giornata, un fronte caldo accompagnato da un sentore di bruciato, come in una sauna.

«Priscilla non esiste» disse Madelene. «Non è mai esistita. Sono solo io, Madelene Burden. *Devo* entrare. È una questione di amore. Non lo vede?»

Le due guardie erano già lì. Bally e Johnny erano immobili sul pavimento di marmo.

La segretaria raddrizzò le spalle.

«Siamo felici di averla qui» disse. «Si accomodi, prego.»

Le guardie se ne andarono, la segretaria si fece da parte, due porte di vetro vennero aperte. La strada era libera.

Nello stesso istante, ad Albany Street, poco lontano da Gloucester Gate, si fermò un'ambulanza della clinica Holland Park. Al volante c'era Alexander Bowen, con un camice azzurro sopra l'abito da cerimonia. Dietro, sul lettino, era inginocchiato Erasmus, ancora in maglietta, giacca, pantaloni da karate e occhiali da sole.

«Hanno chiuso la strada» disse il medico. «Ci chiederanno i documenti. E lei non ne ha.»

Aveva la voce impastata, gli tremavano le mani. Era terrorizzato come non gli accadeva dai tempi dell'esame di Stato.

«Potrei pregarla di accendere la luce sul tetto?» disse la scimmia. «Quella che lampeggia e fa ba-bu.»

Il medico mise in funzione il lampeggiatore e la sirena.

«Se poi volesse farmi la gentilezza di andare forte.»

Con una partenza fulminante, l'ambulanza si diresse verso l'ingresso del nuovo zoo di Londra.

Un agente fece segno di fermarsi.

«Perderò tutto» disse il medico.

Erasmus si tolse gli occhiali da sole. La sua voce aveva una calma quasi passiva.

«Sta trasportando una scimmia malata» disse.

Bowen abbassò il finestrino.

«È un'emergenza» disse. «Una scimmia. Sta morendo.»

L'agente infilò la testa nel finestrino e sbirciò. Bowen chiuse gli occhi. Non accadde nulla. Bowen guardò nello specchietto.

Erasmus era disteso sul lettino, sotto un lenzuolo bianco, con una maschera per l'ossigeno sul volto rasato.

L'agente si ritrasse.

«Vi faccio accompagnare da una motocicletta» disse. «Spero che arrivi in tempo.»

Scortata da un poliziotto, l'ambulanza superò il secondo blocco, all'interno dell'Outer Circle.

«Lei sta imparando» disse Bowen. «Sta imparando che con l'onestà non si va da nessuna parte.»

Fece cenno al poliziotto di fermarsi e rallentò passando davanti all'auditorium. Le porte erano chiuse. Fuori c'erano la segretaria di Adam, gli addetti alla sicurezza e una fila di ufficiali in alta uniforme.

«Là dentro ci sono duecento fra le persone più influenti del paese» disse Bowen. «Non ce la farà mai.»

Girò l'angolo e si fermò. Quando aprì la portiera, Erasmus scese con addosso un camice azzurro, e un grembiule e una cuffia verde da chirurgo. In mano teneva un estintore, nelle tasche aveva infilato un assortimento di strumenti luccicanti.

«Mi sono vestito da medico» disse.

Alexander Bowen prese l'estintore e gli tolse il grembiule e gli strumenti.

«Il modo migliore per sembrare uno scienziato» disse «è usare tutti i mezzi a disposizione fingendo di non esserne cosciente.»

Tolse la cuffia dal cranio della scimmia.

«Ora lei assomiglia a un primario» disse. «Più della maggior parte dei primari.»

Erasmus gli prese la mano.

«Voglio ringraziarla adesso» gli disse. «In caso non ci vedessimo più. Lei ha fatto il primo passo per trovare un amico.»

Si stava allontanando ma Bowen lo fermò.

«A proposito dell'analisi del Dna» disse. «C'era qualcos'altro.»

Strinse la cuffia fra le mani.

«Non volevo dirlo alla moglie di Burden, cioè, alla ex moglie. So cosa avrebbe pensato: la scienza ha partorito il solito topolino e l'ha scambiato per una perla rara. Ma lei deve saperlo. Il fatto è che è molto difficile vedere la differenza fra il cervello delle grandi scimmie e il nostro. Un cervello di scimpanzé è pressoché identico al nostro. Ma in generale, più circonvoluzioni possiede, più grande è il neopallio, più intelligente è l'animale. Il suo cervello, me ne sono accorto subito, appena la signora Burden, cioè, la sua amica, mi ha mostrato le immagini, è quello che ha il maggior numero di circonvoluzioni mai visto. Il lobo frontale più sviluppato. Non abbiamo avuto occasione di parlare del suo modo di vivere. Probabilmente non l'avremo mai. In ogni caso, voglio dirle che lei... ovvero i suoi progenitori, la sua specie, dopo essersi separata da noi, un milione di anni fa, sulle rive del Turkana, si spostò a nord.

Poi ci ha superato. Ci siamo sbagliati completamente, Burden, sua sorella e io. Speravamo di ottenere dei dati su uno degli ominidi che hanno preceduto l'uomo. In realtà lei non è qualcosa che ci precede. Lei, semmai, è ciò che viene dopo di noi.»

9

Quel pomeriggio nemmeno Adam Burden rappresentava soltanto se stesso. Era il simbolo dello storico patto siglato dalla società, dalla famiglia reale, dal mondo della zoologia e dagli investitori per creare il nuovo giardino zoologico. Incarnava il mito dell'uomo eccezionale che raggiunge risultati straordinari. Inoltre, da quando sua moglie era stata rapita e probabilmente uccisa da una scimmia impazzita, portava le stimmate dello scienziato che si sacrifica per la causa, e le portava umilmente, come avevano fatto Livingstone con la sua malaria e Darwin con la sua salute cagionevole dopo la circumnavigazione del globo.

Certe situazioni possono rendere una persona più imponente di quanto non sia, e Adam era cresciuto. Madelene se ne accorse appena lui si fece avanti e attraversò il podio. Non era più solo un uomo molto attraente; l'autorità e il prestigio lo avevano reso carismatico.

Quando si accostò al leggio e guardò i visi rivolti verso di lui e le superfici nere delle telecamere che mostravano la sua immagine a milioni di spettatori, sembrò ancora più alto. In quell'istante scorse Madelene.

Impallidì come per un'emorragia improvvisa, e sarebbe caduto se una mano non lo avesse sorretto afferrandolo per un braccio. Andrea Burden era apparsa al suo fianco. Con l'altra mano spense l'impianto di amplificazione. Lei e Adam erano ancora visibili, ma nessuno poteva udirli.

«C'è Madelene» balbettò Adam. «È qui con Bally e c'è anche l'autista.»
«Sono formiche» disse Andrea Burden. «Laboriose, ma pur sempre formiche.»
«E la stampa?»
Sotto la spinta delle circostanze, l'istinto autoritario di Andrea Burden si aprì come un fiore di loto. Prese tempo, molto tempo. Al pari di un allenatore, che, come una madre con un neonato, colma di attenzione il campione dei pesi massimi rintronato dai colpi per convincerlo ad affrontare e a vincere l'ultimo round, Andrea accarezzava la schiena muscolosa di Adam e gli sussurrava all'orecchio parole chiare e suadenti.
«Siamo in Inghilterra» mormorò. «Non riusciranno a parlare con la stampa. In ogni caso, Toby farà in modo che non pubblichino nulla. Toby sarebbe capace di censurare la notizia della fine del mondo, se venisse ritenuta un pericolo per la sicurezza nazionale.»
Adam chiuse gli occhi per un istante. Poi rinunciò ai propri timori e alla propria volontà e, almeno così parve, finalmente si lasciò avvolgere da un abbraccio sicuro e fidato.
Accese i microfoni.
«Vostra Altezza Reale» esordì, «signore e signori, stimatissimi ospiti. La natura è generosa.»
Gli spettatori lo avevano visto barcollare e avevano trattenuto il fiato. A quelle parole tirarono un respiro di sollievo. Udendo la propria voce, Adam si erse in tutta la sua statura come una vera star. Il testo provato davanti allo specchio e la coreografia dei gesti si aprirono davanti a lui come un'autostrada. Alzò lo sguardo e premette sull'acceleratore.
«È con immenso piacere che vi do il benvenuto nel Nuovo Giardino Zoologico di Regent's Park, il più vasto, il più moderno zoo urbano del mondo.»
Le pareti e il tetto della sala erano di vetro ed erano rivestiti da un sistema di tapparelle di acciaio. Le tapparelle

si aprirono lentamente. Alle spalle di Adam, dietro la parete di fondo della sala, apparvero il giardino zoologico, i suoi recinti, le giungle, la savana, i laghi e le rocce.

«È un accordo» disse Adam. «Un'alleanza fra la civiltà tecnologica e la natura. Una prova della possibilità di una coesistenza pacifica fra animali e uomini. Un miracolo tecnico. Eppure tutto ciò è un risultato modesto in confronto a quello che vedrete ora.»

Una diapositiva venne proiettata su uno schermo di otto metri per quattro. Una foto di Erasmus scattata nel giardino d'inverno di Mombasa Manor, con le piante come sfondo e un'illuminazione che ricordava l'alba nella foresta pluviale.

«Ho l'onore e il dovere di informarvi della più importante scoperta zoologica di questo secolo, forse di tutti i tempi. Un mammifero sconosciuto che assomiglia all'uomo più dello scimpanzé. Una scimmia antropomorfa dotata di una grande intelligenza.»

Adam aveva progettato il discorso come una visita guidata emotiva. Dopo aver creato un senso di attesa con l'introduzione e un climax temporaneo grazie all'immagine di Erasmus, avrebbe spiegato brevemente che non poteva mostrare l'animale in carne e ossa perché si trattava della scimmia che aveva rapito sua moglie. Poi avrebbe riassunto i dati della documentazione scientifica.

Invece non riuscì ad andare oltre l'introduzione. Mentre apriva la bocca e allargava le braccia, percepì un aumento della tensione in sala, una tensione che lo scavalcava, diretta verso qualcosa alle sue spalle. Si voltò.

Dietro l'auditorium sorgeva una costruzione che a prima vista sembrava una grande serra, ma che in realtà era la parte visibile del grandioso recinto destinato all'*Homina londiniensis*. Sul tetto della costruzione c'era una figura vestita di azzurro. Nell'attimo in cui Adam si voltò, la figura fece un passo indietro, prese una breve rincorsa e si lanciò nel vuoto.

Era un salto fantastico, perfetto: aveva l'elasticità di un

tuffo dal trampolino, lo slancio dell'uomo proiettile e una traiettoria suicida che puntava verso la parete di vetro dell'auditorium.

L'atterraggio fu morbido come quello di una mosca su una zolletta di zucchero. Per un istante l'uomo – ora videro che si trattava di un uomo – rimase appeso alle aste d'acciaio. Poi si arrampicò fino al tetto, dove c'erano delle finestre aperte, come un corridore su una pista.

Allo scopo di accrescere l'armonia e la leggerezza dell'edificio, la struttura portante del soffitto era scoperta: un sistema esagonale di sottili tubi d'acciaio, non dissimili dai bordi delle cellette di un alveare. L'uomo azzurro se ne servì per arrivare a uno dei cavi che sostenevano i moduli dell'illuminazione. Si lasciò scivolare fino alla lampada e atterrò accanto al leggio.

In sala c'erano quindici poliziotti armati, e ognuno di loro avrebbe potuto sparare all'intruso, ma nessuno lo fece, perché non era possibile considerarlo una minaccia. Adam, l'uomo sul podio, irradiava sicurezza, gli ospiti irradiavano sicurezza, come i giornalisti e gli stessi poliziotti. Tutto l'edificio, tutto il giardino zoologico erano travolti da un ardente ma ben controllato flirt con la natura e la sua ferocia.

Adam fece due passi indietro. L'uomo vestito di azzurro si accostò al leggio. Raddrizzò la schiena; per un attimo rimase fermo e scrutò i presenti. Poi afferrò il camice, se lo sfilò e si tolse i pantaloni bianchi. Era lei, la scimmia Erasmus, era davanti a tutto il mondo, nudo, peloso, con le gambe corte, colossale.

Fino a quel momento il pubblico della sala era stato allibito e confuso. Ora tutti compresero. Si trattava di una scena programmata, faceva parte del discorso di Adam. Un esempio delle incredibili tecniche di addestramento di cui avevano sentito parlare e che avevano visto a Londra e allo zoo di Glasgow. Era una vera e propria presentazione dal vivo di una scimmia straordinaria, non solo trovata e catturata dagli scienziati inglesi, ma anche già domata e ammaestrata.

L'applauso esplose incontenibile. Battevano le mani i poliziotti, i giornalisti, sembrava non finire mai. Si smorzò solo quando la scimmia prese un microfono.

«Siamo venuti per salutarvi» disse.

Gli spettatori in sala rimasero impietriti, anzi, erano come senza vita. Il loro benessere e la loro visione del mondo erano basati sulla convinzione che gli orrori del mondo possono essere identificati, localizzati e delimitati. Ma l'animale che vedevano parlava un inglese perfetto, con una voce profonda, e questo linguaggio improvvisamente li incalzava – come la disoccupazione, come la minaccia della guerra, come l'Aids, come l'inquinamento.

«Nel posto da dove veniamo» continuò Erasmus «abbiamo l'abitudine di dire che se una... persona è distesa a terra, bisogna porgergli la mano. Se la rifiuta, bisogna porgergliele entrambe. Se le rifiuta, bisogna comunque aiutarlo a rialzarsi. Ma se proprio non vuole il nostro aiuto, bisogna lasciarlo dov'è. Spero di non offendere nessuno se dico che voi siete distesi a terra, tutti. È per questo che decidemmo di provare, ma è andata male. Ci siamo sbagliati.»

Gli spettatori stavano rabbrividendo, nonostante la calura pomeridiana. Tremavano nei loro abiti e nelle loro mantelline, con i loro gioielli e le loro medaglie, le telecamere e le armi.

«Abbiamo tentato in molti paesi contemporaneamente, e il mio tentativo era l'ultimo.»

Erasmus si girò lentamente a destra e a sinistra come un modello sulla passerella. Gli spettatori videro chiaramente le cicatrici delle operazioni, i segni dei morsi, le bruciature non ancora guarite e le numerose chiazze rasate dove erano stati fissati gli elettrodi di Adam.

«Ho tentato di adeguarmi» disse la scimmia, «ci abbiamo provato tutti, ma non ha funzionato. Ora siamo tutti d'accordo, non è ancora giunto il momento. Non possiamo fare altro, per questa volta. È troppo... difficile. Torneremo a casa.»

Nella sala ci fu un movimento. Il preside di una facoltà dell'Università di Londra salì sul podio. Era un personaggio molto conosciuto, che si era precluso per sempre la possibilità di diventare rettore con il suo atteggiamento critico rispetto al disprezzo del mondo scientifico per il concetto di responsabilità globale. Si mise accanto al leggio e per un attimo rimase fermo, immobile, un uomo alto, con la barba grigia. Poi infilò una mano sotto il risvolto del frac, afferrò lo sparato e lo strappò via. Il petto era villoso, ma non come quello di un uomo, era coperto da un pelo biancastro, ondulato, lungo come un parruccone a riccioli. Il preside si tolse la giacca, si aprì i pantaloni e li sfilò. Era nudo a fianco del leggio, con addosso solo un paio di enormi scarpe di vernice. Una scimmia, un essere uguale a Erasmus, ma più grande, più vecchio, canuto.

Una donna lo raggiunse, una donna alta e robusta, una celebrità; vicepresidente dell'accademia di zoologia, un personaggio pubblico, portavoce del movimento animalista, un'intellettuale, una sostenitrice della totale abolizione degli esperimenti sugli animali, la persona che più di ogni altra si era adoperata per far aderire cinquantadue nazioni al progetto che aveva dato alle scimmie antropomorfe lo stesso status giuridico, economico, etico e sociale delle persone con handicap mentali. Come il preside, anche lei rimase immobile per un attimo.

Nella sala risuonò un grido straziante, implorante. Era il marito che cercava di farsi largo fra la gente per impedire ciò che stava per accadere. Non ci riuscì, tutti erano come congelati ai loro posti, simili a ghiaccioli, e gli sbarravano la strada.

La donna si sfilò il vestito e lo gettò via. Aveva il volto rasato, ma per il resto aveva un pelo lungo, e indossava solo un paio di mutande talmente grandi che avrebbero potuto essere state ricavate da una vela.

Due funzionari del ministero dell'Agricoltura avanzarono nella sala. I duecento ospiti non li conoscevano, ma nel loro ambiente avevano una pessima fama. Da molto tempo erano stati isolati e messi in condizione di non nuocere politicamente perché non si stancavano mai di sottolineare il fatto che la questione della sopravvivenza degli animali selvatici non può essere separata in alcun modo dal problema dell'insaziabile materialismo dei paesi ricchi. I due furono seguiti da un poliziotto, due guardiani dello zoo e un produttore televisivo, persone che fino a quel momento erano volti anonimi per i duecento ospiti. Tuttavia, chi li aveva frequentati per lavoro li aveva temuti e ne era stato attratto a causa della loro incomprensibile, radicale sincerità simile a un monito pacifico e instancabile che diceva che in un modo o nell'altro nella vita moderna c'è qualcosa di profondamente sbagliato. La gente si spostò e la piccola processione salì sul podio. Si tolsero le giacche e gli abiti da cerimonia, le uniformi, le armi e le tessere della stampa. Erano tutte scimmie.

In seguito, durante l'inchiesta, nessuno fu in grado di ricordare quante scimmie erano allineate sul podio, ma tutti ritenevano che fossero molte, fra le cento e le duecento.

In realtà erano dodici. Non si muovevano, eppure sollevarono una tempesta che soffiò nel cervello degli ospiti, una tempesta di immagini di leoni, mostri preistorici, serpenti, draghi, cani rabbiosi, coccodrilli e mandrilli pazzi, l'intero museo degli orrori della loro infanzia.

Erasmus prese il microfono.

«Quando ce ne saremo andati» disse, «ci dimenticherete. Almeno finché non torneremo. Nel frattempo c'è solo una cosa che vi prego di ricordare, cioè quanto sia difficile sapere dove finisce ciò che chiamate uomo e comincia ciò che chiamate animale.»

Si allontanò dal leggio e per un istante le dodici scimmie rimasero immobili una accanto all'altra. Poi si diressero lentamente verso la scaletta e si dileguarono.

Per un minuto il pubblico rimase come stregato, paralizzato dal terrore e dal vago ricordo delle parole della scimmia. Poi le persone cominciarono a riprendersi e il primo segno di vita fu irrazionale, spontaneo e perciò assolutamente onesto. Furono travolti dal dolore dell'abbandono. Qualcosa di prezioso li aveva abbandonati, una grande forza aveva ritirato la sua protezione. Si misero a vagare senza sapere dove andare, come bambinetti che cercano i loro genitori; si scontravano, e solo gradualmente l'angoscia lasciò il posto alla rabbia, alla voglia di rivalsa del bambino nei confronti degli adulti che lo hanno tradito. Gridavano, strillavano come animali, vennero estratte delle armi, volevano gettarsi all'inseguimento delle scimmie, sfondarono le porte del guardaroba dietro il palco, si precipitarono ululando nei corridoi e nei bagni, corsero su e giù per le scale, ma delle scimmie non vi era traccia.

Allora, in mezzo a quella disperazione piena di odio, entrò in scena l'antica virtù della fermezza e della disciplina. Qualcuno parlò dal podio, la gente venne fatta uscire, ordinatamente.

Lasciarono la sala a testa china, apatici come una mandria. Erano segnati dall'accaduto, sconvolti, malati di preoccupazione per il futuro, in dubbio se il mondo a cui ritornavano esistesse ancora.

10

Prima ancora che l'ultimo ospite uscisse dalla sala, in tutta la Gran Bretagna, dall'isola di Jersey alle Ebridi, cominciò un'attività febbrile che durò circa due ore. Poi la nazione si irrigidì e si fermò.

La frenesia ebbe inizio quando tutti, in campagna e nelle città, sentendo le confuse notizie in diretta e le prime voci allarmanti, lasciarono qualsiasi cosa stessero facendo e tornarono a casa. In preda al panico, incapaci di ragionare, si calpestavano a vicenda, rubavano le automobili, dirottavano autobus. Tutti volevano andare a casa subito, a qualsiasi costo, per vedere se il marito, la moglie, i figli erano ancora lì, o se invece in realtà erano scimmie e se ne stavano andando.

Una volta arrivati chiudevano a chiave la porta, tiravano le tende, sbarravano gli scuri, abbassavano le serrande e accendevano la televisione.

Sullo schermo c'era un messaggio laconico che annunciava la sospensione temporanea delle trasmissioni.

Anche la Bbc, che si vantava di poter trasmettere in ogni situazione, e che avrebbe considerato un punto d'onore, in caso di una Terza guerra mondiale, che l'ultimo sopravvissuto fosse un reporter capace di mandare nell'etere un servizio equilibrato e ben formulato sulla catastrofe finale, era chiusa. I redattori del telegiornale, chiamati d'urgenza, si erano guardati negli occhi e avevano compreso che ognuno di loro – o tutti gli altri – poteva essere una scimmia; che in una tale incertezza sarebbe stato fin troppo facile fare un passo falso. Così, borbottando qualcosa fra i denti, se n'erano andati a casa.

Alle otto di sera svanì anche il messaggio della sospensione delle trasmissioni televisive. Lo schermo si spense. Le centrali elettriche che alimentano Londra chiusero una dopo l'altra per mancanza di personale: Dungeness A e B, Barking nell'Essex, le centrali a carbone di Kingsnorth e Tilbury. Privata del suo approvvigionamento di ossigeno la città entrò in coma.

Al calar del sole Londra piombò nell'oscurità. L'ultimo traffico si interruppe, tutti i negozi erano chiusi, le strade erano deserte e buie, un buio assoluto come durante l'oscuramento della guerra. Ogni attività umana visibile cessò, persino il crimine, paralizzato da una paura più forte dell'avidità. Anche gli accoltellatori, gli stupratori, gli spacciatori, gli speculatori finanziari, i magnaccia e le prostitute devono essere sicuri che il proprio socio, la guardia del corpo, il protettore, il bookmaker, e anche il proprio boia o la propria vittima sia un uomo e non un animale.

In quattro milioni di case, sette milioni di londinesi affrontarono una crisi di identità psicotica. Non c'era modo di avere notizie sul destino dell'Inghilterra, dell'Europa, del mondo. Dubitavano del loro governo, della loro società. Non potevano essere certi dell'identità dei loro datori di lavoro o dei loro amici. Si scrutavano con sospetto, tentando di ricordare che aspetto avessero i figli o i coniugi senza vestiti, si sforzavano di rammentare il loro primo incontro con la donna che avevano sposato, torturandosi con l'idea che potesse essere una scimmia o figlia di una scimmia. Fissavano la luce delle lampade a kerosene o delle candele e pensavano all'istituzione più solida e gloriosa che conoscevano, la Corona. Non osavano nemmeno prendere in considerazione quella terribile possibilità, ma era inevitabile. Ripensando alla sua lunga storia di avvicendamenti sul trono e di complicati problemi di successione si resero conto di non avere nessuna garanzia del fatto che la loro regina non fosse una scimmia.

11

Una luce fendeva la notte. Un veicolo solitario attraversava Londra, lento come una lumaca, passando davanti alle facciate barricate dei negozi e ai semafori defunti, girando intorno ad auto abbandonate in mezzo alla strada.

Sul sedile anteriore, fra Johnny e Bally, c'era Madelene. Pallidissima, tesa, li guidava in una città che riconosceva a malapena, in quartieri che non aveva mai visto da sobria e dove non aveva mai avuto la responsabilità di orientarsi.

Eppure si orientò, con la cieca sicurezza di un piccione viaggiatore. Quando fece cenno di fermare, nel cuore di Mayfair, Bally e Johnny non avevano idea di dove si trovassero. Piagnucolavano, stretti fra la paura dell'insolita oscurità e dell'abbandono e la paura della disperazione della donna seduta fra loro.

Madelene li prese per mano come due bambini e li condusse dall'altra parte della strada. Oltrepassarono un cancello, salirono una scala e attraversarono una serie di stanze buie che sembravano attrarli e chiudersi dietro di loro come una nassa.

Si trovarono davanti a una porta. Madelene abbassò la maniglia e vide un'altra porta, dietro la quale il sole splendeva ancora, incandescente, in un grande bacile di acciaio, accanto a una macchina distruggi-documenti e a una pila di taniche di kerosene.

Abbagliati, si fermarono sulla soglia.

«Entrate e prendete una tazza di tè» disse Andrea Burden.

Era accanto al fuoco, con le braccia cariche di cartelline gialle. Lasciò cadere nel bacile tutto ciò che aveva in mano, i documenti atterrarono come mattoni e bruciarono subito. Il calore delle fiamme arrivava fino alla porta.

«Quando ero piccola» disse Andrea Burden, «mi piacevano molto i puzzle. Alba sulla savana del Serengeti. Settemila pezzi. Gli altri bambini non ci provavano nemmeno, ma una volta cominciato era impossibile fermarsi. Alla fine, quando mancavano solo una ventina di pezzi, sempre del cielo – c'erano tremila pezzi azzurri, praticamente identici – diventava una specie di ossessione. Mia madre mi raccontava che durante la guerra c'era gente che moriva sotto le bombe perché voleva vedere quell'ultimo pezzo di cielo. Ignoravano l'allarme aereo. Quando ti ho conosciuta ho pensato che tu potevi essere come quelle persone.»

«Dov'è Erasmus?» chiese Madelene.

«La scimmia? Immagino che starà tornando a casa.»

«A casa dove?»

«Non te lo ha detto? Nelle foreste intorno al mar Baltico. Le foreste svedesi e finlandesi. Quell'esemplare – Erasmus – era stato catturato sull'isola danese più a est, un'isola rocciosa.»

«Devono aver avuto un posto dove incontrarsi qui» disse Madelene. «Forse sono ancora lì. Forse non sono riusciti a fuggire da Londra. Pensavo che tu lo sapessi.»

«È così importante? Ti rendi conto di cosa sta succedendo?»

«Lei lo ama.»

Dietro la stanza ce n'era un'altra. Sulla porta aperta era comparso Adam con una pila di documenti.

Per la prima volta dopo tanto tempo, forse per la prima volta in assoluto, Madelene vide con chiarezza l'uomo che aveva sposato. Vide che lo aveva amato per l'aria vulnerabile che aveva in quel momento, e che nell'attimo successivo si spense nell'indifferenza accuratamente coltivata che le aveva impedito di continuare ad amarlo.

«Il paese è allo sbando» disse Andrea Burden. «Ho parlato con Toby. Il governo si dimetterà domani. Corre voce che metà dei ministri siano scimmie. Sarà istituita una commissione di inchiesta. Supponiamo che ci fossero solo mille scimmie. Nei posti più importanti. La loro intelligenza è indiscutibile. Bisognerà mettere ordine nel caos che si lasceranno dietro, assicurarsi che non tornino, che non siano ancora qui. Mi è stata offerta la carica di segretaria della commissione. Adam sarà il consulente scientifico. La commissione avrà poteri legislativi e varerà un governo ad hoc. Ci attende un periodo di sconvolgimenti. Mille è una stima minima; Adam e io riteniamo che fossero almeno diecimila, forse anche centomila. Solo in Inghilterra. E il resto d'Europa? Il Nuovo Mondo! Non conosciamo la loro capacità di riprodursi, ma pensate se ce ne fossero, globalmente, pensate se ce ne fossero...»

«Dodici. Pensate se fossero solo dodici.»

Tutti volsero la testa verso una delle finestre, che era aperta. Sul davanzale c'era Erasmus. I numeri erano ancora nuovi per lui. Per accertarsi di essere stato compreso indicò con le mani, prima dieci e poi due.

Andrea Burden non fissava la scimmia. Fissava il numero che le sue mani sottolineavano.

«È impossibile!» esclamò.

"Dieci", ripetevano le mani della scimmia, "dieci e due".

Con uno sforzo disumano, Andrea Burden riconsiderò la sua strategia.

«Nessuno lo sa» disse. «La confusione sarà comunque enorme. E gli altri paesi? La Danimarca? La Svezia? La Germania?»

La scimmia non rispose. Sul suo volto non c'era nessuna espressione.

Tutti tacevano. Il silenzio era assoluto, eppure ciascuno

di loro udiva qualcosa, sopra il sibilo del fuoco, un suono che era mentale e non fisico: il crollo rovinoso di progetti segreti e grandiosi.

Andrea Burden si mise a ridere. Un riso isterico, nonostante lo shock, nonostante quella situazione decisamente problematica. Il suo riso era contagioso, contagioso come un'infezione delle vie respiratorie. Bally ridacchiava, Johnny anche, Adam sorrideva, un sorriso nervoso ma pur sempre un sorriso. Alla fine il volto della scimmia si aprì. Era come se persino il fuoco di kerosene e carta condividesse l'assurda allegria che si era diffusa nella stanza.

Solo Madelene non rideva.

«Mi hai tradita» disse alla scimmia.

Nulla è più irritante di un guastafeste che sciupa il divertimento altrui. Andrea Burden provò a fermarla.

«Togliti di mezzo» disse Madelene.

L'altra si fece da parte. Madelene si avvicinò alla scimmia.

«Ti sei servito di noi» disse, «di me e degli altri, ci hai usati come animali da tiro.»

«Purtroppo non avevo scelta» rispose la scimmia.

«Abbiamo affrontato la polizia, le telecamere, in mezzo a centinaia di persone solo perché volevamo aiutarti.»

«Era indispensabile» disse la scimmia. «Gli uomini guardano la televisione. Volevamo dire ciò che dovevamo dire in televisione.»

Andrea Burden e Adam si erano accostati alla parete; Bally e Johnny si misero contro la porta. Il pavimento era sgombro per il primo confronto tra Madelene e la scimmia Erasmus.

«Non mi hai raccontato niente. Mi hai lasciata sola con la preoccupazione e l'angoscia» disse Madelene.

«Dalle nostre parti diciamo che i piani che vanno a buon fine sono quelli che uno si tiene per sé.»

La scimmia la guardava dall'alto con un atteggiamento di baldanza statuaria. Però Madelene era abbastanza vicina da scorgere il panico crescente sotto le sue palpebre socchiuse.

«Hai dimenticato con chi stai parlando» disse lei. «Guardami bene. Lo sai chi sono? Sono la donna che ami.»

La scimmia la guardò.

«Non mi pento mai di nulla» disse. «Noi non conosciamo il rimorso. Ma se ne fossi stato capace avrei chiesto scusa.»

Erasmus non poteva arretrare, perché sarebbe caduto all'indietro. Ma adesso era addossato al telaio della finestra.

«Non voglio le tue scuse» ribatté Madelene. «Non devi dire niente. Devi solo tenere la bocca chiusa. Tieni la bocca chiusa per due minuti. Allora saprò che hai capito. Altrimenti sarò io a tornare a casa, nelle foreste. E allora non mi vedrai mai più.»

Si fece silenzio. Per un minuto, due minuti, tre, ci fu un silenzio di tomba. Poi Andrea Burden si mosse nervosamente, come una che cerca di mettersi comoda sulla panca bollente di una sauna.

«Gli ultimi pezzi» disse, «gli ultimi pezzi del cielo.»

La stanza era piccola. Un tempo era un ripostiglio, adesso era una camera blindata di tre metri per tre con il soffitto basso. Le pareti erano coperte di scaffali metallici verdi pieni di cartelline gialle.

«Viviamo in un'epoca interessante» disse Andrea Burden. «Gli uomini sono attaccati agli animali come mai prima d'ora. Cani e gatti dormono insieme ai padroni, vengono baciati sulla bocca, accarezzati fra le zampe. I mass media sono invasi dagli animali. Le camere dei bambini ne sono zeppe. È molto interessante.»

Erano solo in tre nella stanzetta, Madelene, Erasmus e Andrea. Bally, Johnny e Adam erano rimasti sulla porta.

«Gli animali sono una presenza costante. Quando qualcuno muore, quando altri ereditano, nei litigi fra adulti e bambini, per difesa, in giardino, in casa, alle gare sportive, negli ospizi, vicino agli uomini c'è sempre un animale, più vicino che mai. I pensieri degli uomini, la loro coscienza, la loro visione del mondo, la loro paura e la loro passione sono popolati di animali. Così vengono da me. Gli studiosi, i politici, i ricchi, vengono da me, perché tutti adorano gli animali. Vengono da me perché io gestisco fondi, ospedali veterinari, canili. Li ho sempre trattati senza pregiudizi, senza prendere posizione, senza contrastare la coscienza di nessuno. Per loro sono il funzionario, l'avvocato, lo psicanalista, il sacerdote e la cassiera. Più di ogni altra cosa sono l'amante degli animali, una persona della loro stessa classe. È a me che confidano la storia del gatto dell'amante segreta, del cane da caccia del marito divorziato, degli animali dei bambini, gli animali con cui hanno corrotto i figli, il serpente con cui lui l'ha convinta a fare certi giochi, il cane da guardia che non riesce più a controllare, l'animale che ha assistito alla violenza, al crollo, alla falsificazione, allo stupro. Quando siedono davanti a me, in qualche modo io divento quell'animale, assumo le sue caratteristiche, la sua devozione, la sua dipendenza, ma allo stesso tempo capisco e ascolto come un essere umano. Cominciano a parlare, parlano, non riescono a fermarsi, un flusso inarrestabile, ed è così da vent'anni. Poi, quando se ne sono andati, prendo appunti.»

Fece scorrere le dita sui documenti sugli scaffali.

«Cinquemila casi. Cinquemila esempi della vera anatomia dell'alta società inglese. Il fattore decisivo che ha reso possibile la creazione del nuovo zoo. Senza pressioni, non ho costretto nessuno. Mi sono limitata ad accennare qualcosa, ho mostrato loro un barlume di ciò che loro stessi o la madre o la cugina erano venuti a raccontarmi. Ho dato loro una vaga idea della possibilità che esistesse una stanza come questa. Ho fatto qualche commento bizzarro. Con gli investitori. Con il governo. Come credete che sarebbe stato possibile sottrarre l'area al piano regolatore? Conquistare un permesso del genere sarebbe costato milioni di sterline. Invece ci siamo venuti incontro. E allora io e altri abbiamo potuto mettere a posto gli ultimi pezzi.»

«È un ricatto» disse Madelene. «Sei una terrorista.»

Andrea Burden strinse gli occhi.

«I mattatoi inglesi uccidono duecentomila animali al giorno. Le ultime grandi popolazioni di animali selvatici si stanno estinguendo. La mia coscienza è bianca come la neve.»

Tese le mani verso Madelene ed Erasmus.

«Unitevi a noi» disse. «Non esitate. Se il cataclisma non ci travolgerà oggi, sarà domani. Finora abbiamo potuto mettere con le spalle al muro una minoranza, un'élite. Ma l'élite non conta. Chi governa non ha un vero potere. Io lo so cos'è il potere, è il mio pane quotidiano. Loro si limitano ad amministrarlo. Non sono i ricchi che stanno distruggendo il mondo, sono troppo pochi e troppo insignificanti. Sono le persone comuni che stanno divorando la terra. È l'ingordigia meschina, l'ingordigia della madre di famiglia, l'ingordigia dei bambini, l'automobilina di papà, moltiplicata per sessanta milioni in Inghilterra, per duecentocinquanta milioni negli Stati Uniti, per settecentocinquanta milioni in Europa. È questo che dobbiamo gridare a tutti, è lì che dobbiamo gettare una bomba. Il nuovo giardino zoologico è il detonatore, voi potete aiutarci a piazzare l'esplosivo. Venite, cominceremo a mettere a posto i pezzi del cielo azzurro.»

Madelene scosse la testa. Andrea Burden guardò la scimmia.

«Nel posto da dove vengo» dichiarò Erasmus, «siamo troppo... nervosi per le cose che fanno bang.»

«Tu e la tua specie sarete sterminati» disse Andrea Burden.

«Staremo a vedere» disse la scimmia.

Prese la mano di Madelene e arretrarono, passando davanti alla cenere ardente nel bacile d'acciaio.

«Non potete abbandonarmi» implorò Andrea Burden.

«Non dopo la fiducia che vi ho dato. Abbiamo bisogno di aiuto.»

Al suo fianco c'era Adam. Aveva un fucile.

La scimmia si fermò e guardò l'arma.

«Noi abbiamo un detto» affermò. «Se incontri un nemico, bisogna prima cercare di fare pace. Sennò bisogna affascinarlo. E se non ci si riesce bisogna ricorrere alla magia.»

«E se non funziona neanche questo?» chiese Andrea Burden.

«Se non funziona» rispose la scimmia, «bisogna annientarlo.»

Nella stanza calò il silenzio, un silenzio profondo, per un minuto, due, tre. Adam Burden posò il fucile. Madelene e la scimmia andarono, verso la porta. Adam li seguiva, disarmato, goffo. Davanti alla scimmia si fermò.

«Vorrei... augurarti buona fortuna» disse.

Si rivolse a Madelene.

«Ho capito che... be', è meglio così. Fra noi due non avrebbe mai funzionato. Non lo avrei sopportato. Ho bisogno di una persona... più dolce.»

Madelene gli posò una mano sulla spalla, un piccolo gesto pieno di tenerezza.

«La troverai» disse.

12

L'ultima mattina fece molto caldo. Il sole splendeva su Londra come attraverso una lente, e in quella luce sgradevole la città e i suoi abitanti si svegliarono come dopo un tentativo di bere fino a uccidersi. Senza sapere se la realtà esistesse ancora, strisciarono fuori dalle case e – come sempre dopo un delirio – si trovarono davanti alla dolorosa scelta fra ripetere gli errori che col tempo li avrebbero portati a morte sicura o cercare di restare sobri.

A Klein's Wharf, Bally stava ritirando i parabordi dell'*Arca*. Tutto ciò che lo legava a Londra erano due cime d'ormeggio che di lì a poco sarebbero state sciolte. Fra pochi minuti si sarebbe lasciato alle spalle la città e gli avvenimenti degli ultimi due mesi. Non sarebbe più tornato e non avrebbe più pensato a ciò che era accaduto. Anzi, aveva già smesso di pensare. Ma quando sulla banchina deserta sentì un motore d'auto, e istintivamente prese il fucile da caccia dai ganci, scoprendo che era piegato come una calamita a ferro di cavallo, la sua mente lo tradì e lo costrinse a pensare alla scimmia.

Il furgone di Johnny si fermò. Johnny, Madelene ed Erasmus scesero. Madelene e la scimmia strinsero la mano a Johnny, si avvicinarono all'*Arca* e salirono a bordo.

Bally guardò l'arma inservibile. Sentì una fitta di dolore sulla guancia ancora gonfia. Si rese conto che purtroppo la violenza era fuori discussione e accarezzò l'idea di chiamare la polizia fluviale con la radio a onde corte, di citare la legge sulla pirateria. Per la prima volta da quando era bambino, pensò di appellarsi alla compassione umana.

Prima che avesse il tempo di agire, mentre ancora era confuso, Erasmus allungò una mano, prese l'arma piegata, la drizzò, quasi distrattamente, e la gettò fuori bordo.

«Speriamo di non disturbare» disse. «Ci siamo portati da mangiare.»

Bally alzò gli occhi. Dal retro del furgone uscì una scimmia, due scimmie; dalla cabina di guida tre, poi altre due – sette scimmie, dieci, undici, enormi come Erasmus o più grandi, tutte con dei giubbetti di salvataggio, con l'impermeabile e il berretto da pescatore, portando casse e sacche da viaggio.

«Ora ti aiuto a sciogliere gli ormeggi» disse Erasmus.

Nell'istante in cui Erasmus stava avvolgendo le cime, mentre Bally, rigido come un automa, ingranava la marcia e si allontanava dalla banchina e le undici scimmie si distribuivano per dare stabilità alla barca, Madelene salutò Londra e Johnny. E proprio mentre alzava entrambe le braccia percepì un movimento che di solito le donne al primo figlio non sono in grado di identificare, perlomeno non così presto, ma che lei, con assoluta certezza, riconobbe immediatamente come la presenza del bambino suo e di Erasmus, un minuscolo pesce che nuotava nell'oceano del liquido amniotico.

Erasmus scese dal ponte di prua. Madelene lo prese per mano e guardò il cielo.

«Quegli ultimi pezzi» disse «non sono solamente il cielo azzurro. C'è anche un angelo.»

«Che cos'è un angelo?» chiese Erasmus.

Madelene scosse la testa.

«Non l'ho mai capito bene» rispose. «Ma per quanto ne sappiamo, è per un terzo dio, per un terzo animale e per un terzo uomo.»

QUESTO VOLUME È STATO IMPRESSO NEL MESE DI FEBBRAIO 1997
PRESSO ARNOLDO MONDADORI EDITORE S.P.A.
STABILIMENTO NUOVA STAMPA MONDADORI - CLES (TN)

STAMPATO IN ITALIA - PRINTED IN ITALY